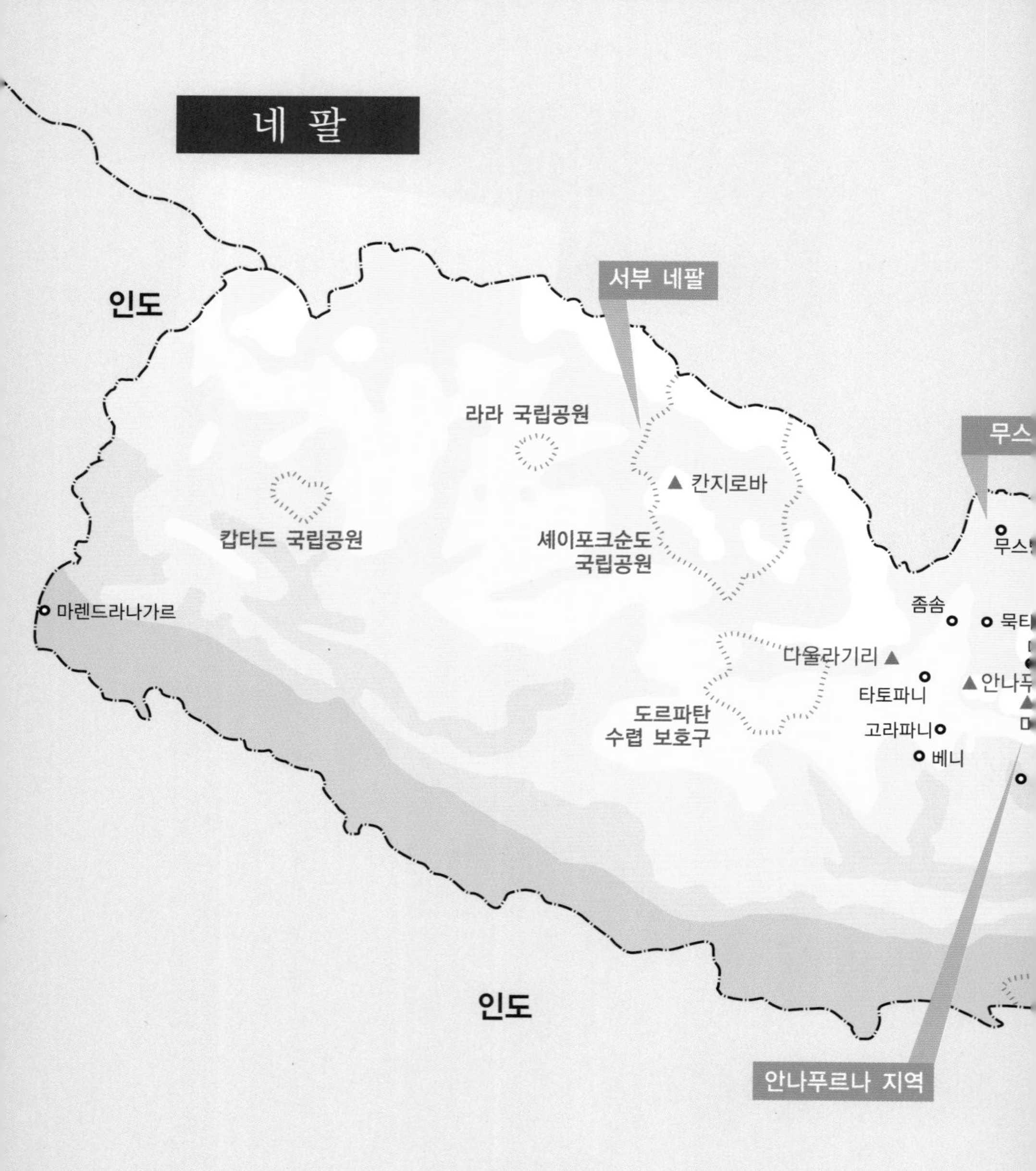

네 팔
인도
서부 네팔
라라 국립공원
▲ 칸지로바
칸타드 국립공원
셰이포크순도
국립공원
마헨드라나가르
좀솜
묵티
다울라기리 ▲
타토파니
▲안나푸
도르파탄
수렵 보호구
고라파니
베니
인도
안나푸르나 지역

중국
티베트
랑탕&헬람부
에베레스트 지역
마나슬루
가네시히말
랑탕리룽
도르제락파
랑탕
가우리
샹카르
초오유
에베레스트 산
마칼루
눕체
르카
코다리
랑탕 국립공원
남체바자
사카르마타
국립공원
카트만두
루클라
박타푸르
파탄
지리
공원
인도
힐레
다르질링
동부 네팔

소심하고 겁 많고 까탈스러운 여자 혼자 떠나는 걷기 여행 4

소심하고 겁 많고 까탈스러운

여자 혼자 떠나는 걷기 여행 4

네팔 트레킹 편

제1판 1쇄 발행 | 2007년 7월 10일
제1판 8쇄 발행 | 2017년 6월 20일

지은이 | 김남희
펴낸이 | 박혜숙
펴낸곳 | 미래M&B
영업관리 | 장동환, 김하연

등록 | 1993년 1월 8일(제10-772호)
주소 | 서울시 마포구 동교로 134(서교동 464-41) 미진빌딩 2층
전화 | 02-562-1800(대표)
팩스 | 02-562-1885(대표)
전자우편 | mirae@miraemnb.com
홈페이지 | www.miraeinbooks.com

ISBN 978-89-8394-341-5 04810
ISBN 978-89-8394-581-5 (세트)

값 13,800원

소심하고 겁 많고 까탈스러운 여자 혼자 떠나는

걷기 여행 4

네팔 트레킹 편

글 · 사진 김남희

미래인

일러두기

1. 이 책에 언급된 네팔의 물가는 여행 당시를 기준으로 한 것으로, 그동안 사정이 많이 변했을 것이므로 독자의 양해를 바란다.

2. 네팔의 화폐 루피를 우리 돈으로 계산한 경우는 1루피당 약 23원을 기준으로 하였다.

여는 글

8천 미터 봉우리의 유혹

네팔로 가는 비행기 창 너머 끝도 없이 펼쳐진 거대한 설산이 눈에 들어오자, 심장이 쿵쿵거리기 시작했다. 한 번도 본 적 없는, 상상할 수도 없는 높이의 산들. 맑은 날이면 수도 카트만두에서도 설산들이 손에 잡힐 듯 가까이 다가왔다.

1년에 5개월간 비자를 주는 나라에서 5개월을 다 채운 후 인도로 넘어가 있다가 해가 바뀐 뒤, 다시 국경을 넘었다. 그렇게 네팔에서 보낸 6개월 동안 다섯 번의 트레킹을 했다. 에베레스트 베이스캠프 트레킹을 시작으로 안나푸르나 베이스캠프, 안나푸르나 일주, 랑탕과 고사인쿤드, 마지막으로 좀솜 트레킹까지. 짧으면 열흘, 길면 20일까지 산속에 들어가 있었다.

짐을 싸고, 걷고, 짐을 풀고, 다시 싸고 또 걷고…… 단순한 일상을 반복하며 산에서 머무른 시간은 행복했다. 풍부한 것은 하나도 없었지만 부족한 것도 없었다. 책을 읽고, 엽서를 쓰고, 걸으며 보내는 시간이 그렇게 충만할 수가 없었다.

에베레스트로 향하는 겨울 트레킹 중에는 포터의 일당을 떼먹은 가이드 때문에 속깨나 끓였고, 포터의 안전을 신경 쓰지 않는 무식하고 이기적인 여행자로 몰려 억울함에 눈물을 쏟기도 했다. 마침내 해발고도 5,545미터의 칼라파타르에서 에베레스트를 바라보던 그 순간, 감동보다는 추위가 앞서서 언젠가 에베레스트에 오르겠다는 철없는 꿈은 그곳에 얌전히 내려놓고 돌아섰다.

겨울의 에베레스트가 추위와 인내력과의 싸움이었다면 봄의 안나푸르나는 그 이름처럼 '풍요의 여신'이었다. 그곳에서는 거의 날마다 뜨거운 물에 몸을 씻을 수도 있었고, 숲과 나무와 꽃이 가득했다. 동백을 닮은 붉은 랄리구라스가 꽃비로 쏟아져 내리던 랑탕에서는 천계에 머무는 듯한 나날을 보내기도 했다.

포터도 가이드도 없이 혼자서 소고기 삼십 근 무게의 배낭을 메고 산길을 걸을 때면 머릿속에서 늘 서로 다른 목소리가 싸웠다. "젊어 고생은 사서도 하는 거야." "고생을 사서 할 나이는 지난 거 아니야?"

네팔이 경이로웠던 건 그 거칠고 아름다운 대자연 속에 사람의 마을이 있었기 때문이다. 오랜 세월 불편함을 견디며 살아온 사람들이었다. 제각기 다른 언어를 쓰고, 다른 종교를 믿으며, 저마다의 전통을 지키며 살아온 사람들. 밀려드는 여행자들로 그들의 삶은 변하고 있었지만 여전히 소박한 품성과 경건한 신앙을 지켜내고 있었다. 그래서 여행자들은 네팔에서 조금 세심해질 필요가 있다. 아이들에게 무심코 돈이나 사탕을 주지 않는다든가 가급적 태양열 에너지를 쓰는 숙소를 이용하는 것, 보수적인 문화를 고려해 복장을 갖추고 예의를 지키는 일. '책임 있는 여행자'가 되는 법을 나 또한 길 위에서 배우고 있다.

여행 순서로 따지면 이 책은 ≪걷기 여행 3-중국 · 라오스 · 미얀마 편≫ 다음이지만 여전히 ≪걷기 여행 2-스페인 산티아고 편≫보다 앞선다. 이 짧고 미숙한 이야기들이 네팔을 좀 더 가깝게 느낄 수 있는 기회가 된다면 좋겠다. 일생에 한 번쯤, 치유의 힘을 지닌 대자연 속에서 인간의 나약함을, 또한 그렇기에 강인한 존재임을 온몸으로 느껴보는 일도 의미 있지 않을까.

산을 사랑해 산에 묻힌 두 젊은 영혼 고 박기정, 최영선 선배에게 이 책을 바친다.

2007년 6월 스페인 살라만까에서 김남희

차 례

에베레스트 베이스캠프 트레킹

창체 7,599
푸모리 7,165
에베레스트 B.C. 5,364
캉충 6,089
칼라파타르 5,545
고락셉 5,150
에베레스트 8,848
고쿄리 5,357
고쿄 4,750
로체 8,501
로부체 4,930
투클라 4,600
팡카
마첼모 4,450
루자 4,360
돌레 4,080
포르체 3,800
팡보체 3,985
아마다블람 6,856
포르체드렝카 3,680
밀링고
몽라 3,973
텡보체 3,867
사나사
푼키텡가 3,250
칸주마
남체바자 3,440
샹보체
캉테가 6,779
탐세르크 6,618
조르살레
몬주 2,850
추모아
팍딩 2,623
가트
차블룽
루클라 2,804

에베레스트여 기다려다오! 내가 간다

에베레스트 베이스캠프 1 우주의 어머니, 하늘의 머리를 찾아

에베레스트로 향하는 첫걸음 루클라에서 팍딩 가는 길. 무거운 등짐을 진 네팔인들의 발걸음도 아직은 가볍다.

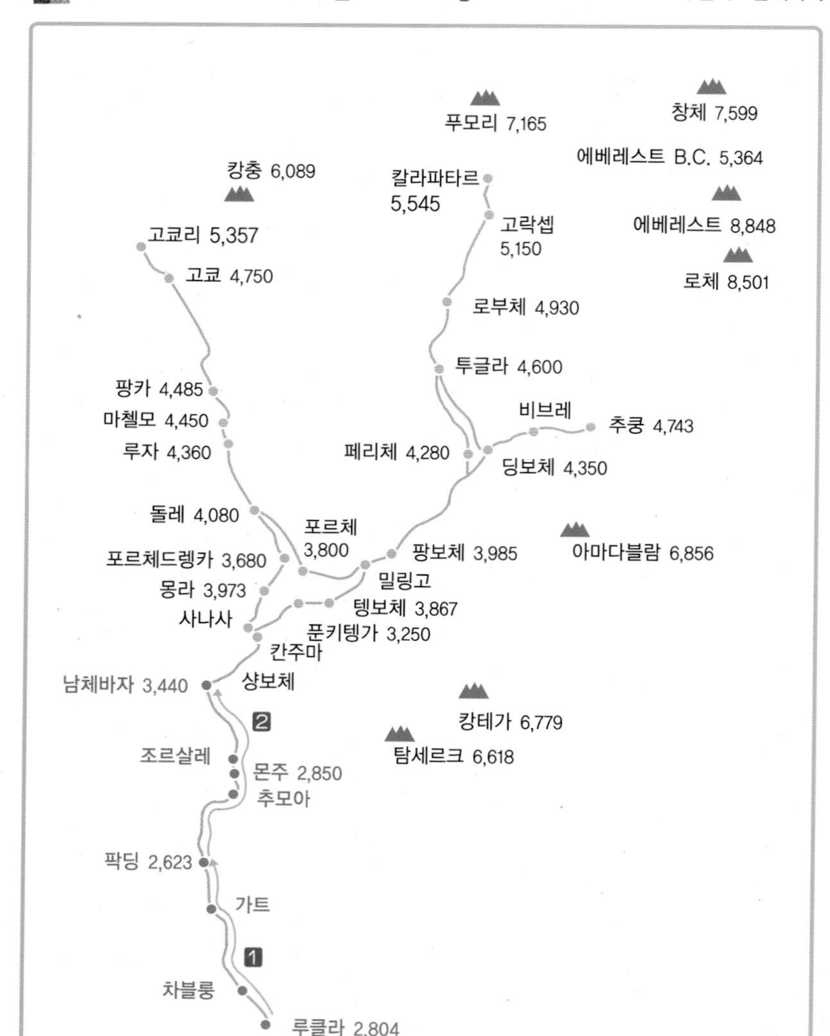

푸모리 7,165
창체 7,599
에베레스트 B.C. 5,364
캉충 6,089
칼라파타르 5,545
고락셉 5,150
에베레스트 8,848
로체 8,501
고쿄리 5,357
고쿄 4,750
로부체 4,930
투글라 4,600
팡카 4,485
마첼모 4,450
루자 4,360
비브레
추쿵 4,743
페리체 4,280
딩보체 4,350
돌레 4,080
포르체 3,800
포르체드렝카 3,680
팡보체 3,985
아마다블람 6,856
밀링고
몽라 3,973
텡보체 3,867
사나사
푼키텡가 3,250
칸주마
남체바자 3,440
샹보체
2
캉테가 6,779
탐세르크 6,618
조르살레
몬주 2,850
추모아
팍딩 2,623
가트
1
차블룽
루클라 2,804

사는 것이 미안함을 쌓아가는 일이 되었다
어쩌다가 이렇게 살게 되었을까
사람에게 미안한 것은 오직 산에서만 용서받는다
이젠 업보 때문에라도 산에 가지 않을 수 없다
방면받는 심정으로 능선을 걷곤 한다
—배문성, 〈등산〉

트레킹 첫날

지금 내가 있는 곳은 네팔. 총 길이 2천4백 킬로미터의 히말라야 산맥이 품고 있는 열네 개의 8천 미터급 봉우리들. 그중에 여덟 봉우리가 우뚝 솟은 네팔은 산을 사랑하는 사람들에게 지상의 낙원이다. 나이 서른에 산을 만난 이후 나에게도 히말라야는 떠올리는 것만으로 가슴이 뛰는 이름이 되었다. '눈의 거처'라는 뜻이 담긴 히말라야는 인간이 걸어 들어갈 수 있는 유일한 신들의 거처로 느껴졌다.

네팔에 들어온 이후 내 꿈은 오직 하나. 산이 지겨워질 때까지 산의 품에 머물다 내려오는 것이다. 첫 산행의 대상은 한때 달 착륙만큼이나 인류의 오랜 꿈이었고 중단 없이 이어진 인류의 도전과 성공, 실패와 좌절을 지켜본 산, 그래서 초라한 인간이 품은 위대한 희망에 대해 말해주는 산, 바로 산악인들의 영원한 꿈 에베레스트다.

오늘은 그 에베레스트 산이 있는 솔루 쿰부(Solu Khumbu) 지역으로 트레킹을 떠나는 날이다. 지난 며칠간 카트만두(Kathmandu)에서 부족한 장비를 보충하고, 루클라(Lukla)까지의 항공권을 끊고, 포터와 가이드를 섭외하며 시간을 보내는 동안 내 마음은 이미 깊은 설산으로 달음질치고 있었다.

이번 트레킹의 동반자는 한국에서 날아온 수영 언니와 정 선배님. 수영 언니는 지난 2000년 가을 지리산을 종주하다 만났다. 건축 설계를 하는 언니는 산을 사랑하고 여행을 좋아해 한 달간 휴가를 내고 네팔로 날아왔다. 예순을 넘기신 정 선배님은 수영 언니의 지인으로 한국에서부터 안면이 있던 터다.

원래 내 계획은 시간은 많고 돈은 부족한 여건을 고려해 카트만두에서 지리(Jiri)까지 버스를 타고 가 거기서부터 트레킹을 시작하는 거였다. 게다가 이 길은 그 옛날 루클라에 공항이 없던 시절, 전설의 산악인들이 걸어서 넘었던 길이라는 의미도 담겨 있다. 하지만 한 달 일정으로 나온 두 사람의 시간과 체력을 아끼기 위해 루클라까지 비행기로 이동하게 되었다. 뜻하지 않게 늘어난 비용으로 인해 얄팍해진 주머니가 좀 걱정되긴 하지만, 어쨌든 나는 오늘 에베레스트로 간다.

에베레스트. 영국 측량 기사의 이름을 딴, 상상력 빈곤을 드러내는 이름으로 세계에 알려졌지만, 그 산의 북쪽에 사는 티베트 사람들에게는 '초모룽마(우주의 어머니)'라 불리었고, 남쪽의 네팔에서는 '사가르마타(하늘의 머리)'라는 멋진 이름으로 불리는 산. 지구에서 가장 높은 8,848미

카트만두의 여행자 거리 타멜은 트레커들과 산악인들이 장비를 마지막으로 점검하고 보충하는 곳이기도 하다.

터의 산(1954년에 인도 정부가 이 수치를 발표한 이래 미국과 중국 등에서 새로운 수치를 여러 차례 발표했지만, 이 책에서는 가장 널리 알려진 고도를 쓰기로 한다). 산을 알게 된 이후 내 가슴 한쪽에 늘 살아 숨쉬고 있는 이름이다. 세계적인 등반가 조지 맬러리(George Mallory)나 라인홀트 메스너(Reinhold Messner)의 글을 읽을 때면 달아오르는 얼굴을 식히기 위해 얼마나 여러 번 책을 덮어야만 했던가. 아직 어둠이 가시지 않은 창가에 서서 유치하게도 이렇게 중얼거리고 있는 나를 본다.

"에베레스트여, 기다려다오. 내가 간다."

시골 간이역 같은 공항 터미널에서 안개가 걷히기를 기다리는 지금. 한 강의 《여수의 사랑》을 읽고 있지만 마음은 저 혼자 달음박질쳐 눈 덮인 산속을 헤매고 있다. 오전 일곱 시에 출발하는 비행기였지만 안개가 걷힌 열한 시에야 탑승이 시작된다. 비행기는 18인승이나 될까. 지금껏 내가 타본 가장 작은 비행기다. 승객은 정 선배님과 수영 언니, 나 그리고 우리의 가이드 람, 이렇게 넷. 앞쪽에는 의자를 접어 짐을 가득 싣고, 뒤쪽에 우리 넷이 앉았다. 자리에 앉으니 승무원이 사탕과 솜뭉치를 가득 담은 쟁반을 내민다.

"웬 솜?" 궁금해하는 내게 수영 언니가 답한다.

"소리 때문에 귀 아픈 사람들 귀 막으라고."

과연 비행기는 엄청난 굉음을 내며 날아오른다. 비행기 왼쪽 창밖으로 보이는 풍경은 경이롭다. 끝없이 늘어선 설산과 구름, 그 아래 까마득한 사람의 마을. 경치에 감탄하는 사이 30분 만에 비행기는 루클라 공항에 착륙한다. 가이드 람이 이끄는 대로 '에코-파라다이스 식당'으로 이동, 야채카레와 레몬차로 점심을 먹는다.

오후 한 시. 이제 트레킹의 시작이다.

루클라 공항에서 구한 두 명의 포터 기얀드라와 바뜨라에게 큰 배낭들을 나눠 지게 하고 우리는 작은 배낭 하나씩을 메고 걷는다. 그래도 내 가방에는 카메라가방이 따로 들어 있어 꽤 무겁다. 눈앞으로는 해발고도 6,783미터의 캉테가(Kang Tega) 산이 보이고, 어디선가 야크 방울소리가 들려온다. 햇살은 따뜻하고 바람은 상쾌하다.

눈 덮인 산들을 바라보며 걷자니 가슴이 두근거린다. 왜 이렇게 산만

보면 가슴이 뛰는 걸까. 아직은 이성에 가슴이 두근거릴 나이인 것 같은데, 잘생긴 나무 한 그루나 우뚝 솟은 봉우리에 더 가슴이 뛰니 이것도 병인가. 어떤 작가가 그랬다지. 자신의 인생은 산을 알기 전과 산을 안 이후로 나뉜다고. 나의 첫 산은 지리산이었고, 그때 나는 서른 살이었다. 인생의 첫 위기에서 겨우 헤어나왔던 시기. 그때 산은 가장 큰 위로이자 벗이었다. 산을 오르면서 사람에 대한 집착이 줄기 시작했고, 침묵과 겸손의 미덕도 산에게 배웠다. 산과 자연은 사람들이 가르쳐주지 못한 것을 내게 말없이 깨우쳐준 큰 스승인 셈이다.

며칠 전 사흘 내내 이어진 폭설 때문에 산등성이는 아직 눈에 덮여 있다. 길은 오르락내리락하며 이어지지만 고도가 더 낮은 팍딩(Phakding)으로 향하고 있어 기본적으로 내려가는 셈이다.

오후 네 시, 루클라를 떠난 지 세 시간 만에 팍딩에 도착. 셀파 빌리지 게스트하우스에 들어서니 2인실 방값이 백 루피(약 2,260원). 방에는 작은 나무 침상 두 개만 놓여 있을 뿐이다. 짐을 풀고 식당으로 내려가 저녁을 먹는다. 언니와 나는 고산 트레킹을 하는 동안 저녁은 간단히 먹기로 했기에 감자 수프만을 주문한다.

저녁을 먹고 나니 일곱 시. 할 일이 없다. 식당 난롯가에 앉아 책을 읽다가 난로가 꺼질 무렵 방으로 돌아간다. 세수를 하려고 세면대의 물을 트니 물이 얼음장처럼 차다. 손가락이 끊어질 것 같다. 서둘러 고양이 세수를 하고 방에 들어와, 담요 하나 더 챙겨서 침낭 속으로 들어간다. 삼면으로 창이 난 방은 몹시 춥다. 유난히 추위를 타는 나이기에 두꺼운 원정용 침낭을 가져왔지만 그래도 불안하다. 누군가 알려준 대로 물통에 뜨거운 물을 담아 발밑에 두니 발이 곧 따뜻해진다. 이렇게 따뜻하게 잠들 수 있다니 뜻밖의 호강이다.

.. 날씨 : 안개 낀 후 갬
.. 걸은 구간 : 루클라(2,804미터)–팍딩(2,623미터)
.. 소요 시간 : 3시간

트 레 킹 이 틀 째

눈을 뜨니 일곱 시. 어제 저녁 여덟 시부터 꼬박 열한 시간을 잤다. 오믈렛으로 아침을 먹고 여덟 시 사십 분 출발.

출발 직전 "죄송합니다. 긴급 상황입니다."를 외치고 수영 언니와 난 화장실로 달려간다. 정 선배님은 그런 우리에게 "얘들은 아무데서나 볼일도 잘 보네. 어떤 사람들은 자연을 지극히 사랑해서 몸속의 노폐물을 다 제 집으로 가져가서 처리하던데."라며 농담을 하신다. 현지 적응 능력이 남다르게 뛰어난 것도 이렇게 놀림감이 되고 만다.

길은 소나무와 잣나무가 들성한 바위산으로 이어진다. 길 좌우로는 돌집과 집들을 둘러싼 키 낮은 돌담이 이어진다. 제주도 같기도 하고, 영국의 호수 지방(Lake District) 같기도 하다.

40여 분쯤 걸으니 눈 덮인 바위산 탐세르쿠(Thamserku 6,618미터)가 정면 오른쪽으로 따라온다. 벤카(Benkar) 마을의 벤카 게스트하우스에서 잠시 휴식. 오른쪽으로는 캉테가가 우뚝 솟아 있다.

출발 후 두 시간쯤 걸었을까. 몬주(Monju 2,850미터)에 들어선다. 이곳에서 사가르마타(Sagarmatha) 국립공원 허가서를 받아야 한다. 허가서 비용은 1천 루피(약 22,000원). 여권과 돈을 내고 서류에 사인을 하니 바로 허가서를 발급해준다. 국립공원 사무소를 지나자마자 정면에 멋진 바위산 쿰비율라(Kumbi Yul Lha)가 보인다. 20분쯤 더 걸으니 조살레(Jorsale) 마을. 시간은 열한 시를 갓 넘겼을 뿐이지만 우리는 이곳에서 점심을 먹는다. 계란 볶음밥으로 배를 채우고 다시 걷기 시작한다.

길은 이제 가파른 오르막이다. 철다리를 건너 라자도반(Larja Dobhan) 마을을 지나니 정면 오른쪽으로 쿠숨캉구루(Kusum Kanguru 6,370미터)가, 왼쪽으로는 탐세르쿠가 보인다. 숨을 헉헉거리는 우리를 보며 포터 기얀드라와 바뜨라가 "비스따리! 비스따리!(천천히!)"를 외친다. 고산병을 방지하기 위해서는 고도를 천천히 높이는 일이 가장 중요하기 때문에 포터와 가이드는 우리에게 주문처럼 "비스따리! 비스따리!"를 외치곤 한다.

길은 군데군데 녹다 만 얼음과 눈으로 질척거리고 미끄럽다. 계속되는 오르막. 가끔씩 햇살이 구름 사이로 고개를 내민다. 제법 숨이 차오른다.

두 시간 남짓 걸으니 군인들이 보초를 서고 있는 지점이 나온다. 왼쪽 정면으로는 캉테가, 오른쪽으로는 쿰비율라가 솟아 있다. 국토의 70퍼센트가 산으로 덮여 있다지만 가장 높은 산이 2천 미터를 넘지 않는 나라에서 온 나는 주변 산세가 경이롭기만 하다. 눈 들면 마주 보이는 산마다 이

6천 미터가 넘는 설산 캉테가와 탐세르쿠에 둘러싸인 남체는 근방에서 가장 큰 세르파 족 마을이다.

름이 알고 싶고, 높이가 궁금해, 자꾸 물어보고 또 확인하곤 한다.

두 시 오십 분, 드디어 해발고도 3,440미터의 남체바자(Namche Bazaar) 도착. 근방에서 가장 큰 셰르파 족 마을인 남체는 에베레스트를 오르기 위해 이곳을 찾는 사람들의 보금자리 같은 역할을 오래전부터 해왔다. 캉테가와 탐세르쿠의 품에 안긴 남체바자는 한눈에 보기에도 규모가 큰 마을이다. 이 마을에서 셰르파들 이야기를 안 하고 넘어갈 수 없다.

쉰 개가 넘는 종족으로 구성된 네팔에서 셰르파 족은 약 7만 명. 총 인구 2천4백만에서 지극히 적은 숫자지만, 네팔에서 가장 유명한 종족이다. '동쪽에서 온 사람'을 뜻하는 이름처럼 이들은 수백 년 전 티베트 동부에서 이주해왔다. 농사가 되지 않는 험악한 산악 지역에 사는 탓에 그들은 예부터 티베트와 인도를 넘나들며 장사를 하거나 야크를 방목하며 살아왔다. 네팔에서 가장 가난한 부족이자 가장 미천한 계급이었던 이들의 삶이 획기적으로 변한 건 바로 에베레스트 때문이다.

1921년, 영국인들이 첫 에베레스트 원정을 시도할 때 셰르파 족을 보조 인력으로 고용했다(그때는 네팔이 개방되기 전이라 인도 다르질링 지역의 셰르파들을 고용했다). 그들은 이미 수백 년에 걸쳐 고도 3~4천 미터의 고산지대에서 살아왔기에 남다른 심폐기능을 가지고 있어 고산의 환경에 잘 적응했다. 독실한 라마불교도인 셰르파들은 성격이 온순하고 쾌활해 고산등반의 어려움도 잘 극복했다. 에드먼드 힐러리와 함께 세계 최초로 에베레스트에 오른 텐징 노르가이가 바로 셰르파 출신이다(재미있는 건 그가 유명해지고 난 후 인도와 네팔, 티베트 모두 그를 자국민이라고 우겼다는 점이다).

셰르파들은 전 세계의 산악인들과 운명을 같이해왔다. 영광과 좌절, 때로는 죽음까지 함께했다. 에베레스트 등반 중 사망한 사람이 150명이 넘는데, 그중 3분의 1이 셰르파다. 산악 역사에서 그들은 진정 주연보다 아름다운 조연들이었다.

바로 이 셰르파 마을의 심장부가 쿰부이고 쿰부의 중심지가 이곳 남체바자다. 이곳에 거주하는 셰르파 족은 1만 명 정도. 전 세계의 산악인들이 에베레스트로 몰려들면서 셰르파들의 삶은 변하기 시작했다(지금도 해마다 1만 5천 명이 넘는 도보여행자들과 산악인들이 이 지역으로 몰려든다). 이 깊은 골짜기에도 학교와 병원이 들어서고, 전기가 들어오고, 길이 닦이고, 다리가 세워졌다(에드먼드 힐러리 경은 셰르파 족의 열악한 환경을 개선하기 위해 '히말라야 트러스트'라는 재단을 만들어 지금까지 이 지역에 학교 30개, 병원 2개, 보건소 15개를 세웠다. 학생들에게 장학금을 지급하고 1백만 그루의 나무를 심는 등 지금도 열정적으로 셰르파 족을 돕고 있다).

네팔에서 이방인 취급을 받던 그들은 이제 막강한 영향력을 지니게 되었고 부유해졌다. 셰르파들은 고산 등반에서 짐을 나르는 포터의 역할은 더 이상 하지 않는다. 고산 등반 가이드를 하거나 호텔을 경영하고, 포터들을 고용한다. 실제로 우리와 함께 트레킹을 하고 있는 기안드라와 바뜨라도 셰르파가 아닌 타망 족이다.

하지만 얻는 게 있으면 잃는 것도 있는 법. 등산객들이 몰려들면서 땔

히말라야 트레킹은 자연과 사람을 함께 만날 수 있는 기회다.

나무의 수요가 급증해서 쿰부의 골짜기에는 숲이 사라졌다. 젊은이들은 더 이상 전통 옷을 입지 않고, 고유의 전통과 문화는 서구식으로 변하고 있다. 마을은 번잡해졌고, 빈부격차가 생겨났다.

셰르파들이 그러한 변화를 어떻게 받아들이고 있는지는 모르겠다. 오랫동안 이 지역을 드나든 원로(?) 산악인들은 이런 변화에 당혹해하고 씁쓸함을 내비치기도 하지만 셰르파들 자신은 다를 수도 있지 않을까. 다른 부족의 수많은 젊은이들이 포터나 가이드 일을 얻기 위해 이 지역으로 몰려드는 걸 보면 그들이 거둔 성공의 긍정적인 측면이 더 많이 부각되는 것 같기도 하다. 어쨌든 여전히 남체는 북적거리고 있고, 도보여행자와 산악인들의 거점으로서 역할을 다하고 있다.

우리의 가이드 람이 데리고 간 타쉬델레 게스트하우스는 마을의 거의 꼭대기에 위치해 전망이 그만이다. 이곳이 '핫 샤워'가 가능한 마지막 지점이라길래 가격을 물으니 지금은 겨울이라 양동이 샤워만 가능한데 한 양동이에 150루피란다. 깎아달라고 조르니 70루피까지 가격이 내려간다. 그런 나를 보고 계시던 정 선배님이 가격 깎는 걸 나무라신다. 게다가 고도 적응을 위해 이곳에서 반드시 이틀을 머물겠다며 람에게 못을 박으신다.

정 선배님이 연장자이긴 하지만 함께 여행하는 처지에 일방적으로 일정을 결정하니 마음이 상한다. 기분이 좋지 않기는 수영언니도 마찬가지인데 언니는 여전히 싹싹하게 정 선배님을 대하면서 감정을 드러내지 않는다. 어떤 상황에서도 '포커 페이스'가 되지 못하는 나는 '현재 무지하게 기분 상했음'이라는 표딱지를 이마에 확실히 박아놓은 데다가, 선배님 말씀에 대답도 잘 안 하면서 퉁명스레 굴고 있는데……. 사람이 같은 일을 겪어도 내공의 힘에 따라 풀어가는 수준이 다름을 여기서 다시 깨닫는다.

방으로 돌아와 어제처럼 뜨거운 물을 넣은 물통을 발밑에 굴리면서 잠자리에 든다. 아직까지 춥지는 않다.

.. 날씨 : 찌뿌듯하다가 잠시 햇살

.. 걸은 구간 : 팍딩(2,623미터) – 남체바자(3,440미터)

.. 소요 시간 : 5시간

한 양동이 물로 샤워에 빨래까지

에베레스트 베이스캠프 2 **남체바자에서 문명의 마지막 혜택을**

저녁 햇살을 받은 아마다블람.

에베레스트 베이스캠프 트레킹

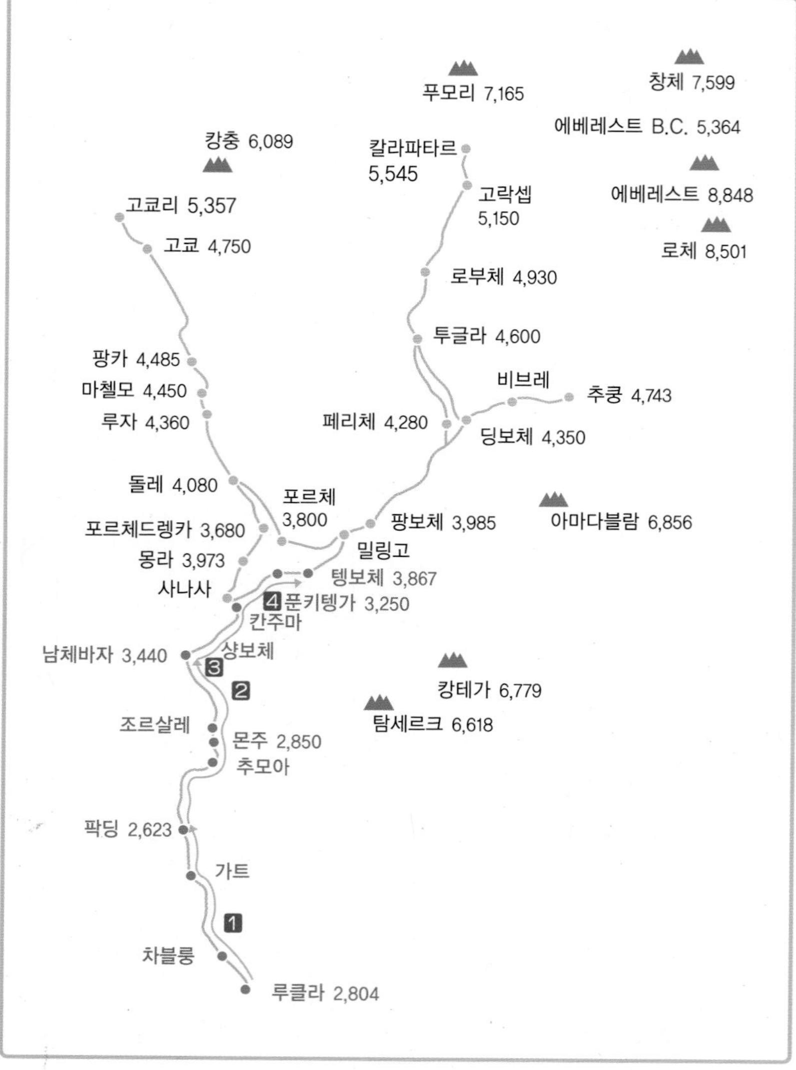

저녁시간은 고즈넉했다. 고요한 대기에 가라앉은 연기로 어스름녘의 풍경이 꿈처럼 부드럽게 풀려나가고 내일 우리가 야영을 할 능선은 황혼빛으로 물들었으며 내일 우리가 넘어가야 할 높은 고개에는 구름이 걸려 있었다. 가슴 속에 그득 차오르는 흥분으로 인해 내 마음은 거듭거듭 서쪽 능선으로 치달았다. …… 해가 질 때는 외로움도 역시 찾아들었다. 이제 회의에 빠지는 일은 극히 드물었으나 그럴 때면 흡사 내 전생애가 내 뒤에 펼쳐져 있기라도 한 것처럼 가슴이 덜컥 내려앉곤 했다. 나는 우리가 일단 그 산에 오르기만 하면 눈앞에 가로놓인 과제에 깊이 몰입하는 바람에 그런 기분은 사라질 거라는 걸 알고 있었다. 아니, 그렇게 믿었다. 하지만 이따금, 결국 내가 찾던 게 뒤에 남겨놓고 온 어떤 것이라는 걸 깨닫기 위해 이렇게 멀리까지 온 건 아닌가 하는 회의가 깃들곤 했다.

— 토머스 F. 혼베인, 〈에베레스트 : 서쪽 능선〉

트레킹 사흘째

커튼을 걷으니 햇살을 받은 산 캉테가가 눈부시게 빛나고 있다. 일단 트레킹을 시작하면 평균 수면시간이 열두 시간으로 늘어난다는 경험자들의 말이 틀리지 않았다. 우리도 하루의 절반을 침낭 성능을 실험하며 보내고 있으니.

오늘 아침식사로는 프렌치토스트를 주문했는데 계란을 얼마나 살짝 입혔는지 경이로운 수준이다. 내 옆에서 식사를 하고 계시는 주인 할머니의 프렌치토스트는 계란 두께 때문에 식빵이 부러질 지경인데…….

아침을 먹고 에베레스트뷰 호텔로 출발. 3천4백 미터인 이곳 남체에서 4백 미터를 더 올라가 고도 적응을 하면서 에베레스트도 조망하는 게 오늘 우리의 목표다.

길은 가파른 데다 아직 녹지 않은 눈으로 질척거린다. 한 시간 남짓 헉헉거리며 가파른 고개를 올라서니 파노라마 호텔이 나온다. 왼쪽에 캉테가, 정면으로는 쿰비율라, 오른쪽으로는 탐세르쿠가 호위하듯 둘러싸고 있다.

절벽으로 난 좁은 길을 10여 분쯤 걸어가니 에베레스트뷰 호텔이다. 일본인이 세운 오성급 숙소. 이곳에 오는 손님들은 대부분 일본인인데 단체로 헬기를 타고 도착한다고 한다. 이런 산속에 굳이 오성급 숙소를 지어야 하는 건지 알 수가 없다.

오성급 숙소답지 않게 시설은 그저 그런데 노천카페의 전망 하나는 정말 특급이다. 맨 왼쪽으로 타우체(Tawoche 6,542미터)가 보이고, 정면으로 눕체(Nuptse 7,864미터), 그 옆으로 에베레스트, 그 오른쪽으로는 로체(Lhotse 8,501미터)가 보이는 전망이다. 오늘 에베레스트는 구름에 가려 보이지 않지만 손에 잡힐 듯 가깝게 보이는 거대한 봉우리들만으로 이미 한숨이 나온다. 황동규 시인의 표현을 빌리자면 '한번 들어가면 마음의 눈이 멀어야 나온다는 / 슬픔도 소리 없이 언다는 설산', 바로 그 설산들이다.

카페는 나이가 지긋한 일본인 관광객들로 북적거린다. 물만 잔뜩 탄 레몬스쿼시 한 잔을 마시고 하산을 시작한다. 미끄러운 길에 약한 나는 온

파노라마 호텔에서 펼쳐지는 풍경은 그야말로 장대한 파노라마다.

몸을 긴장한 채 조심조심 발을 옮기는데도 결국 굴러서 비탈을 내려오고 만다. 메고 있던 카메라까지 진흙탕에 처박으면서.

숙소로 돌아오니 열두 시. 진흙탕에 굴러 엉망이 된 바지를 빨겠다고 찬물을 받는다. 얼음처럼 차가운 물에 빨래를 하고 헹군다.

"앗, 차가워. 으……. 손가락 떨어지겠네."

비명을 내지르며 손을 호호 불면서 빨래를 헹구는 내 모습을 본 기얀드라가 도와주겠다며 팔을 걷어붙이고 나선다. 그가 헹궈준 옷을 햇볕이 잘 드는 곳에 예쁘게 널고 나니 기분이 상쾌하다.

남체바자는 우리가 문명의 혜택을 받을 수 있는 마지막 장소다. 수세식 변기와 뜨거운 물이 나오는 세면장, 심지어 인터넷까지. 물론 인터넷 요금은 30분에 450루피(약 1만 원)라는 기록적인 수준이라 지갑의 무게를 파격적으로 줄이겠다는 의지 없이는 꿈도 꿀 수 없다. 우리는 문명의 마지막 혜택을 누리기 위해 샤워를 하기로 했다. 한 양동이 가득 담아온 뜨거운 물을 들고 샤워장으로 들어선다. 실망스럽게도 양동이 안의 물은 찬물을 섞어야 할 정도로 뜨겁지는 않다. '이걸로 어떻게 씻지' 걱정했는데 막상 시작하고 보니 양동이 하나 분량의 물로 머리 감고, 몸 씻고, 그 물에 속옷까지 빤다. 사람의 적응력이 새삼 놀랍다.

오후가 되니 어느새 몰려온 안개가 순식간에 산을 감추고, 기온이 뚝 떨어진다. 식당에 장작불이 지펴지는 시간이다. 소똥과 나무를 태우는 난로 옆에 모여 이른 저녁을 먹기 위해 차림표를 훑어본다. 덜 마른 빨래를 난로 옆 의자에 걸어놓고 《간디 자서전》을 읽으며 저녁을 기다린다.

노천카페에서 아마다블람을 바라보는 트레커의 마음에는 저 설산을 오르고 싶다는 욕망이 꿈틀거린다.

오늘 저녁은 언니가 한국에서 들고 온 신라면이다. 여행 다니는 내내 '먹고 싶은 음식'하면 신라면이 먼저 떠오를 정도로 나는 라면을 좋아한다. 언니가 네팔에 오기 전에 주고받은 편지에서 "뭐 필요한 거 없니?" 물을 때마다 나는 "언니, 라면이나 많이 사와."라고 답을 하곤 했다. 그래서 언니가 들고 온 라면 열 개는 이번 트레킹 중 가장 중요한 식량이다. 부엌 사용료 백 루피를 내고 언니가 직접 끓여온 라면은 정말 '둘이 먹다 하나가 죽어도 모를(상투적 표현의 극치지만 이만한 표현도 드물다)' 바로 그 맛이다.

행복한 포만감으로 배를 문지르며 방으로 돌아와 잠자리를 준비한다. 아까 미끄러질 때 삐끗했는지 허리가 쑤셔 찜질 팩을 붙이고 잠자리에 든다.

.. 날씨 : 쨍하고 해 뜬 날
.. 걸은 구간 : 남체바자(3,440미터) – 에베레스트뷰 호텔(3,859미터) – 남체바자
.. 소요 시간 : 2시간
.. 복장 및 위생 상태 : 더 이상 깨끗할 수는 없는 상태

트 레 킹 나 흘 째

따뜻하게 잘 잤다. 찜질팩이 기대 이상으로 열을 내준 덕에 지난 밤 내내 등허리가 뜨끈뜨끈했다. 나도 이제 구들장에 허리를 지져야 할 만큼 나이가 든 걸까.

식당으로 내려와 차림표를 훑어본다. 밥 먹을 때마다 고민이 된다. 어

산간 마을 사람들의 재산목록 1호인 야크는 그 풍채에서도 위엄이 느껴진다.

느 곳을 가든지 완전히 통일된 식단이다. 인종 통합, 계급 통합(네팔에도 카스트 제도가 존재한다)은 하나도 못 하면서 어쩌면 이렇게 식단 통일은 완벽하게 해놓았는지……. 안나푸르나는 어디서나 애플파이를 팔아서 '애플파이 구간'이라 불린다더니, 에베레스트 지역 역시 어디를 가나 똑같은 식단(주로 달밧, 피자, 볶음밥, 오믈렛, 찐 감자 등)이 보급되어 있다. 다만 해발고도가 올라감에 따라 가격도 덩달아 가파르게 올라간다는 점만 다르다. 양파를 넣은 오믈렛으로 식사를 마치고, 난롯가에 모여 앉아 잠시 쉰다.

아홉 시 십오 분, 출발이다. 산허리를 치고 도는 좁은 고갯길이다. 오른쪽 정면으로는 아마다블람(Ama Dablam 6,856미터), 뒤로는 캉테가, 왼쪽으로는 타우체가 보인다. 이곳에서 바라보는 아마다블람은 꼭 아이스크림처럼 생겼다. 가끔씩 짐을 실은 야크 떼를 끌고 가는 사람들과 만난다. 도로도 없고 차도 없는 이곳 골짜기의 유일한 운송수단이 바로 야크다. 살아서는 짐을 나르며 우유와 치즈를 제공하고, 죽어서는 고기와 가죽을 남기는 야크. 야크의 똥은 말려서 연료를 쓰고, 뿔은 목걸이 같은 장신구로 만들어지며, 죽은 야크의 머리는 훌륭한 장식품이 된다. 버릴 데가 하나도 없는 야크는 산간마을 사람들에게 없어서는 안 될 가장 귀중한 존재다. 두 시간을 걸으니 로사샤 마을. 동네 꼬마들이 부대로 만든 썰매를 타며 놀고 있다. 우리도 빌려 타고 눈 쌓인 비탈을 내려왔다.

다시 30분 남짓 걸으니 푼키탄가(Phunki Thanga) 마을. 여기까지는 비교적 평지거나 내리막이었다. 이제 해발고도 3,250미터인 이 마을에서 3,867미터인 텡보체(Tengboche 3,867미터)까지는 계속 오르막이다. 이곳에서 점심을 먹으며 숨을 고른다. 점심은 찐 감자와 야채 수프. 장작을 때는 화덕 하나로 아주머니 혼자 만드는 탓에 음식은 잊을 만하면 하나씩 나온다. 주문하고 한 시간 이십 분을 기다려 나온 음식을 십 분 만에 끝냈다.

다시 걷는다. 눈이 녹지 않은 고갯길이다. 구름이 몰려오고 날이 흐려진다. 눈발이 약하게 흩날린다. 두 시간 후 텡보체 도착. 아주 작은 마을이다. 마을의 중심에 위치한 큰 사원과 그 주변으로 너댓 채의 집이 전부. 이곳 텡보체 사원은 쿰부히말 지역에서 가장 큰 사원으로서 매년 11월 열리는 축제로 유명하다고 한다. 이름 하나는 거창한 '히말라얀뷰 로지

음주가무를 즐기며 떠들썩하게 노는 호주 친구들.

(Himalayan View Lodge)'에 짐을 풀었다.

일곱 명의 호주 단체 관광객과 두 명의 서양인, 우리 셋까지 좁은 식당이 가득 찼다. 오믈렛과 버섯 수프로 저녁을 먹고 난롯가에서 책을 읽고 있지만 집중이 되지 않는다. 이십대 초반으로 보이는 호주 친구들이 음악을 틀어놓은 채 먹고 마시고 춤추느라 소란하기 짝이 없다. 그나마 영어가 내 모국어가 아니라 그 모든 말이 귀에 쏙쏙 들어오지는 않으니 다행이다.

호주 아이들이 '무스탕 커피'라는 네팔 위스키를 주문하더니 마셔보라며 건네준다. 냄새만 맡아도 역겨울 정도로 독해 바로 옆으로 넘긴다. 잠시 후 술에 취한 호주 아이들이 우르르 바깥으로 몰려간다. 뭘 하나 내다보니 남녀 할 것 없이 일렬로 서서 바지를 내린 채 엉덩이를 쑥 내밀고 팬티 바람으로 사진을 찍는다. 떠들썩하게 몰려 들어오는 아이들에게 나는 소리친다.

"분홍색 팬티 주인 누구야? 난 다 봤어."

누군가 망설임도 없이 "그건 나야."라고 대답한다.

"야, 오지(Ozzie, 호주인을 지칭하는 표현)들이 이렇게 잘 노는지 예전엔 미처 몰랐어."라는 내 말에 "원래 혼자서는 얌전한데 모이기만 하면 이래."라며 웃는다.

날씨가 추워서인지 디지털 카메라 건전지가 금방 닳는다. 충전을 해야 하는데 내 충전기 꽂개가 맞지 않아 호주 애들에게 "투핀 플러그 있는 사람?" 물으니 한 청년이 자기 것을 빌려준다.

"이 고마움을 어떻게 갚아야 하지?"

"너 혹시 딸 있어?"

잘못 들었나 싶어 "뭐라고?" 되물으니 "아니, 농담이야" 라며 웃는다. 그제야 농담의 전모를 파악한 나.

'뭐, 딸이 있으면 소개해달라고? 내가 저만 한 나이의 딸을 가진 아줌마로 보일 만큼 나이가 들었다는 거야?'

결국 다 쓴 플러그를 돌려주며 복수의 화살을 날린다.

"이 다음에 혹시 나한테 딸이 생기면 너한테 꼭 연락할게. 단, 네 손자를 위해서야."

옆에 있던 친구들이 박수와 휘파람으로 나의 복수를 인정해준다.

.. 날씨 : 흐린 하늘에 비듬처럼 성긴 눈발 잠시 날리다.

.. 걸은 구간 : 남체바자(3,440미터)–텡보체(3,867미터)

.. 소요 시간 : 4시간 20분

.. 복장 및 위생 상태 : 양호

넌 쇼핑을 당구장으로 가니?

에베레스트 베이스캠프 3 막내동생 같은 포터 기얀드라에게 잔소리를 퍼붓다

딩보체에서 페리체로 가는 고갯길은 놀라운 풍경을 감추고 있다.

에베레스트 베이스캠프 트레킹

텡보체~로부체

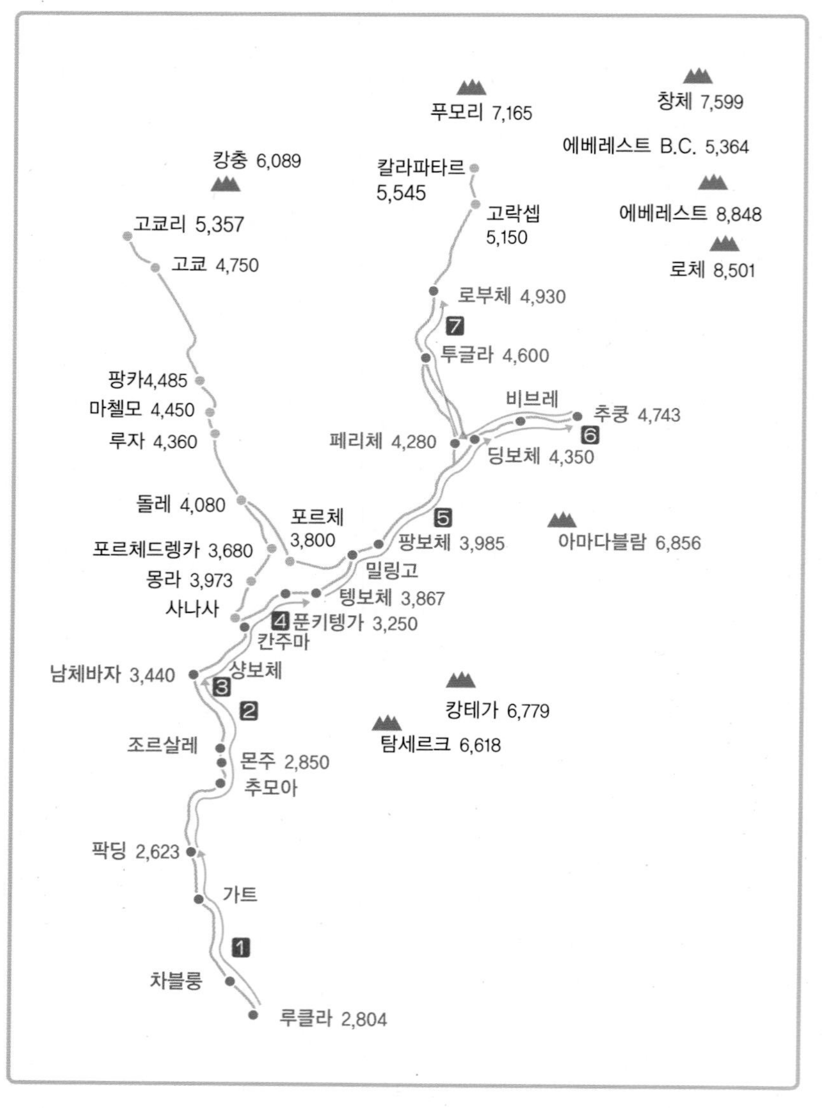

우리들에게 조용한 기쁨을 안겨준 것은 우리가 점점 정상에 가까워지고 있는 사실이나 등반 그 자체가 아니라 마음과 몸이 기능을 충분히 해내고 있다는 느낌이었다. 어쨌든 우리들은 우리에게 어울리는 곳에 와 있었던 것이다.

— 가스통 레뷔파, 〈별빛과 폭풍설〉

트 레 킹 닷 새 째

어젯밤 호주 아이들이 음주가무를 즐기는 통에 밤늦게까지 숙소가 소란스러웠다. 나 역시 그 소란 때문에 침낭 속에서 새벽 한 시까지 뒤척였다. 나이가 들면 귀까지 예민해지는 건가. 이제는 조그만 소음에도 쉽게 깨고 뒤척인다. 나이 들수록 신경이 좀 무뎌지면 좋을 텐데 벼린 칼처럼 점점 날카로워진다.

눈을 뜨니 일곱 시 반이다. 하늘은 눈부시게 푸르다. 오늘부터는 정 선배님과 헤어져 우리끼리 산행을 시작한다. 두통과 불면 등의 고소 증세가 벌써 시작된 정 선배님은 고도 적응을 위해 최대한 천천히 페리체(Pheriche)를 향하기로 했다. 언니와 나는 예정대로 추쿵리(Chhukhug Ri)와 고쿄리(Gokyo Ri)를 다 돌기로 했기 때문에 팀이 나뉘었다. 선배님은 가이드 람과 포터 바뜨라를 데리고 떠나고, 우리는 기얀드라만 데리고 딩보체(Dingboche)로 향한다.

길은 눈길이라 미끄럽다. 정면 왼쪽으로는 눕체, 오른쪽으로는 아마다블람이 따라오더니 앞으로 나아갈수록 조금씩 사라진다. 철다리를 건너니 아마다블람이 다시 나타난다. 여기서부터는 흙길이다. 눈은 거의 녹았다. 열 시 오십 분. 팡보체(Pangboche 3,985미터)에 도착했다. 팡보체는 눕체와 아마다블람에 기댄 작은 마을이다. 사위는 고요하다. 새파란 하늘과 햇살과 바람만 가득하다. 말없이 걸을 수 있어 행복하다.

정오가 다 되어 소마레(Somare) 마을에 들어선다. 이곳의 해발고도는 4,040미터. 우리는 파상 로지(Pasang Lodge)에서 짜파티(얇은 빵)와 찐 감자로 점심을 먹었다. 이 동네 주식이 감자라 그런지 감자 인심 하나는 정말 후하다. 김이 모락모락 나는 찐 감자를 소금에 찍어 배불리 먹고 다시 길을 나선다. 바위와 자갈이 널린 길이 나타났다. 거의 평지에 가까운 길을 반시간 남짓 걷고 나니 페리체와 딩보체로 갈라지는 길이 나온다. 잠시 내리막길을 지나 나무다리를 건너니 다시 오르막이 시작된다. 전나무는 사라지고 키 낮은 관목만 듬성듬성해 고도가 높아졌음을 말해준다.

두 시 삼십 분. 오늘의 목적지인 딩보체(4,350미터)에 도착, 히말라얀 로지(Himalayan Lodge)에 짐을 푼다. 먼저 와 있던 세 명의 호주인 로렌, 사만타, 던킨과 인사를 하고 난롯가에 둘러앉는다. 난롯가에서 책을 읽으며 쉬는 시간이 평화롭게 흘러간다.

우리가 이곳에 도착하자마자 "You rest. I shopping.(당신은 잠시 쉬세요. 전 쇼핑하고 올게요)" 하며 나간 기얀드라가 돌아오지 않는다. 호주팀 가이드 프림에게 물어보니 그가 배를 잡으며 웃는다.

이우는 저녁 해가 붉은 그림자를 설산에 드리우면 산간 마을에는 깊고 어두운 밤이 찾아온다.

"쇼핑이라고? 그걸 믿었어? 너희 포터는 지금 당구장에서 돈 다 쓰고 있을걸."

올해로 포터 생활 사 년차인 기얀드라는 갓 스무 살 된 청년이다. 막내 동생 같아 신경이 쓰였는데, 당구장에서 돈을 다 까먹고 있다고?

"안 돼! 그럴 순 없어."

경악하는 나를 위로하며 "내가 한번 찾아볼게." 하고 나간 프림도 한 시간이 넘도록 감감 무소식이다. 기얀드라가 선불로 받은 임금을 다 날릴까 봐 걱정된 나는 어둑해지는 거리를 걸어 당구장을 찾아간다. 이 깊은 산골에 웬 당구장이람? 당구장 문을 여니, 당구대 하나를 놓고 네팔 젊은이 일고여덟 명이 모여 담배를 피우며 당구를 치고 있다. 눈이 마주친 기얀드라에게 나지막한 목소리로 한마디하고 돌아선다.

"기얀드라! 빨리 안 돌아오면 너 팁 없다!"

잠시 후 나타난 기얀드라에게 다그치며 물었다.

"뭐? 쇼핑을 간다구? 야! 넌 쇼핑을 당구장으로 가니? 거기서 얼마 잃었어?"

기얀드라가 풀이 죽어 대답한다.

"Me? No money. My friend money(저요? 전 돈 안 잃었어요. 제 친구 돈으로 쳤어요)."

친구 돈으로 쳤다는 그 말을 믿을 수도 없지만 설사 제 돈 갖고 쳐서 다 잃었다 한들 내가 무슨 자격으로 더 이상 잔소리를 하리. 게다가 이제 스무 살이면 한창 놀기 좋아하고, 온갖 종류의 유혹에 흔들릴 나이가 아닌

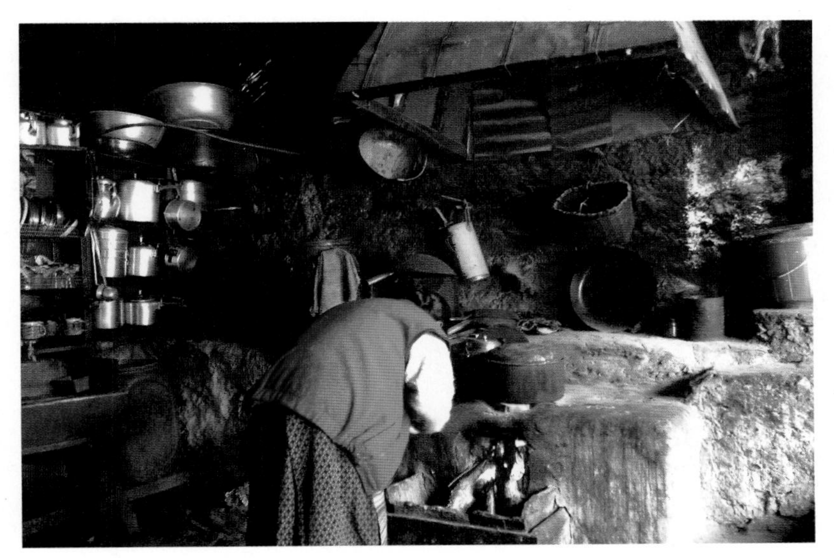

전형적인 부엌의 모습. 배기관이 설치되어 있는 부엌은 깔끔하게 정리되어 있다.

가? 결코 내가 간섭할 문제가 아니라는 걸 알면서도 화가 난다.

저녁을 먹고, 아홉 시까지 난롯가에서 휴식을 취했다. 막힌 코로 숨을 쉬느라 뒤척이다 겨우 잠이 들었다.

.. 날씨 : 햇볕은 쨍쨍 모래알은 반짝
.. 걸은 구간 : 텡보체(3,867미터) – 팡보체(3,985미터) – 딩보체(4,350미터)
.. 소요 시간 : 4시간
.. 복장 및 위생 상태 : 아직은 양호

트레킹 엿새째

오늘도 날은 쾌청하다. 수프와 오믈렛으로 아침을 먹고, 딩보체에서 추쿵으로 출발한다.

큰 배낭은 숙소에 두고, 작은 배낭만을 챙겨 나온 길. 얼음장 밑으로 경쾌하게 흐르는 물소리가 봄이 머지않았음을 알려준다. 수영 언니가 힘이 드는지 기얀드라에게 가방을 맡긴다. 그 모습을 보니 '웬만하면 오늘 하루는 기얀드라가 짐 없이 걷게 하지'라는 생각이 든다. 고산병 증세 중의 하나가 사소한 것에 집착하고 판단력이 흐려지는 것이라던데, 나도 고산병인지 언니가 맡긴 가방 생각이 떠나질 않는다. '내 가방이 훨씬 무거운데, 나는 힘들면 어떡하지.' 이런 생각과 함께 가방 없이 걸어가는 언니의 모습이 자꾸 걸린다.

그러고 보니 산악회 형이 해준 이야기가 생각난다.

"원정 갔을 때 한번은 누룽지를 끓여 먹었어. 누룽지 마지막 국물을 선배가 먹었는데 고소에 걸린 한 후배가 '저 자식이 누룽지 한 숟가락 더 먹었지!' 하며 그 선배 뒤꽁무니만 노려보며 하루 종일 누룽지 생각만 했다더라."

지금 내가 딱 그 꼴이잖아? 머리를 흔들며 가방 생각에서 벗어나려 하지만, 그럴수록 가방은 집요하게 내 머릿속을 파고든다. 내 어깨를 짓누르는 가방의 무게가 오늘따라 예사롭지 않다.

'아, 치졸하고 유치한 인간 김남희.'

저 멀리 우뚝 솟은 아마다블람을 바라보며 쉬고 있는 기얀드라와 수영 언니.

열한 시를 넘겼을 무렵 추쿵에 도착했다. 밀크티를 한 잔 마신 후, 기얀드라와 뒷산에 오르기로 했다. 추쿵리(4,743미터)까지 다녀오기에는 시간이 부족해 뒷산에 오르기로 한 것이다. 언니는 카페에서 쉬고 있겠다며 둘이 다녀오란다. 가방을 메고 나서는 내게 언니는 달거리로 허리와 배가 너무 아파 기얀드라에게 가방을 맡겼다고 말한다. 아, 할 수만 있다면 땅속으로 푹 꺼지고 싶다.

뒷산에 오르는 길은 경사가 45도는 될 것 같다. 그 경사를 거스르며 올라가려니 숨이 몹시 차다. 헉헉거리는 내게 기얀드라가 가방을 달라고 한다. 오전의 나를 용서할 수 없어서 "아니야, 오늘은 내가 들고 갈게."라며 가방을 사수한다. 다섯 발 걷고 헉헉거리며 쉬고, 다시 서너 발 떼는 내게 기얀드라가 말한다.

"칼라파타르 새임 새임 히얼."

'칼라파타르 오르는 길도 여기처럼 힘들다고?'

이제는 기얀드라의 더듬거리는 영어가 완벽하게 이해된다.

오늘은 처음으로 4,500미터를 넘게 올랐다. 숙소로 돌아오니, 그새 한 시간이 지났다. 오전 내내 다리에 힘이 없어 고생했기에 계란볶음밥을 시켰다. 세상에서 가장 맛없는 볶음밥이었지만 그래도 말끔히 비웠다.

한 시를 넘겨 다시 걷는다. 기얀드라가 다시 언니 가방을 멨다. 가방이 없어서인지, 내려가는 언니의 속도는 놀랍도록 빠르다. 한 시간 이십 분 만에 딩보체에 도착했다. 언니는 머리가 너무 아파 정신없이 내려와 약부터 먹었단다. 생리통에 고산병까지 시작됐으니 언니가 얼마나 힘들지

짐작이 간다.

잠시 쉰 후 페리체를 향해 다시 길을 나선다. 딩보체에서 페리체로 가는 고갯길(지름길)은 놀라운 풍경을 감추고 있다. 로체샤와 아일랜드 피크가 뒤편으로 보이고, 왼쪽으로는 아마다블람이, 오른쪽으로는 타우체와 촐라체(Cholatse)에 이어 로부체(Lobuche)가 이어진다. 아일랜드 피크 위로는 낮달이 떠올랐고, 구름이 몰려와 아마다블람을 휘감고 있다. '여기 인간계 맞아?' 하는 의문이 들 정도로 가슴을 뒤흔드는 풍경이다. 30분이면 넘는 고갯길이지만 풍경에 취해 한 시간 넘게 소요하며 페리체로 내려왔다. 페리체는 그 모든 봉우리들의 발치에 납작하게 엎드린 마을이다.

기얀드라의 친구가 요리사로 있다는 쿰부 로지(Khumbu Lodge)로 왔다. 이곳은 무엇보다 화장실이 건물 안에 있어 좋다. 적어도 오늘 밤만은 침낭 속에서 몸을 비비 꼬며 최후의 순간까지 버티는 승산 없는 전투를 치르지 않아도 되겠다 싶었다. 저녁은 '모모'라 부르는 야채튀김만두와 뜨거운 우유에 탄 미숫가루 그리고 공짜로 얻은 야채카레다. 만두도 맛있지만 카레 맛이 일품이다. 지금까지 먹은 물 탄 카레와는 질적으로 다르다. 산속으로 들어갈수록 우리는 점점 단순해지고 있다. 맛있는 밥 한 그릇이면 세상을 얻은 듯 행복하고, 날마다 새로운 풍경이 천국처럼 황홀하다. 이토록 단순한 행복이 좋기만 하다.

저녁을 먹고, 따뜻한 물을 받아 세수하고, 그 물로 발을 씻었다. 남체에서 샤워한 후 처음으로 발을 씻는 것이라 그것만으로도 망극하다. 기얀드라 친구 덕에 뜨거운 물이 공짜란다. 이 깊은 산골에서도 '빽'은 통한다. 기얀드라는 뜨거운 물이 더 필요하면 얼마든지 갖다 주겠다며 오랜만에 어깨에 힘이 들어간다. 그 모습이 귀엽다.

아홉 시까지 난롯가에서 머물다가 방으로 돌아왔는데 실내온도가 바깥과 별 차이가 없는 것 같다. 고도가 높아질수록 추위도 따라와 방에서도 입김이 나온다. 필요한 물건들을 침낭 속에 넣고 자지 않으면 다 얼어버린다. 화장품도 얼고, 침대 머리맡에 둔 찻잔의 물도 얼고, 물휴지조차 꽁꽁 얼어버린다. 카메라 건전지와 물휴지를 침낭 속에 넣고 잠자리에 든다. 내일은 또 어떤 풍경이 나를 기다리고 있을까. 아침에 대한 기대를 품고 잠들 수 있어 참 좋다.

.. 날씨 : 오늘도 쾌청

.. 걸은 구간 : 딩보체(4,350미터) - 추쿵(4,743미터) - 딩보체(4,350미터) - 페리체(4,280미터)

.. 소요 시간 : 4시간 반

.. 복장 및 위생 상태 : 점차 불량해지고 있음

트레킹 이레째

일곱 시가 조금 넘어 일어났다. 오늘도 공짜로 얻은 따뜻한 물에 세수하고(세상 사람들이 굳이 혈연, 학연, 지연 따져가며 인맥을 형성하려는 이유를 설득력 있게 체험했다), 부엌에서 아침을 기다리는 중이다. 식당에는 아직 난로가 지펴지지 않아 염치 불구하고 부엌으로 들어와 화덕 옆에 쪼그리고 앉았다.

오늘도 날씨가 맑다. 오늘부터 본격적으로 고생길이 시작된다. 오늘은 로부체에서 머물고, 내일 아침이면 에베레스트를 조망할 수 있는 칼라파타르(Kala Pattar 5,545미터)에 오를 예정이기 때문이다. 카레라이스로 아침을 든든하게 먹고 길을 나선다. 눈 덮인 산길을 따라 오르는 길. 길은 계속 오르막이다.

두 시간 남짓 오르니 투글라(Tuglha)가 보인다. 투글라는 집이 딱 세 채뿐인 작은 마을이다. 찻집에서 밀크티를 마시며, 영국에서 온 롭과 안토니에게 인사를 한다.

"어디서 왔어?"

"코리아."

"South or North(남 아니면 북)?"

아니, 세계 정세에 아무리 둔감해도 그렇지, 아직도 이런 질문을 하는 사람들이 어쩌면 이리도 많은지! 혈기왕성하던 시절에는 이런 질문을 받으면 "Korea is one!(우리는 하나)"이라고 외치기도 했지만 다 옛말이다.

이제는 부연 설명할 일이 지겨워서라도 그렇게는 대답하지 않는다.

"벌써 몇 번째 똑같은 질문을 듣는지 몰라. 북한 사람들은 외교관과 정부 관리를 제외하고는 해외여행을 못 해. 네가 만약 여행 중인 한국 사람을 만나면 구십구 퍼센트는 남한 사람이라고 생각하면 돼."

열두 시. 다시 출발이다. 삼십 분쯤 오르니 길은 수월해지고, 푸모리(Pumori 7,165미터)가 정면에 보인다. 손에 잡힐 듯 가까이 다가오는 푸모리를 바라보며 걷는 길에, 누군가 버리고 간 커다란 플라스틱 물병 하나가 눈에 들어온다. 모른 척 지나치기엔 너무도 가까운 발치에 놓여 있다. 잠시 망설이다가 결국 주워들고 걷자니 기얀드라가 들고 가겠다고 자청한다. 그러나 감동은 잠시, 바위 틈 사이로 물병을 휙 던져버리는 기얀드라. 한숨밖에 안 나온다.

한 시 사십오 분. 로부체다. 투글라에서 만났던 영국인 롭과 안토니가 먼저 와 있다가 반갑게 맞아준다. 고산병 예방에 좋다는 마늘수프와 오믈렛으로 늦은 점심을 먹는다. 올라오는 길에 머리가 약간 아프더니 그 사이 괜찮아졌다.

이 게스트하우스의 주인은 열여섯 살 된 주니와 스무 살 먹은 그녀의 남편이다. 열여섯 살에 어떻게 결혼을 하느냐고 물었더니 네팔에서는 '필이 꽂히면' 바로 결혼한단다. 남편이 가이드, 포터들과 카드 게임을 하는 동안 주니는 남편이 지는지, 이기는지 참견하느라 산만하기 그지없다.

나는 난롯가에서 《간디 자서전》을 읽으며 건빵을 먹는다.

언니가 카트만두에 도착하던 날, 거대한 건빵 봉지 두 개를 본 나는

칼라파타르에서 보이는 에베레스트의 얼굴.

"웬 건빵? 뭐 그런 걸 다 사왔어?" 하며 비웃었다. 그런데 사실을 말하자면 건빵 두 봉지를 나 혼자 다 먹었다. 이번 에베레스트 베이스캠프 트레킹의 뜻하지 않은 수확 하나가 건빵의 재발견이다. 건빵 봉지에는 이렇게 적혀 있다.

"배고프던 그 시절. 어머님이 건네주시던 그 손맛 그대로. 추억의 건빵. 별사탕도 들어 있어요."

나는 광고문을 이렇게 바꿔 읽는다.

"배고프던 그 산행. 언니가 건네주던 그 손맛 그대로."

딩보체에서 같은 숙소에 머물렀던 호주인 던킨이 우리를 보고 개울을 건너 찾아왔다. 그는 칼라파타르에 올랐다가 내려오는 길이란다.

"칼라파타르 어땠어?"

"Tough! Very Tough! 거긴 무지무지 추워서 난 바라클라바(원래는 추위를 막기 위해 고안되었지만 강도들의 복면으로 오용되는 모자) 쓰고, 가져온 옷 다 꺼내 입고, 스키 장갑까지 꼈는데도 추워서 죽을 뻔했어. 바람이 얼마나 세게 부는지 말도 못해. 사만타는 끝까지 못 올랐어."

사만타는 꽤 건강해 보이는 호주 여성이다. 그런 사만타가 못 올랐다니 은근히 걱정이 된다.

저녁 전에 던킨, 롭, 안토니, 언니와 카드 게임을 했다. 우리가 며칠 전 기얀드라와 던킨에게 가르친 '원 카드'를 하고, 그 다음엔 롭이 가르쳐준 '또라이(Asshole)'라는 얄궂은 이름의 게임을 했다. 음주가무, 잡기에 서

투른 나답게 여기서도 꼴찌는 내 차지다.

롭과 안토니는 아직도 베이스캠프에 갈지, 칼라파타르에 오를지 결정을 못 하고 갈팡질팡하고 있다. 모든 사람들이 고도가 좀 더 높은 칼라파타르의 전망이 낫다고 하는데도 안토니는 제 주장을 꺾지 않는다.

"칼라파타르는 안 돼. 사람들한테 에베레스트 베이스캠프를 갔다 왔다고 해야 말이 되지, 칼라파타르라고 하면 아무도 모른단 말이야."

카트만두에서 들은 말이 생각난다. 우리나라 사람들도 꼭 안나푸르나 베이스캠프, 혹은 에베레스트 베이스캠프 트레킹 등 남들이 알아주는 코스를 선호한다던가.

난롯불이 꺼져가는 시간이다. 잠자리에 들어야 하는 시간. 오늘 하루도 좋았다.

.. 날씨 : 화창

.. 걸은 구간 : 페리체(4,280미터) – 투글라(4,600미터) – 로부체(4,930미터)

.. 소요 시간 : 3시간 45분

.. 복장 및 위생 상태 : 비교적 양호

정상 등반 꿈을 접다 "엄마, 안심하세요!"

에베레스트 베이스캠프 4 **칼라파타르 정상에서 에베레스트를 마주하다**

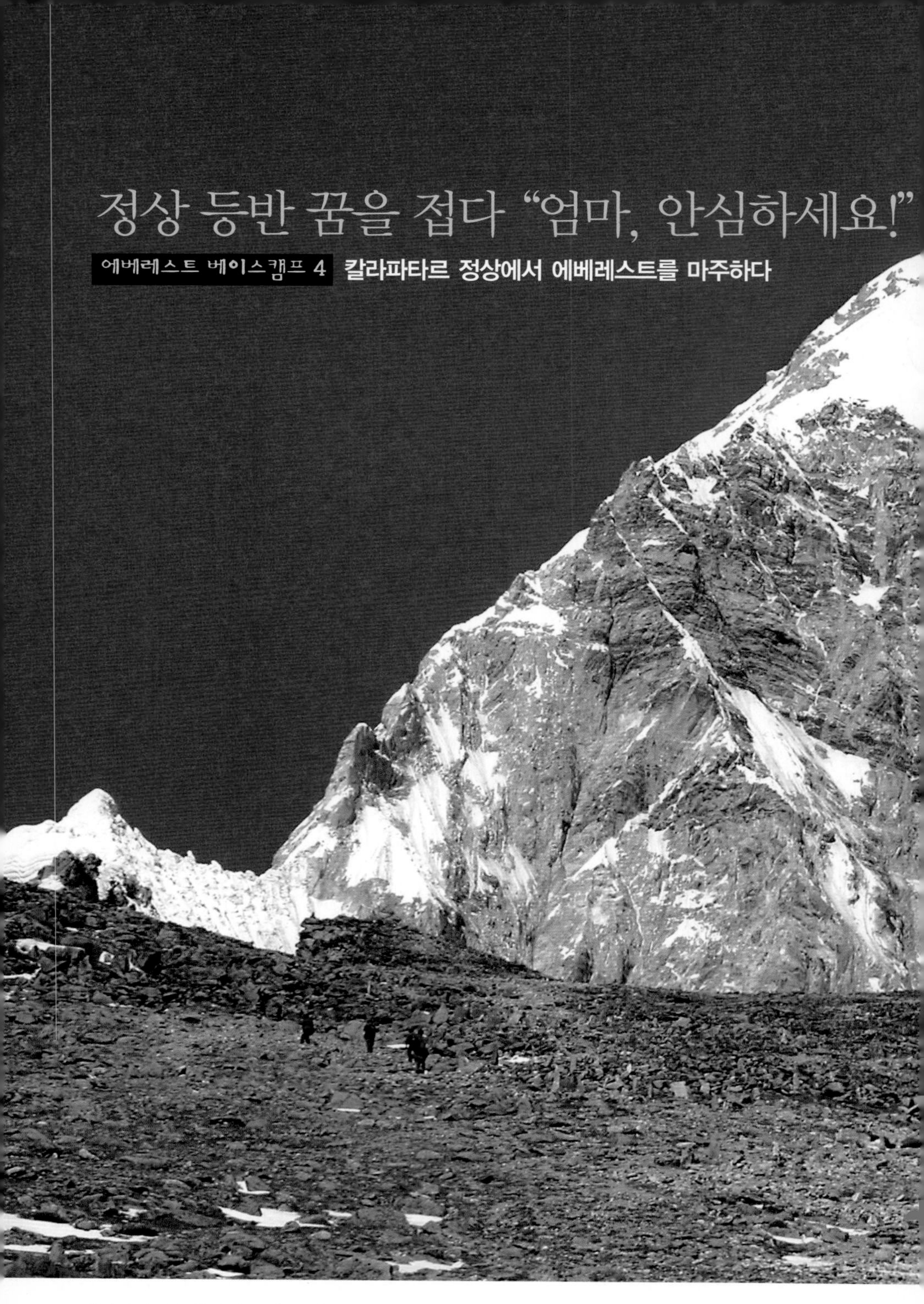

칼라파타르를 향해 가는 길, 눈앞으로 푸모리가 손에 잡힐 듯 다가선다.

에베레스트 베이스캠프 트레킹

로부체~팡보체

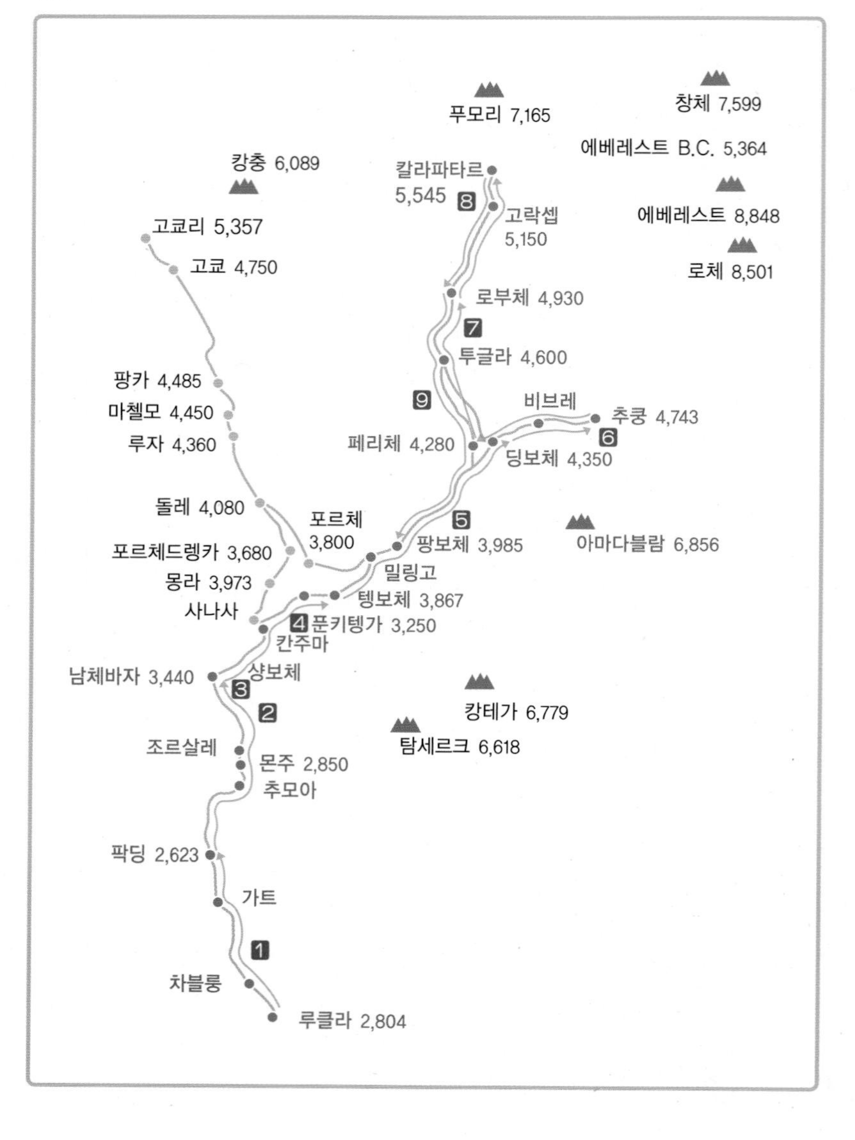

> 탐구해야 할 것은 산이 아니고 인간이다. 나는 에베레스트를 정복하기 위하여 오른 것이 아니다. 나는 이 자연의 최고 지점에서 나 자신을 체험하고 싶었다. 그리고 가능하다면 에베레스트의 장대하고 준엄한 모든 것을 내 팔에 안고 싶었다.
>
> —라인홀트 메스너, 〈죽음의 지대〉

트레킹 여드레째

드디어 그날이 왔다. 날은 화창하게 개었다. 우선 복장부터 새롭게 무장한다. 그동안은 내의 위에 플리스 천을 안으로 덧댄 겨울바지를 입고 다녔는데 오늘은 고소내의 한 벌을 더 입는다. 양말은 세 켤레를 껴 신었다. 위에는 플리스 티셔츠 두 개, 그 위에 폴라텍 보온 자켓, 다시 윈드 스토퍼 방풍 점퍼를 입고 마지막으로 고어텍스 방수 점퍼를 걸친다. 내 모습이 뒤뚱거리는 북극곰 같아 보인다는 걸 알지만 어쩔 수 없다. 없는 맵시 내느라 동사의 위험을 감수할 수는 없으니. 보온 모자와 장갑을 끼고, 어젯밤 던킨에게 빌린 바라클라바와 스키 장갑을 가방에 넣는다.

오늘은 짐을 작은 가방 하나로 줄여 마실 물과 비상 식량, 여벌의 옷만 넣고 그 가방을 기얀드라에게 준다. 우리는 각자 카메라 하나씩만 메고 스틱을 들었다.

뜨거운 코코아를 한 잔 마시고 일곱 시에 숙소를 나선다. 계속 굽이도는 바위 언덕길이다. 로부체를 떠난 지 두 시간 만에 고락셉(Gorak Shep)에 도착한다. 집 두 채가 전부인데 그중 하나는 문을 닫았다.

스노우랜드 인(Snowland Inn)에서 토스트와 코코아로 아침을 먹고 열 시에 다시 출발. 푸모리를 정면으로 바라보며 급한 경사의 언덕길을 오른다. 북소리처럼 울려오는 내 심장 소리. 한 시간 넘게 이어지는 흙길을 지나니 너덜바위들이 널린 길이다. 삼십 분쯤 오르니 고갯마루가 나온다. 여기가 정상인가 둘러보는데 기얀드라가 말한다.

"여기가 칼라파타르야. 저 위랑 전망은 똑같아."

음, 저 위가 정상이군. 이놈이 이제 잔머리까지 쓰네. 그것도 금방 들통 날 잔머리.

"더 올라가자."

올라오는 속도가 좀 느리던 언니가 보이지 않아 걱정이 된다. 기얀드라를 내려 보내는데 가방을 메고 왔다갔다하게 만들기가 영 미안하다.

"가방은 날 주고 갔다 와."

그러고는 가방을 호기롭게 건네 받았는데, 그게 결정적 패착이었다. 가방 메고 너덜지대를 이십여 분간 오르는 동안 도무지 진도가 나가지 않는다. 가방의 무게가 이토록 처절하게 내 어깨를 눌러올 줄이야! 이 가방 속에 조국의 존망이 고스란히 담긴 핵무기의 제조방법, 혹은 남북한 정상회담 비밀 문건이 들어 있다 해도 이토록 내 어깨가 무겁지는 않으리라. 두어 걸음 떼고 지팡이에 기대어 쉬고, 다시 두어 걸음 떼고 또 기대어 쉬고. 심장은 금방이라도 터질 듯 쿵쾅거리며 뛰어오른다. 정말 이 가방이 내 가방만 아니었으면 사정없이 던져버렸을 거다.

열두 시. 마침내 영원히 끝나지 않을 것 같던 길이 끝나고 칼라파타르 정상이다. 에베레스트(8,848미터)가 바로 눈앞에, 그 옆으로 살짝 드러난 로체(8,501미터)와 멋진 자태를 자랑하는 눕체(7,864미터)가 우뚝 솟아 있다. 고개를 뒤로 돌리면 손에 잡힐 듯 가까운 푸모리(7,165미터). 전후좌우 사방을 둘러봐도 온통 눈 덮인 산뿐이다.

나 혼자서 저 눈부신 봉우리들을 바라보고 있는 이 순간. 가장 먼저 생각나는 사람은 역시 영국의 등반가 조지 맬러리. 왜 에베레스트에 오르려 하냐는 기자의 집요한 질문에 "Because it is there(그 산이 거기 있기 때문이죠)."라는 유명한 말을 남긴 등반가. 영국이 파견한 1차, 2차, 3차 에베레스트 원정대는 그의 이름을 빼놓고 말할 수 없다.

1924년, 세 번째 원정대의 일원인 에드워드 노튼(Edward Norton)은 에베레스트 정상에서 불과 275미터 아래인 해발 8,573미터 지점까지 무산소로 올랐다가 심한 피로와 설맹으로 하산하고 만다. 며칠 후 6월 8일 새벽, 같은 원정대의 일원인 조지 맬러리와 앤드루 어빈(Andrew Irvine)이 정상으로 향했다. 영국 상류계급 출신인 맬러리는 활달하고 매력적인 성품에 멋진 외모를 지닌 로맨틱한 이상주의자였다고 한다. 에베레스트 산자락에서 야영을 하는 동안에도 그는 동료들과 《햄릿》과 《리어왕》을 번갈아가며 낭독했을 정도다.

맬러리와 어빈이 정상으로 향하던 아침은 안개구름이 산을 휘감아 두 사람의 모습이 보이지 않았다. 그날 오후 열두 시 오십 분에 안개구름이 잠시 갈라진 사이에 그 봉우리의 꽤 높은 지점까지 올라간 둘의 모습을 동료가 목격했다. 하지만 그들은 끝내 내려오지 못했다. 맬러리의 나이 서른여덟이었다. 그들이 정상에 올랐는지는 그 후 산악계에서 격렬한 논쟁거리가 되었다.

72년이 지난 1996년, 맬러리와 어빈은 정상 부근에서 얼어붙은 채로 발견되었다. 맬러리의 목에는 사진기가 걸려 있었지만 세월로 인해 현상이 불가능한 상태였다고 한다. 결국 그가 정상에 올랐는지는 영원한 수수께끼가 되어버린 셈이다.

그 후로도 오랫동안 에베레스트는 인간의 발길을 허락하지 않았다. 1949년 네팔 정부가 몇백 년에 걸친 쇄국 정책을 풀고 문호를 개방하자 에베레스트에 오르려는 사람들이 티베트쪽 북쪽 사면이 아닌 네팔쪽 남쪽 사면으로 몰려들기 시작했다. 1953년 봄, 군사 작전을 방불케 하는 엄청난 물자를 동원하고 강렬한 열정으로 무장한 대규모 원정대가 에베레스트에 도착했다. 이번에도 영국이었다. 두 달 반에 걸친 노력 끝에 5월 28일, 동남능선 8,504미터 지점에 마지막 캠프 설치가 완료됐다.

다음날 새벽 뉴질랜드의 양봉업자 에드먼드 힐러리(Edmund Hilary)와 셰르파 텐징 노르가이(Tenzing Norgay)가 정상을 향해 출발했다. 그들은 정오 직전에 세계의 지붕에 올랐다. 사흘 뒤 대관식 전야를 맞은 엘리자베스 여왕에게 그 소식이 전해지고, 영국의 《타임스》가 6월 2일 새벽 첫판에 특종으로 공식 보도했다. 경쟁지들이 《타임스》의 특종을 가로채는 걸 막기 위해, 젊은 특파원 제임스 모리스는 그 긴급 뉴스를 암호를 이용

칼라파타르에서 바라본 에베레스트(왼쪽에서 두 번째 검은 봉우리), 로체, 눕체의 자태. 기야드라와 수영 언니가 포즈를 취하고 있다.

한 무선 통신 메시지를 통해 에베레스트에서 런던으로 전했다고 한다.

제2차 세계대전 이후 급하강하는 국력의 쇠퇴를 무기력하게 지켜보던 영국인들은 젊은 여왕의 왕위계승과 세계의 지붕 정복을 희망찬 미래를 약속하는 신비로운 조짐으로 받아들였다고 한다. 반세기의 세월이 지난 지금, 에베레스트는 가장 오르기 쉬운 봉우리 중의 하나가 되었다고 할 정도로 수없이 많은 등산가들이 그 산에 올랐다. 하지만 그때만 해도 에베레스트 등정은 인간의 달 착륙과 비견할 만한 사건으로 인류에게 희망과 자긍심을 선사한 경이로운 승리였다고 한다. 힐러리와 텐징 노르가이가 초등한 후에도 150명이 넘는 산악인들의 목숨을 앗아간 산.

에베레스트가 다시 한 번 세상 사람들의 이목을 집중시킨 건 이탈리아 티롤 출신의 세계적인 등반가 라인홀트 메스너 때문이었다. 그때까지 에베레스트를 오를 때 보조 산소를 사용하는 건 당연한 과정이었다. 메스너는 산소에 의지하지 않고 오직 자신의 호흡만으로 에베레스트에 오르겠다고 공언했다. 그는 1978년 5월 8일 보조 산소를 사용하지 않고 사우스 콜과 동남능선을 경유해 에베레스트의 정상에 올랐다.

"영원히 성장해 나가는 자는 어제 한 일을 곧 뛰어 넘는다. 어제 일은 오늘의 그와 관계가 없으며 그는 그 속에 부족한 것을 발견하고 얼굴을 붉힐 뿐이다."

어느 산악인이 한 말이다. 메스너는 그 말을 실천했다. 2년 뒤 또다시 무산소로, 이번에는 셰르파나 그 누구의 도움도 받지 않고 완전히 혼자서 에베레스트를 올랐다. 최소한의 물량과 인원으로 최단시간에 산을 오

고락셉 마을 뒤로 우뚝 솟은 눕체.

르는 메스너의 알파인 스타일 등반은 정상에 오르기만 하면 된다는 등정주의에서 어떻게 오르느냐가 더 중요하다는 등로주의를 확산시키는 데 큰 몫을 했다(에베레스트에 얽힌 일화들은 존 크라카우어가 쓴 《희박한 공기 속으로》에서 인용했다—지은이 주).

맬러리의 꿈이었고, 힐러리와 노르가이를 허락했으며, 기술의 발달을 멈추고 인간의 진화를 선언한 메스너의 산이었던 에베레스트. 또 세간의 관심도 지원도 없이 열악한 장비를 의지만으로 극복하며 남들이 가지 않는 신 루트를 개척한 폴란드의 위대한 산악인 예지 쿠쿠츠카(Jerzy Kukuczka)를 허락했던 산이자, 수많은 이름 없는 산악인들의 청춘이자 열정이었던 산. 그 산을 내가 바라보고 있다. 5,545미터의 높이에 서서. '물도 흐르지 않고 어떤 식물도 자라지 않는 세계, 일체가 파괴되고 무너지는 세계'가 내 눈앞에 펼쳐져 있다.

수만 년의 침묵을 이고 에베레스트는 따가운 햇살 아래 서 있다. 지칠 줄 모르고 이어져 온 모든 도전과 성공, 그리고 참혹했으나 아름다운 실패를 지켜봤을 저 산은 오늘도 말이 없다. 지금 이 순간에도 저 산을 오르기 위해 누군가 짐을 꾸리고 있으리라. 나는 그들이 흘렸을 땀의 양을 모른다. 그들이 꾸었을 꿈의 깊이도 모른다. 그들이 견뎌야 했을 고독과 좌절의 높이도 알지 못한다. 단지 내가 아는 것은 인간을 전진케 하는 힘은 '격렬한 희망'이라는 사실. 격렬한 희망과 그 희망에 대한 치열한 믿음 하나만으로 세상을 버티는 이들의 삶은 아름답다. 비록 그 꿈을 이루지 못한다 해도, 그들의 삶은 빛이 되어 꿈 없는 이들의 가난하고 어두운 삶을 비추고 있을 것이다. 오늘 나의 경배는 이 산에서 내려온 이들이 아닌, 다시 내려오지 못한 이들에게 바쳐진다.

이곳에 넘치는 건 오직 죽음에의 공포와 막막한 고독. 저 거대한 산에 청춘을 묻고 몸을 묻은 이들의 꿈 한 자락을 잠시 들여다보는 지금, 이유를 알 수 없는 슬픔이 조금씩 치밀어 오른다.

숙연한 마음으로 서 있는 동안 기얀드라와 언니가 올라온다. 침묵은 곧 깨진다. 사진을 찍고, 초콜릿을 나눠 먹으며 잠시 머물다가 내려온다. 내려오는 길, 누군가의 혼이 나를 부르는 것 같아 자꾸만 뒤를 돌아본다. 바람이 불어오기 시작한다. 바위산을 휘감는 바람소리가 묻힌 영혼들의 울음소리처럼 들려온다.

하산을 시작한 지 한 시간 만인 한 시 십오 분, 고락셉 도착. 스노우랜드 인으로 다시 돌아와 뜨거운 코코아를 마시며 쉰다. 갈증이 나는 언니는 콜라를 주문하는데 이곳에선 콜라 한 캔이 250루피(약 5,600원)다. 기얀드라가 머리가 아프다며 탁자에 얼굴을 묻고 있다. 언니가 두통약을 꺼내 건네준다. 어떻게 된 게 우리는 멀쩡한데, 포터가 고소에 걸리는지 모르겠다.

이 식당의 천장과 벽은 트레커들이 남겨놓은 티셔츠와 팬티, 모자, 손수건으로 가득하다. 천 위에 트레커들의 이름과 날짜, 감상이 적혀 있다. 우리도 손수건에 몇 자 적는다.

"까탈이와 수영, 인내와 겸손을 배우고 갑니다. 2004년 2월 4일 From South Korea" 그리고 손수건을 주인아저씨께 건네준다. 아저씨는 남체

시장에서 핀을 사오면 걸어놓겠다는데 다음에 오면 과연 걸려 있을까?

로부체로 하산을 시작한다. 한 시간 남짓 바위 언덕길을 오르락내리락 하고 나니 평지가 이어진다. 네 시가 다 되어 로부체에 도착한다. 더운 물에 얼굴을 씻고 야채카레와 언니가 싸온 김으로 저녁을 먹는다. 다 부서진 김 한 장이 임금의 수라상보다 낫다.

난롯가에서 손전등을 켜고 책을 읽다가 방으로 돌아와 엄마께 엽서를 쓴다. 엄마에게 전했다.

오늘로써 에베레스트 정상을 오르겠다는 꿈 하나는 확실히 버렸다고. 다른 것 다 떠나서 추위 때문에 도저히 안 되겠다고. 그러니 엄마도 걱정 하나는 내려놓으셔도 된다고.

.. 날씨 : 구름 한 점 없는 새파란 하늘
.. 걸은 구간 : 로부체(4,930미터) – 고락셉(5,150미터) – 칼라파타르(5,545미터) – 고락셉 – 로부체
.. 소요 시간 : 7시간
.. 복장 및 위생 상태 : 불량

트레킹 아흐레째

오늘은 평소보다 한 시간이나 늦은 여덟 시에 눈을 떴다. 피로 때문인지 꿈도 없이 푹 잤다. 계란을 넣은 토스트와 코코아로 아침을 먹고 아홉 시 반에 숙소를 나선다.

한 시간 만에 투글라에 들어선다. 올라올 때 차를 마셨던 집 아저씨가

우리를 보더니 반갑게 인사하며 덧붙인다.

"아버님은 결국 고산병 때문에 페리체에서 하산하셨어요!"

아버지가 누굴 말하는지 잠시 헷갈렸는데 알고 보니 정 선배님이다. 연세가 지긋하신 선배님이 우리를 딸과 조카딸이라고 소개하고 다니셨는데, 그새 온 동네에 소문이 다 났나 보다. 나는 언니에게 속삭인다.

"언니, 우리 이러다가 아버지를 버린 매정한 딸들로 소문나는 거 아니야?"

바위산 하나를 넘고 나니 평지가 나온다. 투글라에서 페리체로 가는 길 왼쪽 앞으로는 멀리 아마다블람이 보이고, 오른쪽 옆으로는 타우체와 촐라체가 따라온다. 어제 칼라파타르에 오를 때 두통으로 고통스러워하던 기얀드라가 오늘도 몸이 좋지 않은지 자주 쉰다. 사탕을 몇 알 건네니 초콜릿을 달라고 해 초콜릿을 꺼내 나눠 먹었다.

멀리 페리체 마을이 보인다. 언덕에는 풀을 뜯거나 햇볕을 쬐고 있는 야크 몇 마리들.

열두 시. 페리체 도착. 지난번에 머물렀던 쿰부 로지에서 점심을 먹기로 하고 야채카레와 코코아를 주문한다. 그 사이 주방장은 카트만두로 휴가를 떠나고 주방 보조가 혼자 요리를 한다. 그래서인지 주문한 지 한 시간이 지나도록 음식 나올 기미가 없다. 햇볕 따스한 창가에서 언니는 졸고 있고, 팔자 늘어진 개 한 마리도 내 발 밑에서 자고 있다. 한 시간 반 만에 나온 음식을 10분 만에 끝내고 다시 출발. 시간은 어느새 두 시가

다 되어간다.

오르쇼(Orsho)를 지날 무렵 눈발이 날린다. 소마레를 지나고 나니 개천을 왼쪽으로 끼고 계속되는 절벽길. 길은 한 사람이 겨우 걸을 만큼 비좁고 가파르다. 저 멀리 가야 할 길이 보인다. 물소리와 야크 방울 소리가 공기 중에 떠돌고 있다. 그사이 눈발은 제법 굵어져 사위를 하얗게 덮는다. 희뿌연 구름과 눈발 사이로 가끔 환영처럼 산봉우리들이 나타났다 사라진다. 내가 지금 인간 세상을 걷고 있는 건지, 신들의 거처에 발을 들여놓은 건지 모르겠다.

팡보체 마을이 보이는 곳에서 우리는 '사원' 표시가 난 오르막길로 접어든다. 제법 가파른 오르막길을 20분 이상 오르니 절과 마을이 보인다. 타쉬 로지(Tashe Lodge)에 짐을 풀었다. 건축설계가 직업인 수영 언니가 갑자기 흥분한 목소리로 말한다.

"남희야, 이 집 굉장히 재미있는 집이야. 경사를 그대로 이용해 집을 지었어. 여기 계단 보여? 그리고 저 나무 좀 봐. 집 한가운데를 뚫고 나가잖아."

정말 식당에서 방으로 올라가는 계단에는 거대한 나무 둥치가 보인다. 자연 환경을 그대로 이용해 지은 집답게 내부 구조가 좀 복잡하다. 이 집에서 화장실 가는 방법을 소개해보면 이렇다. 우선 방을 나서서 삐걱거리는 나무 계단을 일고여덟 개쯤 내려가 오른쪽으로 돌아서 첫 번째 나무문을 열고 나간다. 그리고 다시 돌계단을 열 개쯤 내려가면 허리쯤 오는 나무문이 나온다. 그 문을 열고 나가 찬 공기와 바람에 어리둥절해진

팡보체 마을에 쏟아지는 눈이 마을의 얼굴을 순결한 백색으로 다시 그려내고 있다.

정신을 추스려 정면으로 열두 발자국쯤 걸어가 문을 열면 화장실이다(물론 푸세식이고, 용량이 거의 찼으므로 조심해서 앉아야 한다. 볼일을 본 후 가득 쌓여 있는 나뭇잎을 뿌려주면 잘 썩은 거름으로 재활용된다).

우리는 우선 뜨거운 우유를 주문한다. 그리고 카트만두에서 만난 여행자에게 덥석 받아온 미숫가루를 꺼낸다. 정말이지 이 미숫가루를 우리에게 주고 간 '미숫가루 소년'에게 축복이 있기를. 뜨거운 우유에 미숫가루를 타서 약간의 설탕과 함께 마시면 맛도 좋고 소화도 잘 되고 든든하기까지 하다. 이 집 안주인 타쉬가 맛을 보겠다기에 따라줬더니 "아니, 짬파랑 똑같네" 한다. 그렇지, 짬파가 보릿가루 볶은 거니까 비슷하겠지(티베트에서 건너온 셰르파들의 주식도 티베트처럼 짬파다). 미숫가루를 마시고 있는데 기얀드라가 또 '샵(shop)'에 다녀오겠다고 한다. "No!"라고 단호하게 말하고 못 가게 감시하는 중.

이곳 주인인 타쉬는 스물여섯 살의 이혼녀다. 이혼 후 친정집으로 돌아와 네 살 난 아들 장부를 혼자 키우고 있다. 중매로 결혼한 그녀는 처음부터 남편과 성격이 맞지 않았다고 한다.

이곳에서는 임신을 하면 대부분이 집에서 아이를 낳는데, 그녀는 갑자기 하혈을 시작해 헬기에 실려 병원이 있는 쿰중으로 가야만 했다. 제왕절개로 아이를 낳고 병원에 입원해 있는 동안에도 남편은 여전히 불성실하고 무책임한 모습 그대로였다고 한다. 타쉬는 병원에 혼자 누워 있는 동안 이 남자를 남편으로 믿고 평생을 살아야 한다는 사실에 회의를 느껴 퇴원하는 길로 이혼부터 했다고 한다. 네팔에서는 이혼녀가 드물지

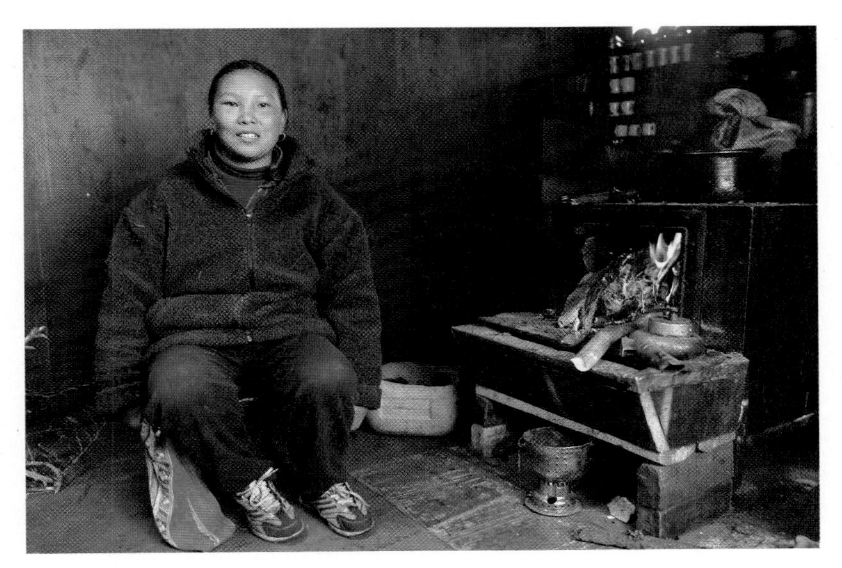

네 살 난 아들을 혼자 키우며 씩씩하게 살아가는 타쉬.

않느냐고 물으니 아주 드물다고 한다. 결혼도 대부분 중매로 이루어진다. 예전에는 부모가 맺어주면 얼굴도 못 보고 결혼하는 게 대부분이었지만, 요즘은 많이 민주화(?)되어 직접 만나보고 '예스냐 노우냐'를 결정할 말미를 하루 정도는 준다고 한다. 네팔도 인도처럼 카스트 제도가 존재하고 수십 개의 부족이 있는데, 카스트가 낮은 부족과는 결혼하지 않는다고 한다.

아버지가 이 동네의 존경받는 라마스님인 타쉬는 이곳의 돈 있는 집 자녀들이 그렇듯 카트만두에서 유학을 했다. 이곳 산간마을에서 게스트하우스를 운영하는 사람들 대부분은 자녀를 카트만두로 유학 보낸다. 관광객의 발길이 끊기는 겨울이 오면 숙소의 문을 닫고 엄마가 자식들을 보러 카트만두로 간다. 이곳 팡보체에서는 다섯 명이 카트만두에서 공부를 했는데 다들 이곳으로 돌아왔다고 한다. 카트만두에서는 직장 구하기도 힘들고, 구한다 해도 월급이 적어 이곳으로 돌아와 부모의 게스트하우스를 물려받거나 가이드나 고산 포터 등을 하며 살아간다고 한다. 타쉬의 소원은 미국 같은 외국에 나가 돈을 벌어 아들을 공부시키는 거라고 한다. 그녀에게 그 꿈이 가장 절실한 것이라면 꼭 이루어지기를…….

.. 날씨 : 펄펄 눈이 옵니다.

.. 걸은 구간 : 로부체(4,930미터) – 페리체(4,280미터) – 팡보체(3,985미터)

.. 소요 시간 : 4시간

.. 복장 및 위생 상태 : 점차 불량해지고 있음

업힌 동생은 울상인데 업어주는 언니는 마냥 즐거운 표정이다.

"포터를 동물처럼 다루어선 안 돼!"

에베레스트 베이스캠프 5 독일 아줌마의 날카로운 충고

저녁 햇살에 빛나는 탐세르쿠.

에베레스트 베이스캠프 트레킹

팡보체~고쿄

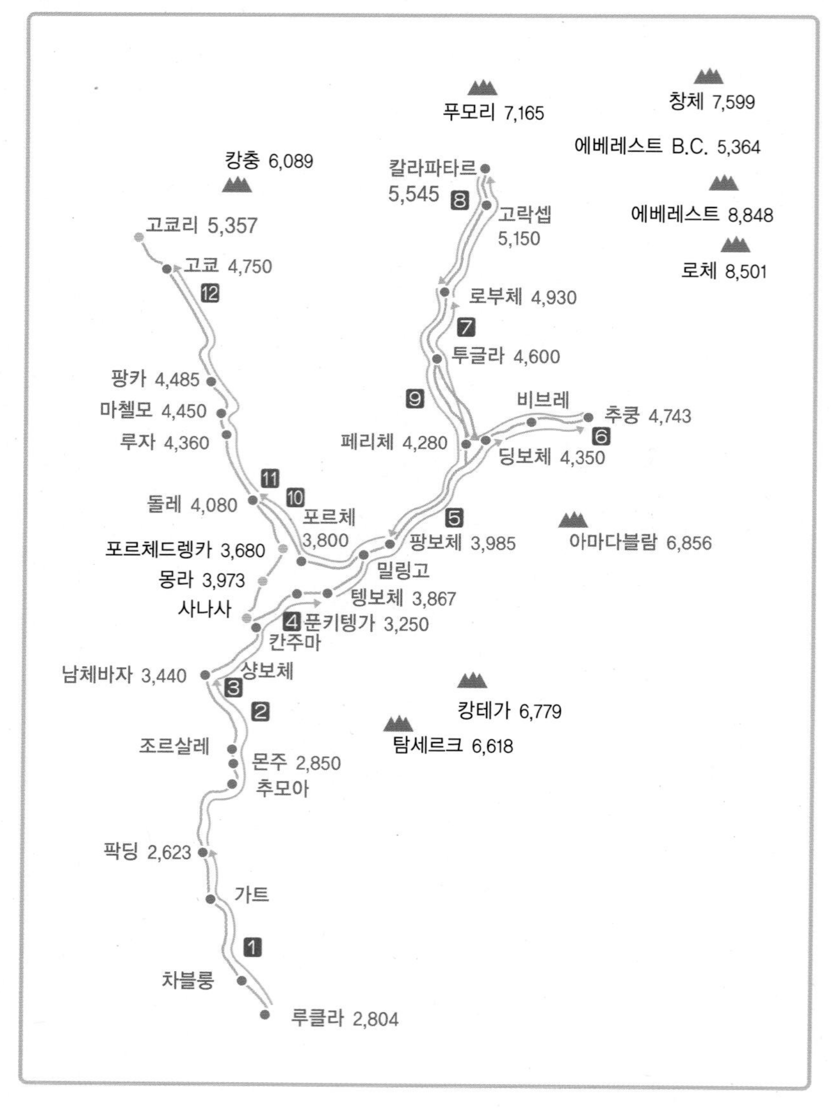

오 마음이여, 마음에는 산이 있구나. 추락의 절벽이여.
무시무시하고, 깎아지른 듯하고, 아무도 측량치 못한 것이여.
— 제프리 노먼, 《딸 그리고 함께 오르는 산》 중 제라드 맨리 홉킨스의 말

트레킹 열흘째

지난 밤 꿈에 옛 친구를 만났다. 꿈속에서도 나는 어딘가로 떠나고 있었는데 항구인지 기차역인지로 그가 마중을 나왔다. 한마디 말도 없이, 체념 어린 담담한 눈으로 나를 바라보기만 하다가 내가 떠날 때 옷이 든 봉투 하나를 건네고 돌아서 갔다. 그 슬픈 눈빛이, 아침에 잠을 깨고도 마음에 오래 남았다. 꿈속에서 아픔을 참느라 이를 얼마나 악물었는지 양쪽 어금니가 얼얼하다. 모파상이 그랬지.

"키스는 번개처럼 엄습하고 사랑은 마치 소나기처럼 지나간다. 그리고 인생은 또다시 하늘처럼 잠잠해지나니. 그러다 예전처럼 되풀이되고. 우리는 구름을 기억이나 할까?"

나도 소나기 지나가고 구름 걷힌 잠잠한 하늘이고 싶다.

어제 저녁때 뜨거운 물을 약간 얻어 세수를 했다. 세수하는 우리를 물끄러미 바라보던 타쉬가 묻는다.

"매일 아침 저녁으로 두 번씩 세수를 해?"

"응! 왜? 이상해?"

"우린 날씨도 너무 춥고 게으르기도 해서 일주일에 한 번도 안 씻는데……."

타쉬는 이렇게 말하며 웃는다(이렇게 태양빛과 바람이 강한 곳에서는 세수를 하면 얼굴을 보호해주는 기름기가 다 제거되므로 안 하는 게 좋다는 글을 어디선가 읽은 기억이 난다). 어쨌든 수영 언니가 "그 말 듣고 나니 너무 미안하더라."라며 망설이기에 내가 말했다.

"그럼 우리 내일 아침은 젖은 휴지로 닦고 말까?"

그래서 오늘은 물휴지로 얼굴을 닦기만 한다. 벌써 며칠째 머리를 못 감았는지 모르겠다. 양말은 일주일째 같은 걸 신고 있고……. 그런데 점점 이 모든 것들이 아무렇지 않게 느껴진다. 이 트레킹이 끝날 무렵, 에베레스트 정상에는 못 올랐어도 '더러움의 최고봉'에는 가뿐히 오를 수 있을 것 같다.

부엌 화덕 옆에 쪼그리고 앉아 미숫가루와 오믈렛으로 아침을 먹는다. 트레킹 중에 부엌 근처는 가급적 기웃거리지 않는 게 좋다는 걸 알면서도 추위를 피하느라 화덕이 있는 부엌을 자꾸 찾게 된다.

부엌에서 음식 만드는 과정을 지켜보면 밥 먹기가 몹시 힘들어진다. 우선은 야채를 씻어서 조리하는 모습을 한 번도 못 봤다. 감자, 양파, 양배추…… 종류에 관계없이 전부 껍질만 벗기고 그대로 쓴다. 행주로 쓰고 있는 걸레를 본다거나, 세제를 푼 대야에 한 번 담갔다 빼는 게 전부인 설거지, 야채와 고기 및 모든 재료를 닦지도 않은 칼 하나로 요리하는 광경 등등 이런 걸 보고 나면 화기애애한 식사 분위기 조성이 어려워진다. 또 음식의 유통기한이나 신선함, 위생을 따져서도 안 된다. 우리가 먹었던 수프도 유통기한이 6개월 넘게 지났고, 통조림 과일 역시 깡통 껍질이 다 벗겨지고 찌그러들어 생산년도를 도저히 확인할 수 없는 것들이었다. 그러므로 명랑한 식사 문화 건설을 위해 비위가 약한 분들은 절대 부엌에 들어가지 말 것! 도무지 풀 수 없는 수수께끼 하나는 조리과정을 이토록 간략히 함으로써 조리시간이 엄청나게 단축될 만도 한데 주문 후 음식이 나오기까지 평균 대기시간이 한 시간이라는 사실.

지난 밤 내내 눈이 내려 세상이 온통 하얗다. 이 집 마당에서는 캉테가와 탐세르크가 바로 앞산처럼 가까이 보인다. 탄성이 절로 터지는 '초특급 수퍼 울트라' 전망이다. 나지막이 엎드린 돌집들은 아직 잠들어 있고, 양철 지붕에서 흘러내리는 눈 녹은 물소리만이 마을의 적막을 깨뜨린다. 마을을 둘러싼 전나무 숲에도 하얗게 눈이 내려앉아 제법 무거워 보인다. 숲이 바람을 막아줘서인지 이 마을은 고도에 비해 유난히 따뜻하다. 처음 이곳에 들어설 때 저 나무들을 보는 것만으로 얼마나 마음이 흐뭇하던지……. 아무것도 자라지 않는 설산은 잠시 바라보기에는 좋아도 오래 머물고 싶다는 마음은 들지 않는다. 역시 숲이 있고 거기 기대어 사는 생명들이 있는 낮은 산이 사람이 들기에도 좋다.

짐 들고 나와서 마을의 절을 둘러본다. 문이 잠겨 앞에서 기다리고 있으니 기얀드라가 사람을 불러와 열어준다. 부처님께 절하고, 시주를 한 뒤 나온다. 티베트 식으로 채색한 창문들이 오늘따라 흰 눈빛 속에서 더

욱 곱다.

다시 출발이다. 절벽으로 난 좁은 길이 끝도 없이 이어진다. 한 사람이 겨우 걸어갈 정도로 비좁은 길이 산등성이에 위태롭게 걸려 있다. 지난 밤 내린 눈이 꽃으로 피어 눈 가는 곳마다 환하다. 한 시간쯤 절벽 길을 걷고 있자니 산 밑에서 구름이 몰려와 길을 지우고 길 위의 모든 흔적까지 덮어버린다. 좁은 벼랑길에는 아무도 없다. 눈꽃 핀 나무와 풀을 뜯고 있는 야생 산양(자랄) 떼만이 가끔 고개를 들어 우리를 흘깃 바라볼 뿐이다. 세상이 저 홀로 고요하고 평화롭다.

한 시가 다 되어 포르체(Porche)에 들어선다. 눈 덮인 마을이 제법 크다. 자욱하던 안개가 걷히며 마을의 윤곽이 조금씩 드러난다. 마치 마법이 풀리듯 안개를 헤치며 깨어나는 마을들. 문을 연 식당에 들어 가 점심을 주문한다.

두 시 십오 분. 포르체를 떠난다. 점심 먹는 사이 내리기 시작한 눈이 계속 내리고 있다. 길은 점점 눈에 덮여가고 시야가 흐려져 바로 눈앞밖에 보이지 않는다. 가방은 허리를 눌러오고 발은 무거운데 길까지 미끄러워 온 신경을 집중해 걸어야 한다. 언니와 기얀드라, 나까지 모두 스틱을 꺼내 쓰고 있다. 정적을 깨는 가쁜 숨소리와 스틱 찍는 소리. 포르체에서 계곡까지 내려와 다리를 건너 다시 산을 오른다. 오르막 고갯길이 도무지 끝날 기미를 보이지 않는다. 어두워지기 전에, 길이 눈에 덮여 사라지기 전에 돌레에 도착해야 한다는 부담감이 마음을 짓누른다.

네 시 사십 분. 마침내 돌레에 들어선다. 집들은 대부분 문이 잠겨 있

야생 산양들이 경사가 가파른 절벽에서 풀을 뜯고 있다.

고, 마을에는 사람의 흔적이 없다. 멀리 굴뚝에서 연기가 솟아오르는 유일한 집을 찾아간다. 마을을 내려가 냇가를 건넌 곳에 위치한 예티 인(Yeti Inn). 난로가 지펴진 식당에 들어서니 중년의 독일인들이 모여 있다. 인사를 나누고 서로 거쳐온 길을 이야기하는 화기애애한 분위기도 잠시. 갑자기 독일인 아줌마가 경직된 얼굴로 나를 쳐다보며 묻는다.

"너희 포터, 저 운동화 신고 칼라파타르에 갔다 왔니?"

그랬다는 내 대답에 그 독일인은 고개를 흔들며 말한다.

"어떻게 그럴 수가 있어? 너흰 당장 남체로 내려가 포터에게 새 신발부터 사줘야 해. 저런 신발로 등산하면 얼마나 위험한지 몰라? 트레킹 시작할 때 포터 장비도 확인 안 했니?"

이건 마치 범인 취조하는 경관의 말투다. 기분이 나빠지지만 그래도 성의 있게 대답을 해준다.

"루클라에서 우리 가이드가 포터를 고용할 때 장비를 충분히 갖췄냐고 질문했었고, 우리가 일행(정 선배님)과 헤어질 때도 다시 한 번 장비가 충분한지 물었어. 그때마다 가이드는 '걱정 마. 다 준비했으니 문제없어.'라고 대답해서 우리는 더 이상 신경을 쓰지 않았어. 나중에 우리 포터가 등산화를 가져오지 않았다는 걸 알았을 때는 이미 한참이 지난 후였고."

전혀 납득을 못 하는 눈치다. 잠시 후 내가 카메라 건전지가 없어서 큰일이라고 중얼거렸더니 독일인 아줌마가 다시 끼어든다.

"너 뭔가 착각하고 있는데, 큰일은 그게 아니야. 지금 큰일은 너희 포터 신발 문제야."

두 번째 지적에 기분이 상한 내가 퉁명스럽게 말한다.

"그건 네 문제가 아닌 것 같은데?"

그러자 그녀가 맞받는다.

"아니, 이건 우리 모두의 문제야."

기분이 점점 나빠져 나도 말투가 공격적으로 변해간다.

"그래서 어떻게 해야 하는데? 우린 지금 시간도 충분치 않고……."

말을 가로채며 아줌마가 말한다.

"남체로 내려가야지. 지금이라도 남체로 내려가서 신발부터 사주고 다시 올라와. 안 그러면 동상에 걸려 발가락을 절단하는 사태가 생길지도

돌레의 돌집과 돌담이 눈에 덮여가고 있다.

몰라. 트레킹 시작하기 전에 철저히 확인했어야지. 너, 루클라에 포터들을 위한 장비 대여소(Porters' Clothing Bank)가 있는 거 몰랐니? 거기 가면 포터들 옷하고 신발 다 무료로 빌려줘. 그것도 몰랐단 말이야? 이건 모두 너희 책임이야. 내일 바로 남체로 내려가서 신발을 구입해야 해."

전후사정을 다시 설명하며 우린 네팔이 처음이어서 잘 몰랐다고 말을 한다. 네팔 가이드들은 다 고개를 끄덕이며 우리 잘못이 아니라고 편을 들어주는데 이 부부는 완강하다.

망신은 계속된다. 독일팀 가이드가 묻는다.

"너희 포터, 하루에 얼마로 생활하는지 알아?"

"우린 가이드한테 포터 비용으로 하루 8달러씩 지불했어. 그중 6달러(420루피)가 포터에게 가는 걸로 알고 있어."

"아니야. 너희 포터 15일간 계약에 2,550루피 받았대. 하루에 170루피씩. 그래서 생활비 아끼려고 하루 100~150루피만 쓰면서 다닌대."

"뭐라구?" 언니와 나는 경악을 금치 못한다. 람, 그 가이드 자식이 우리를 가지고 놀았다. 이제서야 그동안의 미심쩍은 일들이 다 이해가 간다. 처음에 팍딩에서 포터 한 명이 갑자기 바뀌었던 까닭하며(일당을 알고 나서 못하겠다고 그만둔 거였다), 정 선배님과 헤어질 때 포터 한 명을 더 고용하겠다는 우리 제안에 람이 회사에서 알면 곤란하다는 핑계를 대며 거절한 이유도 뚜렷해진다. 새로 고용한 포터를 통해 가격이 들통 나면 안 되니까. 그 나쁜 놈이 기얀드라에게 겨우 2,500루피를 주면서 그랬단다. 우리한테 팁을 받으라고.

요 며칠 기얀드라가 힘겨워하고 자주 쉬던 이유도 이제야 알겠다. 그 적은 돈으로 생활하려니 식사를 부실하게 하거나 건너뛰고, 그러다 보니 점점 기운을 잃고 비실거린 게 아닐까? 머릿속에서 김이 모락모락 피어오른다. 열 받아 쓰러질 것 같다. 우리를 속인 람은 정말 때려죽이고 싶도록 밉고, 그 돈을 받고 일한 기얀드라에게도 화가 나고, 좀 더 철저히 확인하지 못하고 가이드에게 놀아난 나 자신에게도 분노가 치밀어 견딜 수가 없다. 게다가 출발 전에 비용을 전액 완불하는 바람에 일을 더 어렵게 만든 정 선배님께도 화가 나고…….

난롯가에 둘러앉은 사람들 사이의 화제는 어느새 포터나 가이드들의 횡포와 사고에 관한 이야기로 바뀐다. 이런 일이 아주 비일비재하단다. 손님 짐을 팽개치고 도망간 포터, 손님의 배낭을 들고 사라진 포터, 선불로 준 돈으로 술 먹고 안 돌아온 포터, 심지어 고객을 버려두고 도망간 가이드 이야기……. 오랫동안 포터와 가이드로 일했던 이 집 주인 캔의 이야기는 끝도 없이 이어진다. 그런 이야기를 듣는 둥 마는 둥, 나는 카트만두에 돌아가 복수혈전을 어떻게 벌일지 고민하느라 머릿속이 복잡하다. 졸지에 포터 안전은 신경도 안 쓰는 무식하고 이기적인 한국인으로 찍힌 오늘, 잠이 올 것 같지 않다.

.. 날씨 : 하늘엔 흰 눈이 내리고 거리에는 오가는 사람들 (벗님들의 노래 '사랑의 슬픔' 중에서)
.. 걸은 구간 : 팡보체(3,985미터) – 포르체(3,800미터) – 돌레(4,080미터)
.. 소요 시간 : 5시간
.. 복장 및 위생 상태 : 상체–비교적 양호 / 하체–몹시 불량

트레킹 열하루째

눈을 뜨니 바깥 세상이 온통 하얗다.

아침을 먹으러 식당으로 가는데 독일 아줌마가 앞을 가로막는다.

"너한테 충고 좀 해야겠어. 너 오늘 당장 포터 데리고 남체로 내려가. 그게 책임 있는 행동이야. 넌 책임 있는 행동을 할 줄 알아야 해."

이 아줌마는 어디서 '주먹 안 쓰고 입으로 쓰러뜨리는 법'이란 제목의 강의라도 들은 것 같다. 나도 아줌마 말을 가르며 "충고 고마워." 하고는 부엌으로 들어가 버린다. 아무리 좋은 이야기도 말하는 사람의 태도에 따라 상대에게 들리기도 하고, 안 들리기도 한다는 걸 이 아줌마는 모르는 걸까. 정말 《대화의 기술》 같은 책이라도 사주고 싶다.

그런데 나도 점점 걱정이 되기 시작한다. 칼라파타르는 운이 좋아 운동화로 올랐지만, 지금은 눈이 많이 내려 길이 안 좋은데 정말 저 운동화로 될까 슬슬 불안해진다. 결국 이곳 주인아저씨께 자문을 구한다.

"솔직히 말하면 내 생각에는 남체로 내려가는 게 나을 것 같아. 지금은 눈이 많이 와서 상황이 어떨지 모르니까. 이건 네 책임은 아니지만 어쨌든 이렇게 됐으니까 네가 절반 내고, 포터에게 절반 내라고 해서 신발을 새로 사 신고 오르는 게 낫지 않을까?"

"아저씨가 그렇게 말한다면 내려가야겠지요. 그래야겠어요."

이 얘기를 듣고 있던 독일팀 가이드가 나선다.

"나한테 여벌의 신발이 하나 있는데 그 신발을 너희 포터에게 줄게."

뜻밖의 제안이 너무나 고맙다.

“신발 값은 얼마를 주면 될까?” 물으니 신발 값은 필요 없다며 기어코 사양한다.

모든 일이 잘 되었다고 좋아하며 방으로 와 짐을 꾸리는데, 누군가 방문을 열고 들어선다. 또 독일 아줌마다.

“너한테 할 말이 있어. 우리 가이드가 너희 포터한테 자기 신발을 준 거 알아? 우린 남체로 내려가면 바로 가이드에게 새 신발을 사줄 거야. 너희도 좀 배워야 하지 않겠어?”

“이봐요, 아줌마. 그렇지 않아도 우리 역시 남체로 내려갈까 생각하고 있던 중이었는데…….”

내 말은 들은 척도 안 하고 자기 할 말만 계속한다.

“너희 때문에 우린 한국과 한국 사람들에 대해 정말 나쁜 인상을 갖게 됐어. 너희는 정말 자본주의화된 물질적인 애들이야. 책임 있는 행동은 전혀 할 줄도 모르고……. 넌 포터를 동물처럼 생각하나 본데 포터는 동물이 아니야. 동물로 다루어서는 안 돼.”

아니, 이 아줌마가 지금 뭐라고 하는 거야? 뭐, 포터를 동물로 취급해서는 안 된다고? 열 받아 정신이 없고 할 말을 잃은 나, 여기서부터 막 나가기 시작한다.

“나도 너희처럼 무례하고 잘난 척하는 독일인은 생전 처음 봤어.”

내 목소리는 떨려오고 눈물이 솟구치기 시작한다. 이때, 갑자기 끼어드는 아줌마의 남편.

"여기서 국적이 무슨 상관이야? 그 얘기는 하지 마."

"이봐. 당신 와이프가 먼저 한국 사람 운운했잖아. 당신들은 다른 사람과 대화하는 법부터 배워야겠어. 독일인들이 매사에 경우 바르고 남을 생각하고 올바른 일만 한다면, 도대체 히틀러의 유태인 대학살 때는 뭘 하고 있었는데?"

주제와는 상관도 없는 남의 약점을 끄집어내 공격하다니 얼마나 치졸하고 비겁한가. 하지만 나의 분노는 이미 이성적 사고가 불가능하고 통제가능 영역을 벗어났다.

"과거 이야기는 하지 마. 그건 아무 상관없는 거잖아? 너 어제 나한테 귄터 그라스를 좋아한다고 했지? 너에게 그런 말을 할 자격이 있는지 생각해봐. 귄터 그라스가 어떤 사람인지도."

이렇게 말하더니 휙 돌아서서 나간다. 어쩌면 이럴 땐 영어도 더 안 되는지…… 어쩔 줄 모르고 서 있는데 언니가 그런다.

"우리, 기얀드라 남체로 내려 보내자."

나는 바로 식당으로 뛰어 내려가 기얀드라에게 소리 지른다.

"너, 당장 신발 벗어. 돌려주고 남체 가서 신발 사와."

옆에 있던 독인 아줌마가 또 나서서 우리가 어떤 류의 인간들인지 다시 한 번 설명해준다. 무책임하고, 잘못을 인정할 줄도 모르고, 남의 말을 들을 줄도 모르는 사람이라며. 나도 소리 지른다.

"그만해. 당신이랑 얘기하고 싶지 않으니까. 그만 하라니까."

아줌마는 굴하지 않고 계속 말한다.

"Shut Up!(입 닥쳐)"

마침내 극단적인 표현까지 나오고 만다. 영문을 모르는 기얀드라는 어쩔 줄 모른 채 서 있고, 독일인 부부는 한국인들을 싸잡아 욕하며 숙소를 떠난다.

너무도 억울하고 화가 난 나는 참았던 울음이 터지고 만다. 내 인생에 이렇게 모욕적인 일이 또 있을까. 수영 언니 품에 안겨 엉엉 울고 만다. 주인아주머니가 "신경 쓰지 마. 잊어버려. 네 잘못도 아닌데……."라며 뜨거운 차를 내온다. 차를 마시며 흥분을 가라앉히고 나니 언니가 말한다.

"남희야. 저런 사람이랑 싸울 때 흥분하면 네가 지는 거야. 침착하게 평온한 목소리로 따져야지."

누가 그걸 모르는가. 알면서도 못하는 이의 심정은 어떻겠는가. 할 말은 입 안에서 맴돌고, 눈물부터 솟구쳐 눈앞은 흐려지고, 목소리는 떨려오고……. 나도 이런 내가 싫지만, 이런 면에서는 어렸을 때부터 지금까지 조금의 진보도 없으니 어쩌겠는가. 아무리 애를 써도 '포커 페이스'가 되지 못하는 이의 비애를 언니가 어찌 알리.

기얀드라는 고쿄로 올라가자고 하는데, 언니와 나는 오늘 하루 쉬고 이제 그만 산을 내려가기로 결심한다. 이 기분으로 올라간다면 결코 즐거운 산행을 할 수 없을 것 같기 때문이다. 게다가 기얀드라가 얻은 신발이 좀 작은 것 같아 위험을 무릅쓰고 올라가기보다는 빨리 내려가서 '람'을 잡는 데 총력을 기울이기로 한 거다.

곰곰이 생각할수록 모두에게 화가 난다. 포터의 장비를 철저히 점검하지 못하고 가이드와 포터의 말만 믿은 나에게도 화가 나고, 그런 터무니 없는 돈을 받고 기본 장비조차 없이 4년째 포터를 하고 있는 기얀드라에게도 화가 나고, 무엇보다 포터의 돈을 떼먹은 사기꾼 람에게 가장 분노가 치민다. 서양인들이 제일 많이 오는 곳이라고 굳이 카트만두 게스트하우스에서 계약을 맺고, 전액을 선불로 지불한 정 선배님도 밉고……. 그나마 이런 상황에서도 침착함을 잃지 않는 언니가 있어서 다행이다. 이제 남은 일은 빨리 루클라로 내려가 람을 잡아서 그 사기꾼을 망신 주는 일이다. 이놈을 어떻게 요리할지가 지금 최대의 고민거리이자 숙제다.

분노를 삭인 후 하루 종일 난롯가에서 먹고, 책 읽고, 또 먹고, 쉬며 시간을 보냈다. 안개는 종일 몰려왔다 몰려가며 앞산을 희롱한다. 난로의 불길이 사위어갈 때마다 마른 장작을 집어넣고 꺼져가는 불길을 살린다. 타닥타닥 마른 장작 위로 불길이 타오르는 소리를 듣고 있다가 눈을 들어 창밖의 앞산을 바라보고, 다시 보던 책으로 정신을 집중하고……. 마침내 오후 늦게 《간디 자서전》을 끝냈다. 지금 내 마음에는 간디의 비폭력 불복종의 '사티아그라하' 정신이 가득하기는커녕, 람에 대한 처절한 복수심이 불타고 있으니 이 일을 어쩐담.

쿰중에 갔던 캔도 돌아오고, 마첼모로 산책 갔던 기얀드라도 돌아오고, 다시 저녁 시간도 돌아온다. 한 일도 없이 저녁을 배부르게 먹고 방으로 돌아와 잠자리에 든다. 막 잠이 들려는 나를 깨우는 언니의 흥분한 목소리.

"어머, 남희야. 저 별빛 좀 봐."

사흘간의 흐린 날씨 끝에 쏟아져 나온 별들이 창가로 바싹 고개를 들이

밀고 있다.

"꼭 비박하는 기분이다. 눈 쌓인 산과 별빛이 다 보이고……."

"침낭 속에 누워 있지, 침낭 바깥 공기는 싸늘하지…… 정말 비박할 때랑 비슷하네."

잠시 후 잠든 나를 또 깨우는 언니.

"어머, 남희야, 저 달빛 좀 봐."

겨우 눈을 뜨니 보름달이 방안으로 눈부시게 비쳐들고 있다.

"내 얼굴 달빛 받은 거 보여?"

"응, 언니. 정말 예쁘다. 근데 나 한 번만 더 깨우면 죽어!"

달빛도, 별빛도 무시하고 잠이 드는 무신경한 나.

.. 날씨 : 흐리고 눈발 날림
.. 걸은 구간 : 숙소 앞마당(돌레에서 휴식)
.. 소요 시간 : 0시간
.. 복장 및 위생 상태 : 상당히 불량. 정신상태도 불량하다.

트레킹 열이틀째

날씨가 더할 나위 없이 청명하다. 바람도 없고, 햇살은 따뜻하고, 하늘은 새파랗게 개었다. 어제의 소란이 부끄러워지는 청명한 날씨다.

캔은 이 좋은 날씨에 왜 내려가냐며 지난 일은 다 잊어버리고 고쿄로 올라가라고 한다. 기얀드라도 여전히 풀이 죽어 있지만 조심스런 목소리로 올라가자고 채근한다. 결국 우리는 예정대로 산행을 계속하기로 결심한다. 야채카레와 밥을 시켜 언니가 가져온 고추장에 비벼 맛있게 아침을 먹는다.

아홉 시를 조금 넘겨 길을 나선다. 사흘 만에 보는 파란 하늘이 우울했던 기분까지 상쾌하게 만든다. 발걸음도 가볍다. 한 시간 남짓 걸으니 라팔마(Rafarma 4,417미터). '마운틴뷰힐탑 로지'라는 길고도 거창한 이름의 숙소가 하나 있다.

루자(Luza 4,360미터)에 이어 마첼모(Machhermo 4,450미터) 통과. 여덟 아홉 가구가 사는 마을이다. 열두 시에 팡카(Fangka 4,485미터) 도착. 이곳에서 점심을 먹기로 하고 팡가뷰포인트 호텔로 들어선다. 이곳 식당 유리창으로는 해발고도 8,153미터인 초유(Choyoo)가 한눈에 들어온다. 뭘 먹을까 잠시 고민하다 자그마치 270루피(약 6,000원)나 하는 참치야채피자를 주문한다. 지금껏 먹은 음식 중에 가장 비싸다. 한 시간을 기다려 나온 피자는 마늘과 양파와 당근과 참치와 치즈가 푸짐하게 얹혀 있어 기대 이상으로 맛있다.

네팔인들의 주식인 달밧(렌즈 콩으로 만든 국과 카레를 넣고 볶은 야채, 밥이 함께 나온다)을 먹던 기얀드라가 한 고봉을 다 먹은 후 또 한 고봉을 담아 먹는다. 그 엄청난 양을 보고 내가 놀라는 표정을 지으니, 가득 솟은 밥을 가리키며 "아마다블람 봉우리!"라며 웃는다. 오랜만에 보는 그 천진한 미소가 반갑다.

오후 두 시, 다시 산을 넘는다. 초유를 마주보며 눈이 채 녹지 않은 길

경전의 글귀가 적힌 기도 깃발이 바람에 날리고 있는 고갯마루.

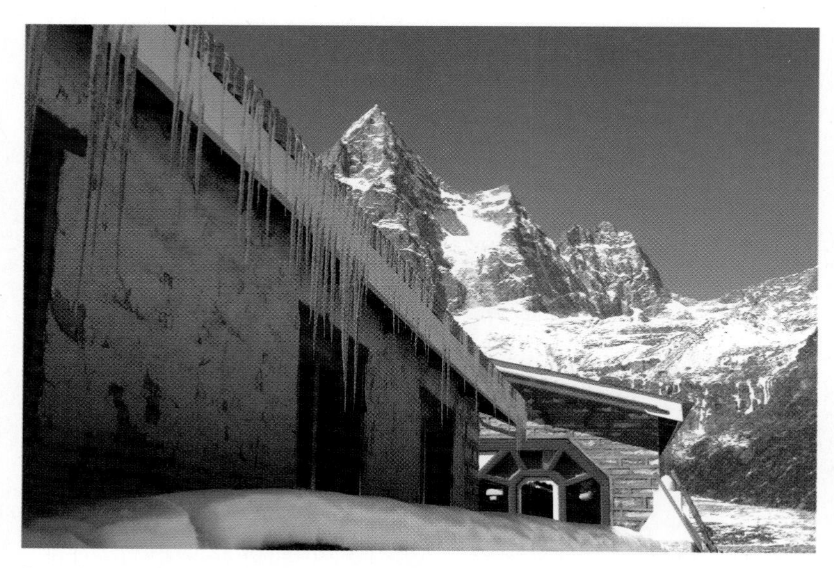

"고드름 따다가 발을 엮어서 각시방 영창에 달아놓아요."

을 걷는다. 길은 평탄하게 이어진다. 네 시. 점심 먹은 후 두 시간 남짓 걸으니 오늘의 목적지인 고쿄(Gokyo 4,750미터)다. 여덟아홉 가구 정도 되는 작은 마을이 고쿄 호수를 둘러싸고 있다.

느끼한 음식을 먹으면 반드시 나타나는 복통이 마을을 코앞에 두고 시작됐다. 어쩔 수 없이 바위 뒤에서 급히 일을 보고 눈으로 덮었다. 아깝다. 오랜만에 먹은 그 비싼 피자가 그대로 나왔으니……. 그사이 호수로 다가가던 언니는 눈 속에 허리까지 빠지는 바람에 기얀드라에 의해 구조당한다.

고쿄 리조트를 찾아서 짐을 푼다. 삼면이 창으로 둘러싸인 식당에서는 호수가 한눈에 들어온다. 방에는 제법 큰 침대와 탁자가 놓여 있고 전기도 들어온다. 화장실은 물론 건물 안에 있다!

"우와! 5천 미터 고도에서 이렇게 훌륭한 시설은 처음이다. 그치?"

우리는 마구 감동한다.

짐을 풀고 한 대야에 40루피짜리 더운 물을 사서 세수하고 발을 씻었다.

저녁 먹으면서 네팔에 네 번째 왔다는 영국인 여행 가이드 크리스와 이야기를 나눴다. 얼마 전 BBC 뉴스에 북한이 외국 귀빈들로부터 받은 선물을 전시한 박물관이 나왔는데, 나이지리아에서 보내온 박제 악어 한 마리가 한 손에 쟁반과 컵을 들고 꼿꼿이 서 있었다나.

여덟 시에 잠자리에 들었다. 언니가 준 소화제 먹고 잠들다.

.. 날씨 : 푸른 물 뚝뚝 듣는 하늘

.. 걸은 구간 : 돌레(4,080미터) – 마첼모(4,450미터) – 팡카(4,485미터) – 고쿄(4,750미터)

.. 소요 시간 : 5시간

.. 복장 및 위생 상태 : 몹시 불량

새하얀 봉우리가 생크림 같아

에베레스트 베이스캠프 6 먹고 싶은 음식들이 눈앞에 아른아른

고쿄 피크 올라가는 길에 보이는 고쿄 마을의 전망.

에베레스트 베이스캠프 트레킹

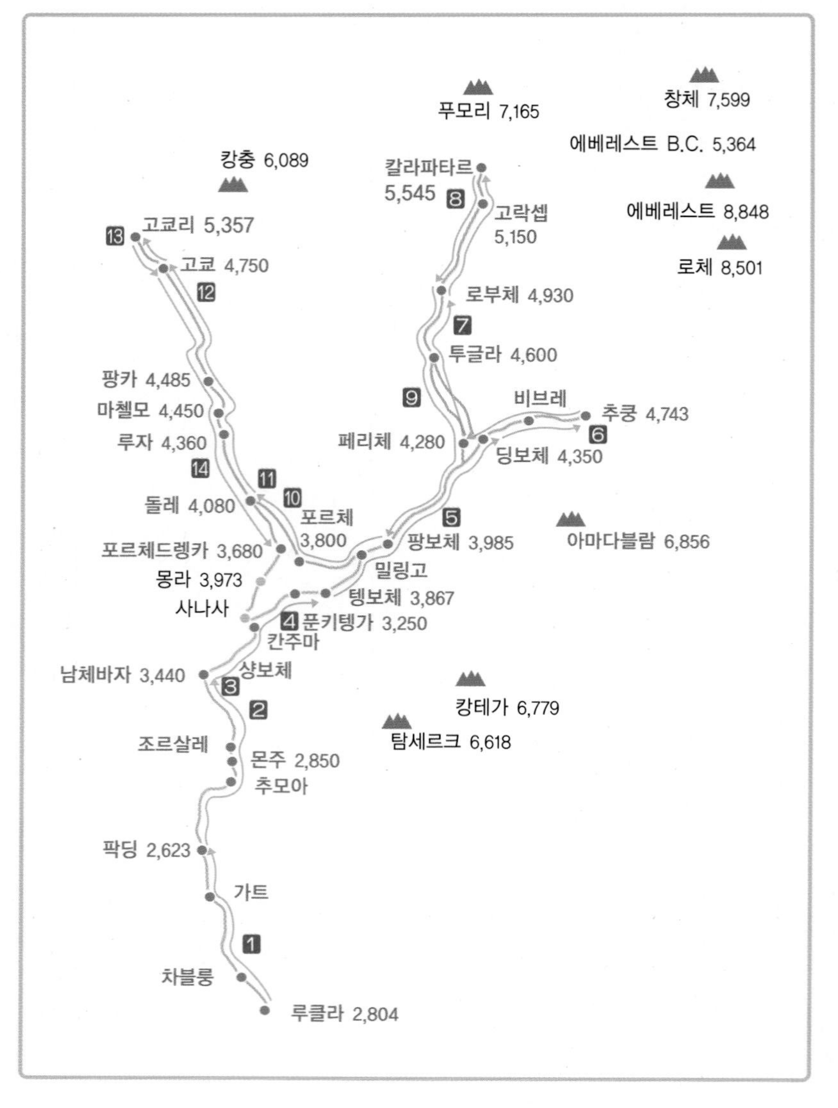

나는 무엇보다 나 자신과 만나고 싶다. 우리 인디언들은 삶에서 다른 것을 추구하지 않았다. 물질이나 권력은 우리가 쫓아 다니는 것들이 아니었다. 그런 것들은 겨울 햇살 속에 날려 다니는 마른 잎과 같은 것이다. 우리는 매순간을 충실하게 살고자 노력했으며, 자연 속에서 우리 자신을 돌아보는 일을 게을리하지 않았다. 하루라도 평원의 한적한 곳을 거닐면서 마음을 침묵과 빛으로 채우지 않으면 우리는 갈증난 코요테와 같은 심정이었다. 검은새(오타와 족 인디언)

— 류시화, 《나는 왜 너가 아니고 나인가》 중에서

트레킹 열사흘째

날은 화창하다. 창밖으로 햇살을 받고 깨어나는 산과 호수가 건너다 보인다. 고쿄리(Gokyo Ri 5,357미터)에 올라가기 위해 작은 배낭을 꾸린다. 언니는 오후에 올라가겠다며 침낭 속에 누워 있고, 나는 미숫가루를 뜨거운 우유에 타 마시고 기얀드라를 기다리는 중이다. 어제 저녁에 약속 시간을 정할 땐 아침 일곱 시 삼십 분에 출발하기로 했는데 이 녀석은 밥 먹고 가겠다며 나더러 기다리란다. 기분이 좀 상하긴 하지만 나도 여덟 시에 나왔으니 할 말이 없어 참을 수밖에…….

여덟 시 삼십오 분 출발. 어, 이거 만만하게 봤는데 길이 장난이 아니다. '이보다 더 높은 칼라파타르를 올랐으니 이 정도야' 하고 생각했는데 보통 힘이 드는 게 아니다. 숙소에서 빤히 보이는 흙산을 오르는 동안 기침이 터져 가슴을 움켜쥐고 서너 걸음마다 한 번씩 쉬면서 오른다. 가도 가도 끝없는 길. 눈앞에 보이는 봉우리인가 싶어 물으면 그때마다 기얀드라는 '그 뒤'라고 대답한다. 바로 저 봉우리인가 싶으면 다시 다른 봉우리가 나타나고 이번에야말로 다 왔나 싶으면 뒤로 또 다른 봉우리가 보이고…… 칼라파타르보다 훨씬 더 힘겹게 오른다.

거센 숨을 몰아쉬며 두 시간 만에 고쿄리 정상 도착. 정상에서는 8천 미터가 넘는 초유와 에베레스트, 로체와 마칼루가 한눈에 들어온다. 아무도 없는 고개 위에서 지구에서 가장 높은 봉우리들을 바라보는 기분을 어떻게 설명할 수 있을까.

책에서 본 인디언들의 글이 생각난다.

"사냥을 나간 인디언은 너무도 아름답고 장엄한 대자연 앞에서 말을 잃을 때가 있었다. 바위산 위에는 검은 먹구름과 함께 무지개가 드리워지고, 푸르른 계곡 심장부에서 하얀 폭포가 쏟아져 내렸다. 드넓은 평원에서는 석양빛이 하루의 작별을 고했다. 그런 것들과 마주치는 순간, 우리는 그 자리에 멈춰 서서 예배하는 자세를 갖추곤 했다. 그러기에 인디언은 굳이 일주일 중 하루를 신성한 날로 정할 필요가 없었다. 그에게는 모든 날이 곧 신이 준 날이기에!"

지금 이 산에 머무는 내게도 하루하루가 신이 준 신성한 날이다. 이 세상에 살아 있음이, 살아서 내 튼튼한 두 다리로 이곳까지 올라올 수 있음이 고맙다. 나 홀로 신들의 세상을 들여다볼 수 있도록 허락한 누군가에게 고개가 저절로 숙여진다.

삼십 분 남짓 머물다가 하산을 시작한다. 내려오는 길이 워낙 가팔라 발목과 종아리에 부담이 올 정도다. 하산은 50분 만에 끝난다. 숙소에 도착하니 그제서야 수영 언니가 식당으로 건너온다. 여태 침낭 속에 누워 있었단다. 어제 저녁 여덟 시 반부터 오늘 오후 열두 시까지! 정말 대단한 허리의 소유자다.

점심으로 카레를 시켜 먹었다. 요리사가 돌레로 나들이 간 탓에 맛이 어제와 다르다. 밥 먹고 햇볕 따뜻한 창가에 누워서 삼십 분쯤 잤다. 이 집처럼 따뜻한 집은 처음이다. 건물 전체가 이중창에, 햇볕이 잘 들도록 위치를 잡아 밤에도 입김이 보이지 않을 정도로 따뜻하다.

한숨 달게 자고 일어나 시간을 보니 세 시 사십 분. 짧은 겨울햇살이 사위어가는 시간이다.

다시 고쿄리로 출발한다.

"You go. I sightseeing.(너희들끼리 가. 난 관광하면서 여기서 놀래)"

안 간다는 기얀드라를 설득해 올라간다. 선글라스를 꼈지만 걷기가 힘들 정도로 산 뒤로 넘어가는 빛이 강렬하다. 반면에 해가 없는 곳에서는 추위로 온몸이 얼어붙는다. 지난번 칼라파타르에 올라갈 땐 눈사태 소리가 요란하더니 오늘은 빙하 무너지는 소리가 요란하다. 밑에서 올라오던 언니는 3분의 1쯤 와서 추워서 못 가겠다며 내려간다. 그걸 본 기얀드라.

"언니, Go down? Why (언니 왜 내려가는데)?"

"피곤한가 봐."

"Tired? No! She sleep morning, We two climb! We tired. She no tired.(피곤하다고? 말도 안 돼. 오늘 오전 내내 잠만 잤잖아. 오늘 두 번째 여길 오르는 우리가 피곤해야지, 왜 언니가 피곤해?)"

영어도 잘하지. 하고 싶은 말을 이렇게 쉽게 다 표현하다니…….

언니가 내려가니 흥도 안 나고, 게다가 해마저 산을 넘어가 몹시 춥다. 결국 에베레스트가 보이는 바위산 중턱까지 올라가서 하산을 결심한다. 정상까지 20분만 더 가면 되는데 그냥 거기서 사진 몇 장 찍고 내려오고 만다.

"야, 내가 무슨 사진가도 아닌 주제에 남들은 한 번 오르기도 어렵다는 곳을 두 번이나 오른담. 내려가자, 내려가."

석양을 받은 산이나 아름다운 풍경을 보면 기얀드라는 어김없이 "디디(누나), 포토?" 하고 묻는다. 그러나 춥고 지치고 배고픈 나는 사진이고 뭐고 관심 없다.

"No photo!(사진 안 찍어)" 외치고는 하산이다. 그저 빨리 따뜻한 곳으로 돌아가고 싶을 뿐이다. 멀리 숙소 굴뚝에서 올라오는 연기가 반갑다. 내려가는 길에 이 녀석이 길은 완전히 무시하고 그 가파른 언덕을 그냥 치고 내려간다. 따라가자니 나는 죽을 맛이다. 그나마 지팡이라도 있어서 그걸로 버팀목을 삼아 무릎에 힘을 팍팍 주며 미끄러지지 않으려 기를 쓰며 내려올 뿐.

숙소로 돌아와 기얀드라에게 "오늘 두 번 오르느라 고생했다."라며 저녁 먹으라고 팁을 주니 입이 귀에 걸린다. 계란라면으로 저녁을 먹고, 난롯가에서 몸을 녹인다. 잠자리에서 삼겹살 먹고 싶다고 얘기했다가 언니에게 혼났다.

"쓸데없는 생각 그만 하고 자!"

.. 날씨 : 화창함
.. 걸은 구간 : 고쿄(4,750미터) – 고쿄리(5,357미터) – 고쿄
.. 소요 시간 : 3시간
.. 복장 및 위생 상태 : 떡 진 머리, 일주일째 신는 양말.

트 레 킹 열 나 흘 째

날은 오늘도 쾌청하다. 아침 먹고 여덟 시 오십 분 출발. 얼어붙은 호수를 지나 오리들이 헤엄치는 호수를 오른쪽으로 끼고 걷는다. 한 시간 남짓 평지를 걷고 나니 돌계단이 나온다. 이곳으로 올라올 때 꽁꽁 얼어 있던 길은 그새 녹아 물이 흐르고 있다. 바위틈에서 나오는 차가운 물을 손에 받아 마셔본다. 정신이 번쩍 들 정도로 차지만 뒷맛이 텁텁해 썩 맛있는 물은 아니다. 이제는 왼쪽으로 빙하 녹은 물이 흐르는 계곡이 이어진다. 귓전을 가득 채우는 물소리를 들으며 걷는다. 내가 세상에서 가장 좋아하는 소리.

팡가를 통과한 후 삼십 분 만에 마첼모 도착. 남갈 로지(Namgal Lodge)에서 핫초콜릿을 마시며 잠시 쉰다. 이곳은 감탄이 나올 정도로 깨끗한 숙소다. 고쿄에서 우리가 머물던 고쿄 리조트가 따뜻함의 극치였다면 여긴 깨끗함의 극치. 방은 햇볕이 잘 들지 않지만 이 구간 중 유일하게 제대

해발 3,973미터 산마루에 불탑이 서 있는 작은 마을 몽라.

로 된 침대를 갖추고 있다. 나무로 대충 짜 맞춘 침상이 아니라 진짜 침대다! 부엌과 식당도 먼지 하나 없이 깨끗하게 정리되어 있다. 결국 차 한 잔 마시러 왔다가 우리는 이른 점심을 먹고 간다.

눈 쌓인 설산을 바라보며 걷는 동안 언니와 나눈 대화.

"저 하얀 생크림 좀 봐. 먹고 싶다."

"난 크림이 살짝 덮인 고구마 케이크랑 피칸 파이가 먹고 싶은데."

"……그만 하자."

우리는 점점 말초적으로 변해가고 있는 걸까.

루자로 오는 길에 고쿄 리조트의 요리사를 만났다. 등에는 나무 짐을 가득 지고 있다. 돌레에서 나무를 사서 올라가는 길이란다. 루자에서 내려오는 길은 산의 허리를 둘러 벼랑 사이로 난 길. 눈이 녹아 질척거린다.

라팔마를 지나 삼십 분 만에 돌레 도착. 며칠 전에 머물렀던 예티 인에 들러 써니와 캔에게 인사. 써니는 아빠의 손을 잡고 산책을 나서는 길이다. 햇살을 등지고 산길을 걸어가는 두 사람의 뒷모습이 눈부시다.

돌레를 벗어나자마자 나무들이 보인다. 고도가 낮아져 식물생장한계선 안쪽으로 들어왔음을 실감한다. 이 길로 올 때는 온 나무들이 눈꽃을 화려하게 피우고 있었는데, 이제 눈꽃은 흔적도 없이 녹고 길만 미끄럽다. 누군가 위험한 구간마다 얼음을 깨고 흙을 뿌려놓았다. 그 마음이 고맙다.

네 시 십오 분. 포르체드렝카(Phortse Drengka 3,680미터) 도착. 집이라고는 한눈에 보기에도 작고 초라한 두 집뿐이다. 이곳에서 쿰중까지는 두 시간을 더 가야 한단다. 다음 마을인 몽라까지도 한 시간 넘게 언덕을

에베레스트 트레킹 최악의 숙소였던 포르체드렝카의 로지.

올라가야 하고. 해가 지기 전에 머물 곳을 찾아야 하기에 결국 이곳에 머물기로 하고 짐을 푼다.

숙소라고 들어와 보니 부엌과 나무 침상 여러 개가 놓인 작은 방 하나가 전부인 두 칸짜리 집이다. 지금껏 자본 숙소 중에서 가장 열악한 시설이다. 식구들은 모두 포르체에 살고 열아홉 살 된 주인 여자가 열세 살 된 여동생을 데리고 이곳에 머물고 있다. 오늘 쿰중에서 우아하게 씻으려 했는데 망했다. 그저께 저녁 때 고쿄에서 뜨거운 물에 씻은 후 내내 물휴지로 닦고 있다. 머리 안 감은 지는 내일 모레면 꼭 2주다. 온몸에는 밀가루 같은 살비듬이 가득하고…….

우리는 화덕 옆에서 불을 쬐며 앉아(이 집에는 식당이 따로 없다) 먹고 싶은 음식들을 말해본다.

나: 계란찜. 오뎅을 듬뿍 넣은 떡볶이. 보쌈.

언니: 깻잎향이 물씬 나는 순대 볶음. 날아가지 않는 하얀 쌀밥 위에 얹어 먹는 겉절이 김치.

나: 엄마가 해준 꽃게찜. 엄마가 비오는 날이면 부쳐주던 오징어 넣은 호박전.

언니: 엄마의 코다리조림.

나: 자장면과 미역국과 갈치구이.

언니: 엄마가 해주는 잡채랑 멸치볶음.

나: 오징어채 볶음이랑 잘 익은 총각김치. 그리고 고등어 신김치 조림과 돌솥 비빔밥.

언니: 매운 오징어볶음.

나: 부산 오뎅과 제육볶음.

언니: 이제 그만 할래. 미칠 것 같아.

마지막 남은 물휴지로 얼굴과 발을 닦고 잠자리에 든다. 생각보다 춥지는 않다.

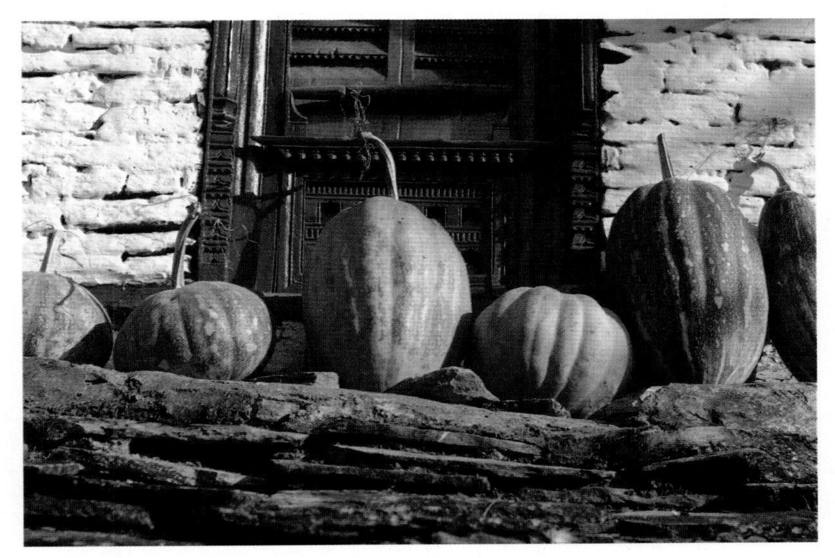

넝쿨째 굴러 들어온 복덩이들이 햇볕 아래 얌전히 앉아 있다.

.. 날씨 : 눈부시게 맑은 하루

.. 걸은 구간 : 고쿄(4,750미터) – 팡가(4,485미터) – 마첼모(4,450미터) – 루자(4,360미터) – 돌레(4,080미터) – 포르체드렝카(3,680미터)

.. 소요 시간 : 5시간 반

.. 복장 및 위생 상태 : 지저분함의 극치를 달리고 있음

나의 순례는 이룰 수 없는 꿈을 꾸는 것

에베레스트 베이스캠프 7 신의 거처를 떠나 인간의 땅으로

보름달 빛을 받은 산이 꽃등심처럼 보인다.

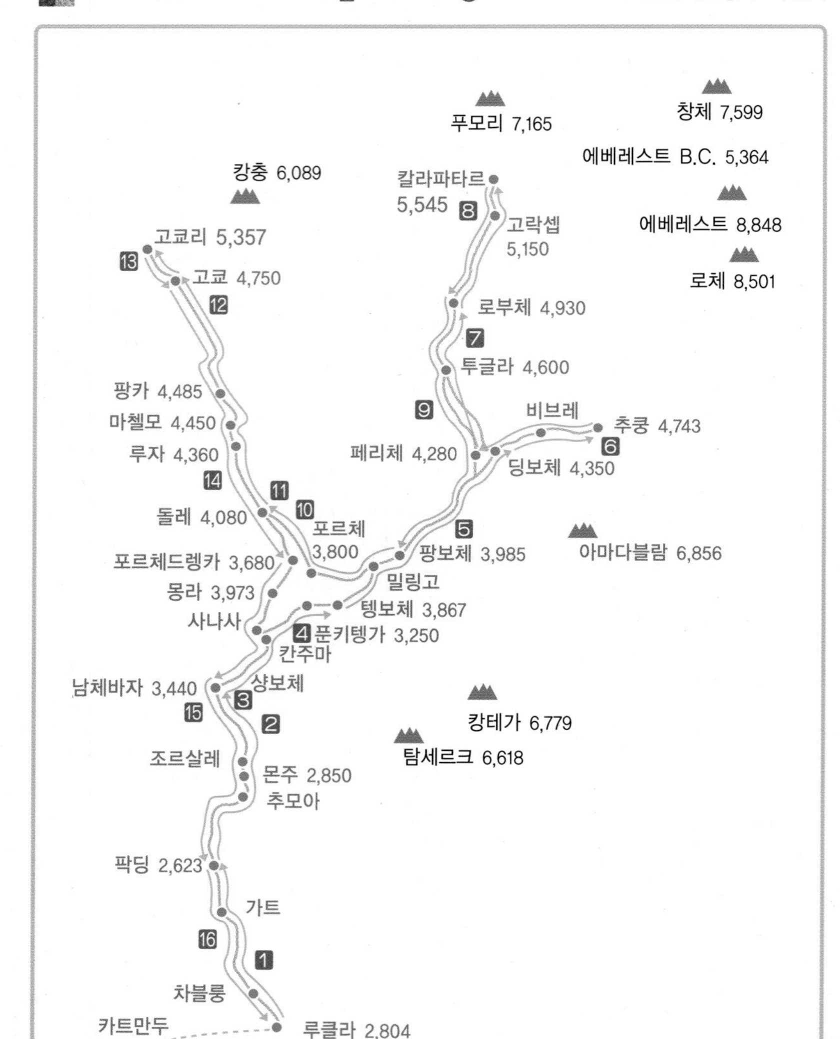
푸모리 7,165
창체 7,599
에베레스트 B.C. 5,364
캉충 6,089
칼라파타르
5,545
8
고락셉
5,150
에베레스트 8,848
로체 8,501
고쿄리 5,357
13
고쿄 4,750
12
로부체 4,930
7
투글라 4,600
9
비브레
추쿵 4,743
6
팡카 4,485
마첼모 4,450
루자 4,360
14
페리체 4,280
딩보체 4,350
11
10
돌레 4,080
포르체
3,800
5
팡보체 3,985
아마다블람 6,856
포르체드렝카 3,680
밀링고
몽라 3,973
텡보체 3,867
사나사
4
푼키텡가 3,250
칸주마
남체바자 3,440
샹보체
3
15
2
캉테가 6,779
탐세르크 6,618
조르살레
몬주 2,850
추모아
팍딩 2,623
가트
16
1
차블룽
카트만두
루클라 2,804
17

모든 인간은 꿈을 꾼다
그러나 그것이 모두 같은 꿈은 아니다
밤에 마음의 먼지 낀 구석에서 꿈꾸는 자들은 아침에 깨어나
그것이 덧없는 것이었음을 깨닫는다
그러나 대낮에 꿈꾸는 자들은 위험한 인간들이다
눈을 부릅뜨고, 그 꿈을 현실로 바꿀 테니까
—T. E. 로렌스

트레킹 열닷새째

여섯 시 반부터 소변이 마려워 깼지만 일곱 시 반까지 침낭 속에서 버텼다. 화장실 갔다 와서 마지막 남은 미숫가루를 우유에 타 먹고(다시 한 번 미숫가루 소년에게 축복을!) 출발 준비.

오늘은 문명 세계로 복귀하는 날이다. 산에서 보낸 시간도 참 좋았지만 돌아갈 세상이 제공할 편리함도 슬슬 그리워지고 있다. 무엇보다 뜨거운 물이 콸콸 쏟아져 나오는 수도꼭지! 그 감동적인 만남을 생각하니 가슴이 뛴다.

아홉 시에 길을 나선다. 날이 무척이나 따뜻하다. 여기서부터 한 시간은 꼬박 오르막. 미숫가루 한 잔 마시고 걸어서 그런지 벌써부터 기운이 달린다. 가파른 오르막 내내 유일한 위안은 건너편에 보이는 포르체 마

을과 아마다블람 봉우리. 헉헉거리며 한 시간 만에 몽라(Mong La 3,973미터) 도착. 아주 작고 예쁜 마을이다. 산꼭대기에 서너 가구가 초르텐(불탑)을 중심으로 모여 있다. 아마다블람과 눈 쌓인 산들이 마을 주변을 둘러싸고 있다. '어제 여기 와서 잘걸……' 후회해보지만 이미 늦었다.

고도가 낮아짐에 따라 더위도 따라와 이곳에서 옷을 한 겹 벗는다. 여기부터는 다시 벼랑길. 로사샤 마을을 내려다보며 걷는다. 햇볕은 여전히 따스하고 길은 이제 내리막. 봄바람이 살짝 불어오고…… 배고픈 것만 빼면 최고다. 배고픔을 참지 못하고 언니 가방에서 육포 두 조각을 꺼내 씹으면서 걷는다. 아까부터 보이지 않는 기얀드라가 궁금해 "기얀드라는 어디쯤 가고 있을까?" 물으니 언니가 전영의 '어디쯤 가고 있을까'를 흥얼거린다. 나도 따라 부른다.

"꽃잎은 바람결에 떨어져 강물을 따라 흘러가는데 떠나간 그 사람은 지금은 어디쯤 가고 있을까. 그렇게 쉽사리 떠날 줄은 떠날 줄 몰랐는데. 한마디 말없이 말도 없이 보내긴 싫었는데. 그 사람은, 그 사람은 어디쯤 가고 있을까. 어디쯤 가고 있을까."

한번 노래에 탄력이 붙으니 무한 탄력이다. 양희은의 '한계령', '사랑 그 쓸쓸함에 대하여,' '봉우리'까지 메들리로 부른다. 언니가 돌아보며 한마디한다.

"저것이 고기를 먹더니 숨도 안 차나? 노래를 다 부르고……."

혼자 신이 나 노래를 부르며 걷는데 올라오는 일본인 아저씨와 마주친다. 가이드도 포터도 없이 배낭 하나 메고 혼자다. 수영 언니가 "아저씨

멋져요."라고 인사를 건넨다. 잠시 후 포터만 데리고 혼자 여행하는 또 다른 일본인 아저씨. 그 후 자일과 헬멧을 가방에 매단 서양인 남자 한 명. "암벽 타러 가니?" 하는 내 물음에 "빙벽 등반하러 가."라는 대답이 돌아온다. 그 말에 우리 산악회 선배들이 떠오르면서 그리움이 솟구친다. 말을 걸기 시작하면 길어질 것 같아 등반 잘하라고 인사만 하고 돌아선다.

산을 돌아 마을로 접어드니 바로 캬주마(Kyangjuma) 마을이다. 아마다블람과 탐세르쿠가 바로 눈앞에 보이는 '아마다블람 로지'에서 휴식. 이곳에서 점심으로 언니는 치즈샌드위치, 나는 참치샌드위치와 핫초콜릿을 시켜 순식간에 끝내고, 다시 계란치즈샌드위치를 시켜서 나눠 먹고, 똑같은 걸 또 시켜서 "미토챠!(맛있어요)"를 외치며 게 눈 감추듯 먹었다. 기얀드라도 놀라고, 주문 받는 주인아주머니도 놀라고, 우리도 놀랐다. 너무 많이 먹어서 그런지 주인아주머니가 밀크티를 한 잔 주신다. 트레킹 역사상 최초의 공짜 티다. 물도 공짜로 얻어서 채우고, 잘 쉬다가 일어선다.

한 시간 만에 남체바자 도착. 눈이 녹아 집들의 파란 지붕이 온전히 드러난 남체는 처음 왔을 때와 전혀 다른 느낌이다. 친구들을 만나 정신이 없는 기얀드라를 닦달해 전화국부터 찾는다. 카트만두의 여행사로 전화를 걸어 매니저에게 람의 사기 행각을 고발한다. 그럴 리가 없다고, 뭔가 오해가 있는 것 같다는 매니저에게 우선 람을 만나 사실 여부를 확인하라고 다그친다. 사실 확인 후 내일까지 람이 떼어먹은 돈을 비행기 편에

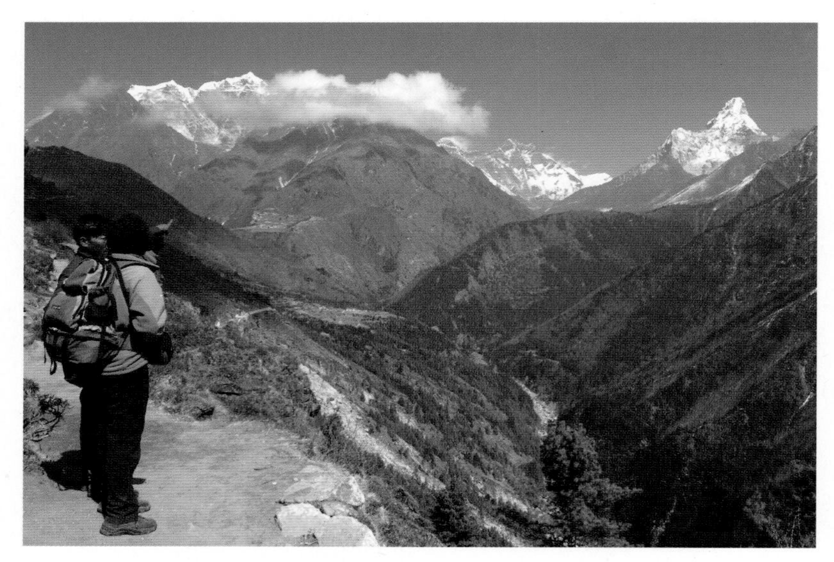
봉우리의 이름을 알려주는 기얀드라와 귀기울여 듣고 있는 수영 언니.

보내라고 요구한 뒤 전화를 끊는다. 통화하다가 흥분해서 거품을 물고 쓰러질 줄 알았는데 다행히도 용건을 차분히 끝내 뿌듯하다.

전화국을 나와 다시 걷기 시작한다. 어느새 두 시 반을 넘어선 시각. 길은 내리막. 비교적 넓은 흙길이 이어진다. 친구들과 수다 떠느라 나타나지 않는 기얀드라를 길가에서 여러 번 기다려야만 했다. 한참 후에야 나타나 슬슬 눈치를 보며 다가온 기얀드라에게 한마디 하라니까, 언니는 고작 "가자." 이러고 만다. 내려가는 길이 제법 가팔라 올라올 때 얼마나 힘들었는지 다시 생각이 난다.

옥빛 계곡이 흐르고 침엽수림이 이어지는 이 길의 풍경은 잔잔한 아름다움이다. 첫 번째 철다리에서 우리나라 방송국 촬영팀을 만났다. 이번 트레킹에서 처음 만나는 한국인이다. 반가운 마음에 다리 위에서 잠시 인사를 나누고 헤어진다. 두 번째 철다리를 건너니 곧 조살레 마을이다. 마을을 지나 세 번째 다리를 건너 돌계단을 15분쯤 오르니 몬주 마을. 국립공원 사무실로 가서 이제 국립공원 지역을 벗어난다는 서명을 하고 나온다.

다음 마을은 추마와(Chumawa). 꼬꼬댁거리며 종종걸음을 치는 닭들이 여기저기 보이고, 야채를 심은 푸른 논밭들이 펼쳐져 있다. 얼마나 오랜만에 보는 초록색인가. 눈과 마음이 덩달아 시원해진다. 설산의 흰빛이 눈부시다 해도 마음에 오래 두기에는 초록빛 숲만 한 곳이 없다는 생각이 다시 든다.

네 번째 흔들 다리를 건너니 다시 마을이다. 벤카. 벌써 다섯 시다. 이곳에서 팍딩까지 얼마나 남았는지 길가는 이들에게 물으니 '두 시간'이란다. 이상하다 싶어 다시 물어도 대답은 같다. 다른 집에 들어가 또 물으니 꼬마 아이도 '두 시간'이란다. 우리 계산으로는 분명히 한 시간이 안 걸리는데 두 시간이라니……. 불안한 마음에 지도를 꺼내들고 이 마을에서 다음 마을까지의 거리를 확인하고 있자니 기얀드라가 달려와서 이제 30분 남았단다. 그러면서 우리에게 대답을 해주었던 사람들이 농담한 거라며 미안하다고 전해 달랬단다. 아니, 이 사람들이…… 나 참 기가 막혀서. 농담할 일이 따로 있지.

해가 뉘엿뉘엿 지는 길을 걸어 팍딩에 도착하니 여섯 시. 이번엔 흔들다리 한가운데서 야크들이 멈춰 서는 바람에 교통 대란이 벌어졌다. 다리 양쪽에 사람들이 짐이나 소들을 세워두고 하염없이 기다리는 중이다. 사람들의 기다림이야 아랑곳없이, 야크들은 꿈쩍도 하지 않는다. 결국 우리는 철다리 바깥으로 넘어가 아주 위험하게 몇 발자국 건너간 뒤 다시 다리 안으로 들어와서는 소들 사이를 통과해 겨우 다리를 건넌다.

나마스테 로지(Namaste Lodge)에 짐을 푼다. 남은 신라면 세 개를 다 끓여서 배부르게 먹고, 식당에서 차를 마시며 책을 읽는다. 언니는 내가 끝낸 《간디 자서전》을 넘겨받았고, 나는 《인간의 조건》을 읽기 시작했다. 난로 옆에서 책장을 넘기고 있는 내게 누군가 서툰 한국말로 인사를 건넨다.

"안녕하세요?" 작년 여름에 서울로 출장을 간 적이 있다는 아일랜드인 톰이다. 일주일간의 짧은 출장이었지만 서울은 그에게 꽤 매력적인 곳으로 다가왔단다. 그 후 한국이라는 나라에 흥미를 느껴 〈공동경비구역 JSA〉나 김기덕 감독의 〈섬〉 같은 한국 영화도 찾아서 보고, 한국에 관해 알려고 노력하는 중이란다. 톰의 애인인 수잔나는 영어가 너무도 유창한데 알고 보니 독일인이란다. 돌레에서 독일인 부부와 있었던 일을 이야기하니, 수잔나가 박장대소를 한다.

"독일인이니까 그런 일이 충분히 일어날 수 있지. 매사에 고지식할 정도로 규칙을 준수하고 직선적이고 따지기 좋아하는 대신, 유머 감각은 부족한 게 독일 민족이거든. 우리나라에서는 이웃과 가벼운 충돌이 생겨도 바로 경찰이나 변호사를 부르고, 일상의 사소한 부분까지 법규로 정해놓고 살아."

그러면서 수잔나는 나를 위로해준다.

우리나라 시골길에서 마주치는 아이들과 똑같은 얼굴을 한 꼬마들. 교복 치마 안에 체육복 바지를 받쳐 입은 패션감각(?)도 비슷하다.

"네가 운이 나빴네. 젊은 사람들이나 대도시에 사는 사람들은 그 정도는 아니거든."

문득 내가 좋아하는 독일 작가 루이제 린저의 일화가 생각난다. 인생의 후반부 대부분을 이탈리아에서 보낸 그녀에게 독일 신문기자가 왜 독일에 거주하지 않느냐고 물었다. 그녀의 대답은 이랬다.

"지구상에서 격정을 공개적으로 표출할 수 있는 유일한 나라가 이탈리아니까."

그 대답 끝에 그녀가 덧붙인 이야기. 독일에서는 주차위반을 하면 이웃집 주민이 바로 경찰을 부르지만, 이탈리아에서는 경찰이 몇 시에 단속을 나오는지를 옆집 사람이 알려준단다.

이런 이야기들 끝에 톰이 유럽인들의 특징을 풍자한 오래된 농담을 해준다. 천국에 가면 경찰은 독일인이고, 요리사가 이탈리아인, 애인은 프랑스인이란다. 반면에 지옥은 경찰이 이탈리아인, 요리사가 영국인, 애인은 독일인이란다. 수잔나, 톰과 한참 이야기하다 보니 시간은 어느새 열 시를 넘어섰다. 작별 인사를 나누고 침실로 올라간다. 취침 시간이 가장 늦은 날이다.

.. 날씨 : 맑음

.. 걸은 구간 : 포르체드렝카(3,680미터) – 몽라(3,973미터) – 남체바자(3,440미터) – 팍딩(2,623미터)

.. 소요 시간 : 7시간 반

.. 복장 및 위생 상태 : 더 이상 지저분할 수는 없다.

트레킹 열엿새째

위층 마루바닥이 삐걱거리는 소리에 잠이 깼다. 시계를 보니 다섯 시 반. '곧 그치겠지' 하고 다시 잠을 청해보지만 삐걱거리는 소리는 이제 옆방들로 번지며 점점 심해진다. 결국 다시 잠들기를 포기하고 침낭 속을 빠져 나온다.

토스트와 오믈렛으로 아침을 먹는 사이, 기얀드라를 찾지만 보이지 않는다. 어제 다른 팀 가이드, 포터들과 어울려 당구장에 갔다더니 결국 여덟시가 넘어서야 팅팅 부은 얼굴로 나타났다. 밤새 당구 치고 술 마시고 놀다가 오늘 아침에야 돌아오다니…… 목까지 올라오는 잔소리를 꾹 누르고 출발하자는 말만 건넨다.

팍딩을 출발한 지 삼십 분쯤 지나서였을까. 계단을 내려오던 기얀드라가 다리를 삐끗하며 넘어진다. 급한 대로 근육통 약을 발라주고, 괜찮다는 기얀드라를 억지로 주저앉혀 잠시 쉰다. 우리 눈치를 보며 자꾸 출발하자는 기얀드라를 바라보고 있자니 슬슬 화가 치민다.

'밤새도록 놀다 왔으니 걸음인들 제대로 걸리겠어?'

이렇게 말하고 싶지만 미안해하는 그를 보니 차마 말이 나오지 않는다.

생각해보면 그 나이에 난 어땠던가. 스무 살 무렵 저렇게 일을 해서 돈을 벌지도 않았을 뿐더러, '조국의 미래'를 핑계 삼아 밤늦도록 술잔을 기울이곤 했지, 저축이나 가족의 생계는 생각도 못하지 않았는가? 그러니 그만 화내자!

타도코시(Thadokoshi) 마을에서 휴식을 취한다. 쿠숨뷰 로지(Kusum View Lodge) 정원에서 음료수 한 잔과 과자를 시켜놓고 잠시 쉰다. 날씨는 청명하고, 햇살은 따뜻하고, 눈앞으로는 해발고도 6,370미터인 쿠숨캉구루(Kusum Kanguru)가 손에 잡힐 듯 선명하다.

이제 두 시간만 더 걸으면 루클라에 도착한다. 카트만두로 돌아가는 비행기를 탈 수 있는 곳. 어느덧 트레킹을 시작한 지도 보름을 넘어섰다. 그 사이 풍경은 많이도 달라졌다. 겨울은 저만치 물러서고 봄이 성큼 다가섰다. 여자들의 옷차림이 변하고, 물건을 지고 나르는 포터들의 부지런한 발걸음도 가벼워진 것 같고, 뺨에 와 닿는 햇살과 바람의 느낌도 다르다. 길섶에는 봄을 알리는 작은 꽃들도 피어났다. 그 작은 꽃들이 세상을 환하게 밝히고 있다. 봄 풍경을 즐기느라 걸음이 절로 느려져 루클라에 도착하니 열두 시가 넘었다.

루클라의 좁은 골목은 사람들로 넘쳐난다. 돌길 위로, 가게의 창틀로, 사람들 어깨 위로 봄 햇살이 골고루 내려앉아 있다. 에코 파라다이스 로지(Eco-Paradise Lodge)로 오니 먼저 카트만두로 올라간 정 선배님이 우리를 위해 돈을 맡겨놓으셨단다. 뜨거운 물에 샤워하고, 맛있는 저녁을 먹고, 하루 저녁 푹 쉬라는 뜻에서. 정작 선배님은 고산병 때문에 칼라파타르도 오르지 못한 채 하산하셨는데 그 와중에 우리를 위해 이런 마음을 쓰시다니…… 선배님의 배려가 감사할 뿐이다.

짐을 풀자마자 다시 전화국으로 달려간다. 여행사에 전화하니 마침 가이드 람이 자리에 있다. 람은 자신의 죄를 순순히 인정한다. 매니저는 람

전통 옷을 입고 선글라스를 낀 아주머니의 자태가 인상적이다.

이 떼먹은 포터비를 우리 돈으로 기얀드라에게 지불하고 카트만두에 와서 돈을 돌려받으란다. 결국 이곳 숙소의 주인아주머니를 증인으로 세워 기얀드라에게 돈을 주고 영수증을 썼다. 우리가 카트만두에서 이 돈을 받을 수 있을지는 모르지만, 다시 한 번 믿어볼 수밖에.

"등산화부터 사 신어!"

단호한 내 말에 기얀드라가 결연한 눈빛으로 고개를 끄덕인다.

우선 기얀드라 일을 처리한 후 샤워장으로 향했다. 수도꼭지에서 쏟아지는 뜨거운 물줄기에 감동한 나는 한동안 어지러울 지경이다. 꼭 14일 만에 머리를 감는다. 뜨거운 물에 세 번이나 비누칠을 하며 몸을 씻지만,

결국 때만 불린 셈이 됐다. 온몸에 하얗게 살비듬만 잔뜩 일었으니. 그래도 내 몸에서 땀 냄새가 아닌 향기로운 냄새가 나니 너무 좋다.

깨끗이 씻은 후 새 옷을 갈아입고, 장작불이 지펴진 난롯가에 앉아 책을 펴놓고 있자니 졸음이 슬금슬금 밀려든다. 함께 저녁 식사를 하기로 한 기얀드라가 들어서는 기척에 잠에서 깨어난다. 오늘 저녁은 우리가 맛있는 걸 대접하겠다고 했는데 그사이 배고픔을 참지 못한 기얀드라는 모모(만두)를 네 접시나 사먹었단다.

"네 개가 아니라 네 접시?"

눈을 동그랗게 뜨고 몇 번을 확인해도 네 접시란다. 부끄러운 듯 웃으며 손가락 네 개를 쫙 펴든 기얀드라가 참 귀엽다. 그래도 한창때의 젊음이라 우리가 시켜준 치킨시즐러를 살 한 점 남기지 않고 알뜰하게 발라 먹는다. 날이 날인 만큼 비록 통조림이지만 파인애플까지 한 통 시켜 후식으로 마무리를 한다. 이제 모든 일이 끝났으니 집에 가도 된다고 해도 기얀드라는 굳이 이곳에서 자고 내일 아침에 우리를 공항까지 배웅하겠단다. 여기서 공항까지는 걸어서 1분 거리인데 말이다. 그 마음을 막지 못하고 결국 그러라고 한다.

.. 날씨 : 맑음

.. 걸은 구간 : 팍딩(2,623미터) – 루클라(2,804미터)

.. 소요 시간 : 3시간

.. 복장 및 위생 상태 : 인간이기를 깨끗하게 포기한 상태에서 기적적으로 회생

원숭이 신 하누만에게 꽃을 바치는 네팔인. 카트만두 덜발 광장.

트레킹 열이레째

오늘은 카트만두로 돌아가는 날이다. 샌드위치로 아침을 먹고, 배낭을 메고 나서는데 기얀드라가 굳이 가방을 든다. 그리고 언제 준비했는지 카타(실크 목도리)를 꺼내 언니와 내 목에 하나씩 걸어준다. 코끝이 매워진다.

어제 저녁 기얀드라에게 돈을 주며 그랬다. 적은 돈이지만 아끼고 저축하면 언젠가 게스트하우스를 열 수 있을 거라고. 그때 기얀드라의 눈이 반짝 빛나는 걸 보았다. 포터가 어느 세월에 돈을 모아 게스트하우스 주인이 되느냐고 따지지 말자. 네팔의 수많은 청년들이 그 꿈을 이뤄왔다. 나는 기얀드라 역시 불가능한 꿈을 꾸는 '라만차의 돈키호테'이기를 진심으로 바란다. 내가 좋아하는 노래 '이룰 수 없는 꿈'을 흥얼거려본다.

"이룰 수 없는 꿈을 꾼다는 것, 싸울 수 없는 적과 싸운다는 것, 참을 수 없는 슬픔을 견딘다는 것, 용감한 사람도 가보지 못한 곳으로 가본다는 것, 닿을 수 없는 별에 이른다는 것, 이것이 나의 순례라오. 그 별을 따라가는 것이 나의 길이라오. 아무리 희망이 없을지라도, 아무리 멀리 있을지라도……."

부디 기얀드라가 꿈을 안고 살기를, 그리고 그 간절한 꿈 하나를 이루기를…….

기얀드라와 헤어져 공항으로 들어선다. 엑스선 검사기조차 없어 손으로 가방을 풀어 짐 검사를 받는다. 손으로 문을 연 뒤 뚜벅뚜벅 걸어가 18

인용 비행기에 올라타 아무 자리에나 앉는다. 곧 승무원이 솜과 사탕을 나눠준다. 비행기는 여덟 시 정각에 이륙한다.

비행기에서 내려다보는 네팔은 신들의 세상과 인간의 세상이 뚜렷한 경계를 이룬 듯 보인다. 산비탈을 일구어 농사를 짓고 소를 키우며 사는 인간들의 세상과 구름 저편 아스라이 높은 '눈의 거처'에 머무는 신들의 영역. 인간은 오늘도 불가능한 꿈을 이루기 위해 신들의 영역 속으로 걸어가고 있다. 느리지만 단호한 걸음걸이로.

안나푸르나 베이스캠프 트레킹

강가푸르나 7,454
안나푸르나 I 8,091
안나푸르나 III 7,555
안나푸르나 B.C. 4,130
마차푸차레 B.C. 3,700
안나푸르나사우스 7,219
히운출리 6,441
데우랄리
마차푸차레 6,993
시누와 2,340
굴숭
좀롱 1,951
지누1,750
치울레
타다파니 2,721
반탄티 2,520
울레리 2,120
힐레
비레탄티 1,100
나야풀 1,050
란드룩 1,620
톨카 1,650
데우랄리 2,150
포타나
담푸스 1,799
페디 1,220

신이 살고 있어 아무도 저 산을 오를 수 없다

안나푸르나 베이스캠프 1 물고기 꼬리 모양의 마차푸차레

'풍요의 여신' 안나푸르나 베이스캠프에서 돌아오는 트레커들.

안나푸르나 베이스캠프 트레킹

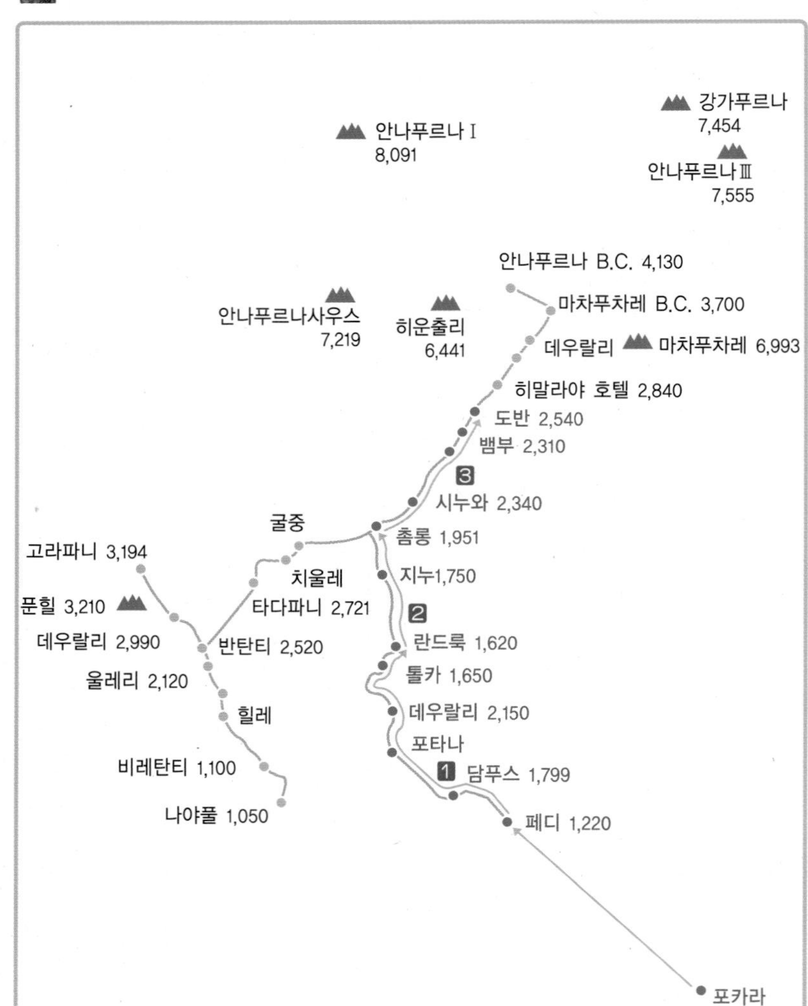

산을 오르기 전에 공연한 자신감으로 들뜨지 않고
오르막길에서 가파른 숨 몰아쉬다 주저앉지 않고
내리막길에서 자만의 잰 걸음으로 달려가지 않고
평탄한 길에서 게으르지 않게 하소서

잠시 무거운 다리를 그루터기에 걸치고 쉴 때마다 계획하고
고갯마루에 올라서서는 걸어온 길 뒤돌아보며
두 갈래 길 중 어느 곳으로 가야 할지 모를 때도 당황하지 않고
나뭇가지 하나도 세심히 살펴 길 찾아가게 하소서

늘 같은 보폭으로 걷고 언제나 여유 잃지 않으며
등에 진 짐 무거우나 땀흘리는 일 기쁨으로 받아들여
정상에 오르는 일에만 매여 있지 않고
오르는 길 굽이 굽이 아름다운 것들 보고 느끼어

우리가 오른 봉우리도 많은 봉우리 중의 하나임을 알게 하소서
가장 높이 올라설수록 가장 외로운 바람과 만나게 되며
올라온 곳에서는 반드시 내려와야 함을 겸손하게 받아들여
산 내려와서도 산을 하찮게 여기지 않게 하소서

— 도종환, 〈산을 오르며〉

트레킹 첫날

에베레스트 베이스캠프 트레킹에서 돌아온 지 일주일이 흘렀다. 그 사이 카트만두에서 잘 씻고(수도꼭지만 틀면 뜨거운 물이 쏟아지는 샤워 시설의 감동은 여전하다), 잘 먹으며(먹고 싶었던 한국 음식도 실컷 먹었다), 푹 쉬다 보니(제대로 된 침대에서 침낭 아닌 이불을 덮고 잤다) 산에 대한 그리움이 스멀스멀 피어오르기 시작했다. 그 모든 물질문명이 주는 즐거움도 잠시, 산에서의 간결한 생활이 주는 충만함이 그리워졌다. 결국 짐을 꾸려 포카라로 넘어오고 말았다.

안나푸르나(Annapurna) 베이스캠프를 거쳐 푼힐(Poon Hill)에서 해돋이를 보고 내려오는 열흘간의 트레킹을 하기 위해서다.

트레커들 사이에서 '안나푸르나 베이스캠프'의 머리글자를 따 ABC 트레킹으로 불리는 코스다. 안나푸르나는 인류가 오른 최초의 8천 미터급 봉우리다. 그 봉우리의 베이스캠프까지 가는 이 트레킹은 난이도가 그리 높지 않고, 4,200미터가 최고도이므로 고산병의 위험도 상대적으로 덜한 데다, 일주일 정도의 비교적 짧은 시간을 투자해 최상의 전망을 감상할 수 있어 외국인들에게 가장 인기 있는 코스다.

이번 트레킹의 동반자도 역시 수영 언니다. 언니는 히말라야의 강력한 유혹에 굴복해 결국 귀국 항공편을 연장하고 말았다. 새벽같이 일어나 짐을 꾸리고 출발 준비를 마치니 포터와 약속한 일곱 시 반이다. 숙소 앞에서 만나기로 한 포터 보스파티는 여덟 시가 넘어도 오지 않는다. 혹시

인류가 오른 최초의 8천 미터 안나푸르나를 만나러 가는 길.

약속이 잘못 됐나 불안해할 무렵, 그가 나타났다. 그것도 어제 그토록 부탁하고 확인하고 당부까지 했는데 '운동화'를 신고서! 운동화에 얽힌 에베레스트의 악몽이 재현되려는 순간이다. 상표마저 기얀드라가 신었던 것과 같은 골드스타라니! 그는 우리가 왜 어이없는 얼굴로 서 있는지 이해가 안 간다는 표정이다.

"어제 그토록 얘기했는데 어떻게 운동화를 신고 올 수가 있지?"

"아, 이거요? 괜찮아요."

"괜찮긴 뭐가 괜찮아? 너는 괜찮을지 몰라도 우린 안 괜찮다구! 등산화 있다고 그랬잖아?"

에베레스트에서 당했던 망신이 생각나 목소리가 절로 올라간다. 이제 겨우 열아홉 살인 보스파티는 고작 운동화 갖고 우리가 왜 화를 내는지 이해를 못 하는 얼굴이다. 태연한 목소리로 오히려 우리를 설득하려고 든다.

"이거 신고도 문제없어요. 맨날 이거 신고 다니는데요 뭐."

"어쨌든 등산화 신고 와야 한다고 어제 그토록 당부했는데 왜 이걸 신고 왔느냐고요?"

"여긴 에베레스트와 달라요. 여기선 다 이런 신발을 신고 산에 가요. 슬리퍼 신고도 가는데요."

한 발도 물러서지 않는다. 그를 돌려보내고 다시 여행사로 가 등산화를 갖춘 새 포터를 구해야 하는 건가. 그렇게 되면 오늘 출발하기는 틀린 건데. 이런 일이 또 생길까 봐 여행사에서 포터를 섭외할 때 등산화 착용을

좁은 논두렁 사이로 꼴을 지고 가는 모습이 우리네 가을 들녘을 떠올리게 한다.

신신당부했는데 입만 아프고 말았다. 에베레스트에서의 부끄러움이 잊혀지기도 전에 또 이런 일을 겪다니! 포터의 안전을 꼼꼼하게 챙기는 훌륭한 트레커가 되는 일, 또 실패하고 만다. 시작부터 순탄치 않은 출발이다. 부디 그의 말대로 안나푸르나는 운동화만으로 아무 문제가 없기를 바랄 뿐이다.

택시를 타고 ABC트레킹의 출발점인 페디(Phedi)로 이동한다. 검문소 두 곳을 통과하는 동안 외국인이 탄 차량은 그냥 통과시켜 준다. 포카리에서 미리 발급받은 허가서를 보여주고 이곳에서 신발끈을 다시 묶는다.

시작부터 만만치 않은 언덕을 치고 오르는 돌계단길이다. 날은 덥다.

에베레스트의 겨울 추위에 오들오들 떨던 때가 어제 같은데 이곳엔 어느새 봄이 오고 있다. 두 시간쯤 걷고 나니 담푸스(Damphus). 끝도 없이 이어지는 돌계단을 헉헉거리며 올라온 뒤다.

'홀리데이 홈'이라는 이름의 식당에서 점심을 먹는다. 연못이 있는 작은 마당에 해바라기용 긴 의자들이 놓여 있다. 마을이 한눈에 내려다보이는 전망이 시원하다. 계단식 논 사이로 흙으로 벽을 만들고 짚으로 지붕을 올린 집들이 올망졸망 모여 있다. 거리에는 제비꽃과 개별꽃이 피어 있고, 나무들은 푸르다. 어여쁜 마을이다. 이곳에 비하면 에베레스트가 있는 쿰부 히말 쪽은 삭막하다고 해야 할 지경이다. 오늘은 구름이 많이 끼어 흐리다. 담푸스 마을 뒤로 이어진다는 안나푸르나의 위용을 볼 수 없어 아쉽다.

점심을 먹고 다시 걷기 시작, 한 시간 반 후 포타나를 거쳐 데우랄리(Deurali)에 들어선다. 해발고도가 2천 미터를 넘어서는 곳이다. 숲 사이로 길이 이어진다. 급하지 않은 오르막이다. 일본인 단체 관광객이 여기저기 보인다. 잠시 찻집에 들러 차를 한 잔 마시며 쉰다. 보스파티는 뜨거운 물만 한 잔 마실 뿐이다. 에베레스트 쪽에서는 포터에게 늘 공짜로 차를 대접하던데 여긴 뜨거운 물만 겨우 내미나 보다.

한참 이어지는 돌계단 내리막을 걷고 나니 다시 산등성이를 타고 도는 길. 잠시 후 톨카(Tolka 1,650미터) 도착. 이런 산골에서 만나는 동네치고는 무척 큰 마을이다.

마을을 구경하며 걷고 있는데 예닐곱 살쯤 되어 보이는 아이들이 다가

안나푸르나 초입 산간 마을의 전형적인 가옥. 회칠을 한 흰 벽이 이채롭다.

온다. 어여쁜 목소리로 "나마스떼"를 외치기에 나도 최선을 다한 상냥함을 얹어 "나마스떼"하고 발걸음을 옮기는 순간, 바로 들려오는 말은 "펜!"이다. 잘못 들었나 싶어 아이들을 돌아보니 이번에는 "초콜릿!", "원 루피!"를 외친다. 씁쓸한 마음으로 "No money" 하고 돌아서는데, 아이들이 나를 향해 침을 뱉는다. '퉤!' 소리에 무너지는 내 가슴.

안나푸르나 지역은 트레킹 코스로 개방된 지 30년이 넘었기에 소박하고 따뜻한 인심을 기대하기는 어렵다는 걸 알고 있었다. 트레킹에서 돌아온 이들에게서 돈과 펜을 외치는 아이들의 이야기를 듣기도 했다. 이 길을 걷고 있는 나에게도 비껴 설 수 없는 책임이 있기에 아이들을 비난

할 수 없다는 걸 안다. 그런데도 씁쓸해지는 마음은 어쩔 수 없다.

안나푸르나 지역의 숙소들마다 메뉴판 뒷면에 여행자를 위한 여러 가지 주의사항을 적어놓았다. 산의 황폐화를 방지하기 위해 가급적 나무를 연료로 쓰지 않는 집을 이용할 것, 아이들에게 돈이나 물건을 줌으로써 구걸을 장려하지 말 것, 분리수거가 되지 않는 쓰레기는 되가져 가고 일회용 물병의 사용을 자제할 것, 노출이 심한 옷을 입거나 공개적인 애정 표현을 삼갈 것 등등…….

하지만 여전히 이 길을 지나가는 누군가는 오늘도 아이들에게 사탕을 나누어 주고, 플라스틱 물병에 든 물을 구입하고, 장작을 때 밥을 하고 물을 끓이는 숙소에 머문다.

'사탕'이나 '펜'을 요구하는 아이들을 외면하는 건 어려운 일이다. 아니, 볼펜이나 돈을 요구하는 아이들을 외면하는 일은 비교적 쉽다. 그보다 더 어려운 건 아무것도 요구하지 않는 아이들에게 무언가를 주고 싶어 하는 나를 볼 때다. 그럴 때면 수우족 인디언 '서 있는 곰'의 글을 생각하고는 한다.

"누구도 아이에게 '이것을 잘하면 상을 주겠다'고 말하지 않았다. 어떤 것을 잘 해내는 것 자체가 큰 보상이며, 물질로 그것을 대신하려는 것은 아이의 마음속에 불건전한 생각을 심어주는 일에 다름 아니다."

이제 나는 아이들과 물질을 매개로 해서만 대화를 나누게 된 것은 아닐까? 왜 한 번 더 껴안아 주고, 아이의 손을 잡고 걷거나 함께 놀며 시간을 보내지는 못하는 걸까? 마음과 시간을 쏟아야 하는 그런 행위보다

흰 돌로 지은 숙소들 뒤로 안나푸르나사우스와 히운출리가 얼굴을 드러내고 있다.

쉽고 간편한 방법이 물질로 보상하는 것이기에 거기 기대려는 게 아닐까? 이 산길에서 아이들을 만날 때면 이러지도 저러지도 못한 채 외면하기 일쑤다.

차 한 잔을 시켜놓고 이런저런 생각을 하다 다시 배낭을 멘다. 다리를 건너고 또 한 번 산 능선을 타고 도는 길. 우거진 숲이 나오고 계단식 논들이 펼쳐진다. 오늘의 목적지인 구룽 족이 사는 마을 란드룩(Landruk)에 도착하니 네 시. 호텔 헝그리아이(Hotel Hungry Eye)가 오늘 머무를 숙소다. 이곳에서 뜨거운 물에 몸을 씻고 머리도 감았다. 뜻밖의 수확이다.

하늘에 먹구름이 몰려오고 있다. 다시 비가 내리려나. 오늘 종일토록 날이 흐려 아무것도 못 봤는데, 내일은 어떨까.

.. 날씨 : 산들을 꽁꽁 감춘 구름
.. 걸은 구간 : 페디(1,220미터) – 데우랄리(2,150미터) – 톨카(1,650미터) – 란드룩(1,620미터)
.. 소요 시간 : 5시간

트레킹 이틀째

아침에 눈을 뜨니 안나푸르나사우스(Annapurna South)와 그 오른쪽으로 히운출리(Hiunchuli)가 장엄한 자태를 드러냈다. 첫 햇살을 받은 산들의 이마가 화장한 처녀의 얼굴보다 곱다. 화창한 하루가 될 것 같다. 오믈렛과 핫초콜릿으로 아침 식사를 하고 아홉 시에 길을 나선다.

어디선가 음악 소리가 들려와 따라 들어가니 돌아가신 아버지의 사십구재를 지내는 집이다. 사십구재라기보다는 마치 축제처럼 흥겹다. 아예 천막을 치고 동네 사람들이 다 모여들어 춤추며 노래하며 놀고 있다. 마당에서 잠시 그 모습을 지켜보다가 돌아선다.

히말파니(Himalpani)를 지나 산을 내려와 다리를 건너고 논두렁 밭두렁 사이로 걷는다. 다시 산 옆구리를 치고 올라갔다가 계곡 길로 내려와 걷는 길. 폭포와 계곡이 이어진다. 또 계곡을 건너 산을 올라오니 '새 다리(New Bridge)'라는 이름의 마을이다. 계곡이 마을 앞을 흐르고 안나사우스와 히운출리가 뒤로 늘어선 예쁜 마을이다. 작은 가게마다 입구에 꽃을 심어놓아 마을이 더 환해 보인다. 야외 테라스가 있는 칼파나 게스트하우스에서 차를 마셨다.

햇살이 뜨거워 윗옷을 벗고 모자를 꺼내 쓰고 다시 걷는다. 논두렁에는 이름을 알 수 없는 노란색, 보라색 꽃들이 흐드러지게 피었다. 꽃구경을 하느라 발이 느려진다.

대나무가 무성하게 늘어선 길을 지나니 지누(Jinu 1,750미터)다. 시간은 어느새 열두시 반을 넘었다. 지누 게스트하우스에서 스파게티로 점심을 먹었다. 언니는 피자를 시켰는데 크기가 솥뚜껑만 하다.

밥을 먹거나 차를 마실 때마다 바로 옆자리에 와서 붙어 앉아 있는 보스파티 때문에 은근히 신경 쓰인다. 제발 우리끼리 좀 내버려두면 좋으련만. 게다가 기회 있을 때마다 네팔어를 가르치려고 들어 귀찮을 때가 있다. 구관이 명관인지 기얀드라가 그립다.

두 시 출발. 삼십 분간 정말 세게 치고 올라왔다. 오르막, 오르막, 또 오르막. 세상의 모든 길이 다 오르막 같다. 곳곳에 산사태의 흔적이 보인다.

세 시. 촘롱(Chomrong 1,951미터) 도착. 거리 곳곳에 격문이 붙어 있다. 붉은 현수막에는 "네팔 공화국 건설, 왕실 군대 폐지, 국군 설립" 등이 적혀 있다. 여기서부터 마오이스트들이 득세하는 동네인가 보다. 이 마을의 인터내셔널 게스트하우스에 짐을 풀었다. 이 동네 방값은 전부 2백 루피를 부른다. 좀 더 싼 숙소가 없는지 돌아보다가 결국 처음 본 집으로 돌아왔다. '안나푸르나 자연보호 지역 프로젝트(ACAP)'의 방침에 따라 이 일대는 숙박비와 식단이 통일되어 있다고 한다. 이 집의 음식은 트레킹 구간 중 최고의 맛과 양을 자랑한다. 클럽샌드위치를 시켰더니 감자칩과 샐러드가 같이 나오는데 정말 푸짐하다. 언니가 시킨 피자도 맛있다. 양과 질 모두를 만족시킨다.

밥을 먹고 차를 마시는 동안 다른 트레커들과 수다를 떨었다. 이곳에서 만난 일본인 여행자 토모의 가이드는 엄청난 수다와 네팔 최고의 입담을 자랑한다. 그의 이름은 비카스. 더 싼 숙소를 찾아보겠다고 나서는 나에게 비카스가 말을 걸어왔다.

"1백 루피는 아무것도 아닌 돈이잖아. 넌 즐기려고, 행복하려고 이곳에 왔는데 1백 루피 신경 쓰느라 시간을 소비한다면 불행한 거 아니야?"

"1백 루피가 아무것도 아닌 액수라고 말하지는 마. 내겐 단 1루피도 하찮은 액수가 아니야."

이렇게 항변했지만 나는 속이 따끔거렸다. 결국 이 숙소로 다시 돌아오

햇살과 구름, 하늘이 그려내는 아침 산의 풍경화.

는 나를 보더니 그가 웃는다. 그렇게 말을 트게 된 그에게 물었다.

"넌 종교가 뭐니?"

"불교." 비카스는 이렇게 덧붙인다. "신은 오직 하나인데 인간이 붙인 이름과 규율만 다른 거야."

주인이 내온 뜨거운 물을 마시며 "이 물 공짜야?"라고 묻는 내게 그가 대답한다.

"너도 아까 인정했잖아. 이 세상에 공짜란 없다고. 하나를 얻으면 하나를 내주는 게 인생이잖아"

'어, 자식. 나이 스물에 저런 깨우침을 얻다니 대단한데!' 감탄이 절로 나온다.

이런 이야기를 나누는 동안 내 어깨에 손을 얹거나 다리를 툭툭 치는 그가 부담스러워 결국 한마디 하고 만다.

"난 아주 친한 친구가 아니면 이렇게 남이 몸을 건드리는 거 싫어해."

"우리 친구 아니야?"

"우린 겨우 오늘 만났을 뿐이잖아."

"친구가 되는 데는 언제 만났는지가 중요한 게 아니야. 오늘 만나도 친구가 될 수 있는 거야."

연속탄을 얻어맞고 비틀거리는 나. 그의 말을 그저 튀는 재치일 뿐이라고 폄하하기에는 걸리는 부분이 많다. 비카스 덕분에 식당에 모여 있던 네팔 가이드, 포터들과 어울려 이야기를 나누게 됐다. 이곳에서 만난 네팔 남자들은 장남의 고통을 호소한다.

"우리나라에서 장남으로 태어나는 건 불행의 시작이야. 부모님 모셔야지, 동생들 뒷바라지해야지, 그러다 보면 공부할 기회도 놓치고, 오직 돈을 벌기 위해 일만 하는 거지. 내 꿈이나 희망 이런 건 잊은 지 오래고, 그저 가족의 생계를 위해 야크처럼 일만 하다 일생을 마치는 게 네팔의 장남이거든."

"한국도 비슷해요. 장남이 부모님을 모시고, 동생들 뒷바라지하면서 살아가거든요. 대신 공부할 기회는 장남이 더 많이 갖기도 했지만."

"여기선 장남이면 장가가기도 힘들어."

"그것도 한국이랑 똑같네요. 우리도 여자들이 부모님 모셔야 한다고 장남 싫어하거든요."

"그에 비하면 여자들은 정말 살기 편한 거 아니야? 거울 보면서 두 시간쯤 보내다가, 동네 아낙들이랑 남편 식구들 흉보면서 오후를 다 보내고, 그러다 남편이 돌아오면 바가지나 긁어대고. 돈 벌어오라고 소리나 지르고 말이야."

바가지 긁는 아내를 흉내 내는 아저씨의 몸짓과 목소리가 너무 그럴듯해 다들 웃음을 터트린다. 장남들의 어깨가 무겁기는 한국뿐 아니라 네팔도 마찬가지인가 보다. 이런 이야기를 주고받다가 홍콩 친구들의 포터 아저씨가 갑자기 내게 말을 걸어온다.

"한국 남자들은 친절하고 다 좋은데, 술만 취하면 문제를 일으켜."

이 대목에서 나는 벌써 얼굴이 붉어진다.

"주로 무슨 문제를 일으키나요?"

"보통 자기들끼리 소리 지르면서 싸우고, 테이블 엎고 그러지."

미운 건 사람이 아니라 술이라고 해야 하나.

"한국 남자들은 술에 취하면 아내를 때린다는데 정말 그래?"

거울을 안 봐도 내 얼굴이 홍당무보다 더 붉어진 걸 알겠다. 이런 질문을 받을 때면 정말 곤욕스럽기 그지없다. 여자를 때리는 남자만은 어떤 이유로도 용납할 수 없는 게 내 입장이지만, 바깥에 나와서까지 그런 현실을 목청을 돋우며 인정하고 싶지는 않으니.

"그건 극히 일부예요. 어느 나라에나 그런 남자들이 있잖아요."

이 정도로 대답을 회피하고 말지만 마음은 씁쓸하다. 얻어맞은 아내의 얼굴을 바라볼 때 그 남편의 심정은 어떨까. 가부장제의 가장 큰 피해자는 어쩌면 남성들 자신일지도 모르겠다. 폭력은 결국 자신을 황폐화시키는 일이니까.

.. 날씨 : 햇살에 세수를 마친 산들이 늘어서다.

.. 걸은 구간 : 란드룩(1,620미터) – 지누(1,750미터) – 촘롱(1,951미터)

.. 소요 시간 : 4시간

트레킹 사흘째

아침에 눈을 뜨니 안개가 온 마을을 감싸고 있다. 이곳에서는 마차푸차레(Machhapuchhare)가 손에 잡힐 듯 보인다던데 안개가 앞을 가려 아무

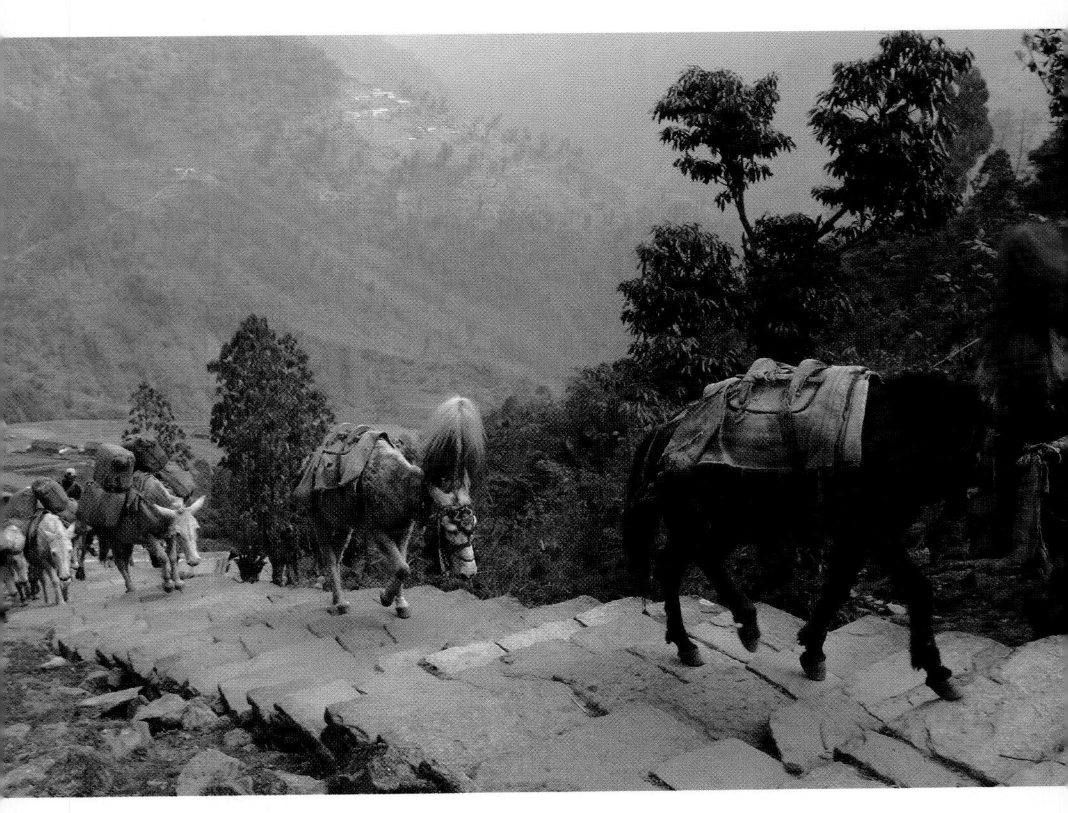

끝도 없이 이어지는 돌계단은 사람뿐 아니라 당나귀들에게도 고역이다.

것도 보이지 않는다. 치즈샌드위치와 핫초콜릿으로 아침을 먹고 길을 나선다. 안개는 여전히 자욱하다. 저 안개 속에 얼굴을 숨기고 돌아앉은 산들이 문득 궁금하다.

돌계단을 걸어 내려오니 계곡의 바닥이다. 다시 산허리를 치며 올라간다. 그사이 안개가 걷히고 마침내 구름 사이로 해가 나왔다. 산은 여전히 구름에 가려 있다.

돌계단에 걸터앉아 구름에 가려진 산허리를 바라보며 언니를 기다린다. 서울로 돌아가는 항공권을 연기하기 위해 전화를 해야 하는 언니. 어제부터 보스파티에게 전화할 수 있는 곳이 나오면 알려달라고 그렇게 말했건만, 결국 그가 전화 거는 곳을 지나쳐 버리고 말았다. 언니는 보스파티와 다시 촘롱으로 올라가고 나 혼자 이곳에서 그들을 기다리고 있다. 보스파티는 에베레스트에서 함께했던 기얀드라와 많이 다르다. 영어는 기얀드라보다 훨씬 유창하지만 말이 앞서고, 행동은 가볍고, 마음은 다른 곳에 가 있는 듯한 느낌을 준다. 마음 맞는 포터와 함께 트레킹 하기가 힘들다는 게 무슨 말인지 알 것도 같다.

전화를 걸고 내려온 언니와 다시 만나 시누와(Sinuwa 2,340미터)에 도착하니 열한 시 반. 셀파 게스트하우스에서 초코파이와 레몬차로 점심을 먹었다.

날이 다시 흐려지고 구름이 몰려온다. 비가 내릴 것 같아 서둘러 길을 나선다. 경사가 제법 심한 돌계단 오르막이 계속된다. 오르막까지는 괜찮은데 돌계단은 정말 끔찍하다. 돌계단이 끝나니 숲길이 이어진다. 축

아침 이슬에 젖은 앵초꽃의 얼굴이 초롱초롱 빛난다.

축한 습기가 몸에 감겨온다. 낙엽이 깔린 흙길을 걸어 숲을 빠져나오니 다시 숲.

뱀부(Bamboo 2,310미터)라는 이름의 마을. 이제는 길고 가파르고 미끄러운 내리막길이 이어진다. 다시 대나무와 랄리구라스 나무가 우거진 숲을 지나니 마을 주변에 보라색 꽃들이 환하게 피어 있다. 오믈렛을 먹고 두 시 반에 출발.

여전히 계속되는 숲, 길은 평지에 가까운 오르막이다. 이 길에서 '자유시간'이라고 한글이 선명하게 적힌 초콜릿 봉지를 두 번이나 봤다. 누가 볼까 싶어 얼른 주워 쓰레기통에 버렸다.

한 시간쯤 걸으니 오늘 머무를 마을 도반(Doban 2,540미터)이다. 이곳에는 '핫 샤워'가 불가능하다. 뜨거운 물 한 양동이에 40루피란다. 그냥 찬물로 씻고 만다. 숙소에 사람들이 바글바글하다. 식당에 난로를 피웠는데, ABC 가는 길에는 숙박비 외에 난로값을 따로 받는 곳도 있다고 한다.

식당에서 책을 읽고 있자니 아시아인으로 보이는 남자 둘이 말을 걸어온다. 홍콩에서 왔다고 한다. 가벼운 소개와 인사가 끝나니 배낭을 열어 뭔가를 주섬주섬 꺼내준다. 핫팩 여섯 개와 붕대, 반창고 등이다. 핫팩은 카메라 건전지를 데우는 데 쓰고, 붕대와 반창고는 무릎이 아프거나 할 때 쓰란다. 홍콩에 오면 연락하라며 연락처도 적어준다. 따뜻한 남자들이다.

다섯 시에 이른 저녁을 먹고 방으로 건너오니 아직 여섯 시가 안 됐다. 밖에는 어제 저녁처럼 또 비가 내린다. 숙소 바로 앞에는 텐트 치고 야영하는 팀도 있던데 텐트 안에서 듣는 빗소리가 문득 그립다. 한 시간이 넘도록 침낭 속에 드러누워 책을 읽고 있는데, 시간은 겨우 일곱 시를 넘겼을 뿐이다.

한밤중에 언니가 깨운다. 화장실에 다녀왔는데 밤 풍경이 기막히단다. 밖으로 나가보니 밤하늘에 별이 총총하다. 언제 나왔는지 홍콩 친구들이 삼각대를 세워놓고 사진을 찍고 있다. 별을 보느라 고개를 젖히고 있었더니 목이 뻣뻣해진다.

눈을 들어 앞산 마차푸차레를 바라본다. 어둠 속에서도 희미하게 솟아 있다. 끝이 뾰족한 삼각형 모양의 산 마차푸차레는 그 모습이 마치 물 속에서 솟아오른 물고기의 꼬리같이 생겼다 해서 '물고기의 꼬리(fish tail)'라고 불린다. 이 산은 힌두교도들이 그들의 신 시바와 부인 파르바티의 신혼 여행지라며 신성하게 여기는 곳이다. 그래서 네팔 정부가 등반 허가를 내주지 않아 공식적으로는 지금껏 미등정 봉우리로 남아 있다. 지금도 네팔 사람들에게 물어보면 "저 산에는 신이 살고 있기 때문에 아무도 못 오르고, 혹 오른다 해도 살아서는 내려올 수 없다."라고 대답하곤 한다.

하지만 들리는 이야기로는 이미 몇 개의 등반대가 저 산을 올랐는데 그저 쉬쉬할 뿐이고, 그중에는 한국팀도 있다고 한다. 입장을 바꿔놓고 생각해본다. 우리에게도 어떤 이유로 등반이 금지된 산이 있는데, 외국 사람들이 도둑 등반을 하러 온다면 우리의 기분은 어떨까? 설령 우리 눈에 어리석어 보이는 믿음이라 할지라도 그들의 삶에 뿌리박은 오래된 믿음이라면 지켜주어야 하는 게 아닐까? 우리가 이곳에 와서 깨뜨리고 가는 것이 어찌 등반금지 규정뿐일까 싶어 마음이 무거워진다.

.. 날씨 : 안개 자욱
.. 걸은 구간 : 촘롱(1,951미터) – 시누와(2,340미터) – 뱀부(2,310미터) – 도반(2,540미터)
.. 소요 시간 : 5시간 반

여행은 인생이라는 차의 엔진 같은 거야

안나푸르나 베이스캠프 2 6개월 일하고 6개월 여행하는 삶

마차푸차레 베이스캠프 가는 길. 중앙에 매끈하게 솟은 바위가 마차푸차레다.

안나푸르나 베이스캠프 트레킹

도반~촘롱

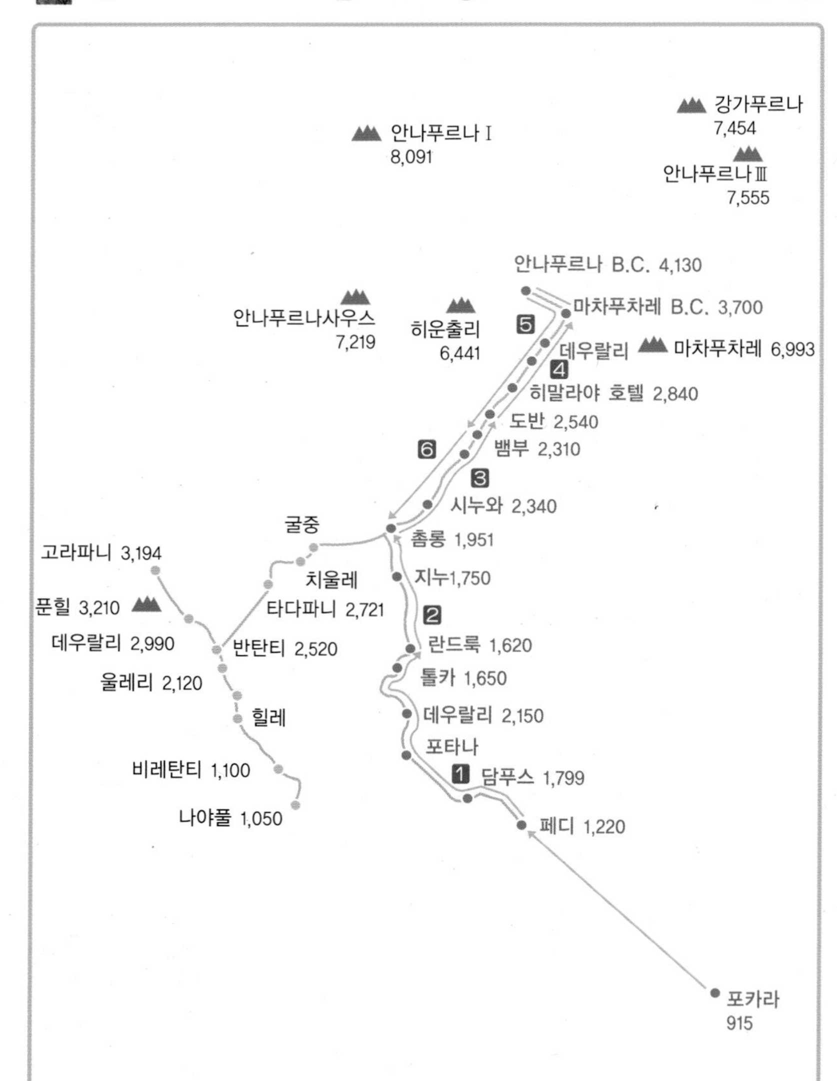

비 그친 새벽 산에서
나는 아직도 그리운 사람이 있고
산은 또 저만치서 등성이를 웅크린 채
창 꽂힌 짐승처럼 더운 김을 뿜는다
이제는 그대를 잊으려 하지도 않으리
산을 내려오면
산은 하늘에 두고 온 섬이었다
날기 위해 절벽으로 달려가는 새처럼
내 희망의 한가운데는 텅 비어 있었다

—황지우, 〈비 그친 새벽 산에서〉

트레킹 나흘째

아침에 눈을 뜨니 앞산이 얼굴을 드러낸다. 마차푸차레의 모습이 정말 물 밖으로 솟구치는 물고기의 꼬리를 닮았다. 앞산을 만난 즐거움을 가득 안고 아침을 먹는데 밥알이 날아다닐 정도로 푸석거린다. 밥을 반이나 남기는 어이없는 일이 생겼다.

길을 나선 지 얼마 안 돼, 며칠 전 포카라에서 만났던 대전라이온스클럽 아저씨들과 마주친다. 벌써 다 돌고 내려가는 길이란다. 반가워하던 아저씨 한 분이 가방을 주섬주섬 풀더니 김과 장아찌를 꺼내주신다. 한국 음식이라고는 아무것도 없던 차에 신나는 일이 아닐 수 없다.

"고맙습니다. 잘 먹겠습니다!"

"조심해서 다녀요."

인사를 하고 발걸음도 씩씩하게 걷는데 좀 떨어져 내려오던 그 팀 일행을 만났다. 반가움에 인사를 건네니 또 뭘 챙겨주시려 한다.

"그만 주셔도 돼요. 아까 내려가신 아저씨가 장아찌랑 김 주셨어요."

"아니, 그 자식이 뭘 줬다구? 우리한테는 생전 꺼내놓지도 않더니 말이야. 그놈이 가져온 장아찌 먹어본 사람 있어?"

뒤에 서 있는 아저씨들이 잘도 받아넘기신다.

"구경도 못 했수다."

"나쁜 자식, 여자들한테만 꺼내주고 말이야. 주소 적어서 줬지?"

"아니요, 그냥 장아찌만 주셨어요."

"그 장아찌 안에 분명히 연락처 적어서 줬을 거야. 살펴봐요. 천하에 몹쓸 놈 같으니라구."

농담을 얼마나 잘하시는지 길가에 서서 한참을 웃었다.

발걸음도 가볍게 걷는 길, 꽃길이다. 이름도 모르는 작은 꽃들이 어여뻐 길에서 사진 찍느라 시간을 엄청 소비하고 만다. '히말라야'로 불리는 작은 동네에 도착하니 숙소 두 개가 전부다.

다시 꽃 피고 나무 우거진 숲길 사이를 걸어 왼쪽 폭포 줄기를 바라보며 걷다 보니 지난번 지나친 마을과 이름이 같은 데우랄리. 시각은 그새 열두시다. 이곳에서 카레와 밥을 시켜서는 아침에 얻은 김과 오이지로 점심을 먹는다. 아, 행복하다. 폭포물 받아서 목을 축이고 출발. 눈이 녹지 않은 길이 질척거리고 미끄럽다. 계곡을 건너서 간다.

세 시를 넘겨 마차푸차레 베이스캠프, 다들 MBC라고 부르는 곳에 도착했다. 해발고도는 3,700미터. 여기가 오늘 머무를 곳이다. '구룽 협동 게스트하우스(Gurung Cooperative Guest House)'에 짐을 푼다. 마당에서 안나사우스, 히운출리, 마차푸차레가 뚜렷이 보인다. 안개가 내내 몰려왔다 몰려가기를 반복하고 있다.

눈 녹은 물이 지붕에서 떨어져 그 물을 받아 세수를 하고 발을 씻었다. 발가락이 그대로 얼어붙는 것처럼 물이 차다. 밤에 화장실 가려고 나와 하늘을 보니 손톱달과 무수한 별들이 경이롭다.

오늘 걷다가 든 생각인데 안나푸르나 베이스캠프로 가는 길은 에베레스트와 많이 다르다. '곡식이 가득 찬 곳'이라는 뜻의 안나푸르나는 '풍요의 여신'으로도 불린다. 그래서인지 에베레스트에 비해 모든 것이 풍부해 보인다. 이 길에는 꽃과 숲과 사람의 마을이 골짜기마다 들어서 있다. 여행자들의 발길도 그만큼 잦다.

그래서일까? 척박하고 황량하던 에베레스트의 길들이 가끔 그리워지고는 한다. 막막할 정도로 광활하던 그 길에서는 인간이 얼마나 하잘것없는 존재인지를, 그래서 또 얼마나 더 위대한 존재인지를 절절이 깨달을 수 있었으니까. 물도, 나무도, 공기도 부족한 그곳에 넘치도록 풍부한 건 오직 추위뿐이었다. 꼬박 2주일간 머리를 감지 못해 떡 진 머리를 모자로 감추고 다녀야 했던 기억이 새롭다. 안나에서는 거의 날마다 뜨거운 물에 씻을 수 있어 '호화 트레킹'을 하는 기분이다. 게다가 방마다 전기가 들어와 밤늦도록 책을 읽을 수도 있다. 이곳은 마을이 가까이 있다. 마을 옆으로는 울창한 대나무숲과 물기를 뚝뚝 떨어뜨릴 듯 푸른 이끼를 온몸에 감은 나무들이 가득 선 숲길이 이어진다. 인적 끊긴 깊은 산속에 들어와 있다는 느낌은 별로 들지 않는다.

.. 날씨 : 맑음
.. 걸은 구간 : 도반(2,540미터) – 히말라야 호텔(2,840미터) – 데우랄리(3,140미터) – 마차푸차레 베이스캠프(3,700미터)
.. 소요 시간 : 4시간 반

트레킹 닷새째

산에서의 시간은 단순하고 명료하게 흘러간다. 아침이면 눈을 떠 다시 짐을 꾸려 걷고, 오후가 되면 머물 곳을 찾아들어 배를 채우고, 해가 지면 잠시 책을 읽다가 잠자리에 든다.

트레킹을 시작한 지 오늘로서 닷새. 날은 화창하다. 계곡을 따라 걸어가는 길은 평지에 가깝도록 수월하다. 두 시간 남짓 눈 쌓인 길을 걸으니 베이스캠프.

안나푸르나 베이스캠프에서 바라보는 풍경은 거침이 없다. 오직 눈 쌓인 설산뿐이다. 왼쪽부터 히운출리(6,441미터), 안나푸르나사우스(7,219미터), 바라하시카르(Baraha Shikhar 7,647미터), 안나푸르나 I(8,091미터),

겨우내 얼어 있던 계곡에도 봄이 찾아와 눈 녹은 물이 시원하게 흘러내린다.

캉사르캉(Khangsar Kang 7,485미터), 타르케캉(Tarke Kang 7,202미터)과 신구출리(Singu Chuli 6,499미터), 타르푸출리(Tharpu Chuli 5,663미터)가 도열하듯 서 있다. 그 오른쪽 너머로는 안나푸르나 III(7,555미터), 간다르바출리(Gandharba Chuli 6,248미터)와 마차푸차레(6,993미터)가 뚜렷이 보인다. 거리가 얼마나 가깝게 느껴지는지 누군가 안나푸르나를 등반하고 있으면 그 가쁜 숨소리까지 다 들려올 것만 같다.

배낭을 내려놓고 길가에 주저앉아 거대한 산군을 하염없이 바라본다. 안나푸르나는 정상의 생김새도 모나지 않아 에베레스트가 주는 위압감이 없다. 몇 시간쯤 헉헉대며 오르면 정상에 설 수 있을 것 같은 어리석은 마음이 들 정도다.

안나푸르나 산군의 최고봉인 안나푸르나는 그 높이가 8,091미터로 열 번째 8천 미터급 봉우리다. 안나 II, III, IV봉, 안나사우스, 닐기리(Nilgiri), 마차푸차레, 강가푸르나(Gangapurna) 등 아름다운 7천 미터급 봉우리를 거느린 안나푸르나는 인류가 오른 최초의 8천 미터였다.

그곳에 처음 오른 것은 1950년 6월 3일 오후 두 시, 모리스 에르조그(Maurice Herzog)가 이끄는 프랑스 원정대였다. 아홉 명의 원정대를 대표해 정상에 오른 모리스 에르조그와 루이 라슈날(Louis Lachenal)은 등정에 성공했으나 등반 중 동상에 걸리고 만다. 산에서 내려온 후 프랑스 원정대는 부상당한 그들을 후송하기 위해 헌신적이고 눈물겨운 행군을 시작한다. 수십 일에 걸쳐 행군하는 동안 무더위와 몬순으로 인해 손과 발이 썩어 들어가 결국 손가락과 발가락을 절단해야만 했다. 수술은 원주민의

안나푸르나 산군을 바라보며 스스로의 한계에 도전했던 산악인들을 생각한다.

집에서, 논두렁에서, 비가 쏟아지는 가운데 우산을 받친 상태에서, 심지어 기차가 잠시 선 틈을 타 열차 안에서 행해지기도 했다. 절단 수술은 대부분 마취도 없이 이루어졌다. 구더기가 우글거리는 손가락과 발가락들이 빗자루에 쓸려 열차 밖으로, 논바닥으로 버려지곤 했다. 그때 에르조그의 나이는 서른한 살이었다.

산에서 내려온 후 모리스 에르조그는 이렇게 말했다.

"스스로의 능력의 한계를 초월하고, 인간의 한계를 깨달음으로써 인간의 진정한 위대함을 깨달았다."

그 지난했던 등반의 기록은 그가 쓴 《최초의 8000미터 안나푸르나》에

생생하게 묘사되어 전 세계에서 1,500만 부가 팔리는 기록을 세우기도 했다.

발밑으로는 레미콘이 부려놓고 간 흙더미처럼 골을 이루며 쌓인 자갈 흙산들. 어디선가 돌 굴러 떨어지는 소리가 들린다. 고요하다.

산을 오르는 이의 고독감을 상상해본다. 등반이라는 행위는 오직 자신과의 싸움일 뿐, 그 누구도 대신해주지 못하는 철저히 고독한 길이다. 죽음의 공포와 맞서 싸워야 하고, 지독한 외로움과 손잡아야 하는 등반. 자신에 대한 신뢰를 바탕으로 한계를 극복하고, 자신의 선택에 대한 책임으로 죽음까지 감당해야만 하는 냉혹한 행위. 그 과정을 통해 얻는 건 결국 자신에 대한 재발견과 긍정이 아닐까.

메스너의 이야기가 생각난다. 1988년 2월, 캐나다 캘거리에서 제15회 동계 올림픽이 열렸다. 국제올림픽위원회는 8천 미터 14좌를 완등한 메스너와 예지 쿠쿠츠카에게 올림픽 은메달을 수여하기로 결정했다. 메스너는 수상을 거절하며 이렇게 말했다.

"등반에서는 싸우는 상대도 없고, 심판도 없다. 단지 나 자신과의 싸움이 있을 뿐이다. 산을 오르는 것은 경기가 아니다."

자기 자신의 인정이라는 보이지 않는 보상만을 바라고 산에 오르는 산악인들에게 따뜻한 박수를 보내주고 싶다.

열 시 반. ABC를 돌아선다. 내려오는 길에는 사진을 찍으며 천천히 내려온다. 날이 너무도 화창해 내려가기가 아까울 정도다. 오는 길에 캠프에서 얼굴을 익힌 서양 아이들과 편을 갈라 눈싸움을 했다. 팀 이름은 각각 '네팔 구르카'와 '국제평화유지군'. 승부는 나지 않았다.

MBC에 도착하니 정오가 다 됐다. 짐을 챙겨서 MBC를 떠난다. 눈이 녹아 질퍽거리는 내리막이다. 올라갈 때 안개 속에 숨어 있던 풍경을 감상하며 내려온다.

히말라야라는 이름의 마을 주변에는 원숭이들이 떼를 지어 몰려다니고 있다. 데우랄리를 거쳐 도반을 지나는 길에 한국인 아저씨들을 만나 또 초콜릿을 얻었다. 비가 올 것처럼 날이 흐리더니 역시나 비가 내린다.

뱀부에 도착하니 네 시 반. 미지근한 물에 샤워하고 식당으로 와서 엽서를 쓴다. 어제 얻은 오이지와 김과 카레로 저녁을 먹고 들어와 여덟 시부터 취침. 촛불 두 개가 유일한 빛이다.

.. 날씨 : 맑은 후 오후 늦게 비 내림

.. 걸은 구간 : 마차푸차레 베이스캠프(3,700미터) – 안나푸르나 베이스캠프(4,130미터) – 도반(2,540미터) – 뱀부(2,310미터)

.. 소요 시간 : 6시간 반

트레킹 여섯째날

침낭 속에서 한참을 뒤척이다가 나왔다. 이곳은 춥다. 아직 해가 안 넘어와서인가.

아홉 시 반에 길을 나선다. 다시 돌계단이다. 오늘은 너무 힘들다. 언니도 지쳤는지 말이 없다. 영원히 계속될 것 같던 오르막이 끝나고 마침내 촘롱의 인터내셔널 게스트하우스에 도착했다. 세 시간쯤 걸은 셈이다.

지난번에 낯을 익힌 얼굴들이 반갑게 맞아준다. 클럽샌드위치로 점심을 먹고 샤워하고 빨래를 해서 널었다. 방 앞에 테이블을 갖다 놓고《인간의 조건》을 읽고 있는 지금. 가끔씩 눈 들어 앞산을 바라보면 구름이 몰려왔다 몰려가며 산을 희롱하고 있다. 평화가 물처럼 가슴에 차오른다.

이곳에서 만난 프랑스인 아저씨 장 피엘. 그는 인도네시아의 발리에서 직물을 사서 프랑스에서 판매하는 게 직업이다. 5월에서 9월까지 열리는 니스의 해변 시장에서 직물을 팔고, 두 달은 발리에서 천을 구입하고 디자인을 하며 보낸다. 6개월을 일하고 나머지 6개월은 여행 다니는 생활을 오래도록 계속해오고 있단다.

"일 년에 겨우 6개월 일해서 충분한 돈이 돼요?" 이렇게 묻는 내게 아저씨는 대답한다.

"충분해. 물론 부자가 될 수는 없지. 하지만 내가 생각하는 부는 충분한 시간과 여행할 수 있는 자유를 의미해. 지금 내게는 여행할 수 있는 자유와 시간이 있으니 이 정도면 부자 아닌가?"

그러면서 아저씨는 친구 이야기를 들려준다.

"친구 중에 내 소개로 같은 일을 하게 된 녀석이 있어. 그 친구는 워낙 부지런한 데다 사업 수완도 좋아서 얼마 지나지 않아 가게도 두 개나 열게 됐어. 이른 아침부터 저녁 늦게까지 일하면서 가게를 키우고 돈 버는 데만 전력하며 몇 년을 지냈지. 그러다 보니 과도한 스트레스로 지금은 정신과 상담 치료를 받는 신세가 되고 말았어. 적게 벌고 만족하며 사느냐 많이

어느 집 처마 아래, 씨옥수수가 말라가고 있다.

벌면서도 불만족스럽게 사느냐는 결국 자신에게 달린 게 아닐까?"

이제 우리에게 중요한 것은 '덜 갖되 더 충실한 삶을 사는 것'임을 장 아저씨를 보며 다시 깨닫는다. 그는 이렇게 덧붙인다.

"나에게 여행은 인생이라는 차의 엔진과 같은 거야."

아저씨의 말대로라면 나는 지금 최고의 마력을 자랑하는 엔진을 장착한 거겠지.

저녁을 먹고 나니 동네 사람들이 북과 오르간과 탬버린을 들고 우리 숙소의 마당으로 모여든다. 산사태로 끊긴 길을 복구할 자금을 마련하기 위해 공연을 할 거란다.

화려한 무대나 조명은 없어도 절로 잔치 분위기가 무르익는다.

이곳은 해마다 산사태로 길이 몇 번씩 무너져 내린다. 화전을 일구어 계단식 논을 만들어놓는 바람에, 또 나무를 베어 땔감으로 쓰는 탓에 산은 이래저래 벌거숭이다. 자연은 산사태라는 방식으로 자신의 고통을 인간에게 알리고, 대가를 치르게 한다. 네팔에서는 해마다 우기가 되면 산이 무너져 어느 마을에서 몇십 명이 죽었다는 게 일상적인 뉴스다. 촘롱에서 고라파니로 가는 길도 며칠 전 대형 산사태가 일어나 길이 끊겼다. 그 길을 복구하기 위해 이렇게 외국인 관광객에게 손을 내미는 거다.

네팔 전통 가요를 부르며 춤을 곁들이는 소박한 공연이 두 시간 넘게 이어진다. 우리는 그들이 들꽃을 엮어 만들어 온 꽃목걸이를 목에 걸고 춤과 노래를 구경하고, 다함께 네팔 춤을 추며 밤이 늦도록 어울렸다. 수영 언니와 나도 끌려 나가 춤추는 시늉이라도 해야 했다. 공연 후에 모금함을 돌리는데 다들 한바탕 잘 놀았다고 생각했는지 제법 액수가 큰 지폐가 여러 장 보인다. 언니와 나도 형편껏 돈을 보탠다.

마을 사람들이 다 돌아가고도 여운이 남은 우리는 다 같이(프랑스인 여섯 명, 스페인 사람 두 명, 그리고 우리) 식당으로 몰려간다. 맥주와 음료를 마시며 자기소개를 하고, 이런저런 사소한 이야기를 나눈다. 그 와중에 프랑스 친구들은 마리화나인지 환각 성분의 풀을 넣은 담배를 말아 피며 우리에게도 권한다. 그런 걸 가까이 하는 인생은 어둠의 세계에 속한 사람들뿐이라고 믿는 사회에서 자란 우리는 점잖게 담배를 옆으로 넘긴다.

방으로 올라오니 밤 열한 시. 트레킹 역사상 가장 늦은 시간에 잠자리에 든다.

.. 날씨 : 맑은 후 구름

.. 걸은 구간 : 뱀부(2,310미터) – 촘롱(1,951미터)

.. 소요 시간 : 3시간

“공산혁명을 위해 기부하시오. 영수증은 여기 있소”

안나푸르나 베이스캠프 3 고라파니에 떠도는 마오이스트의 전설

촘촘한 빛의 그물에 걸려 잠을 깨는 다울라기리.

안나푸르나 베이스캠프 트레킹

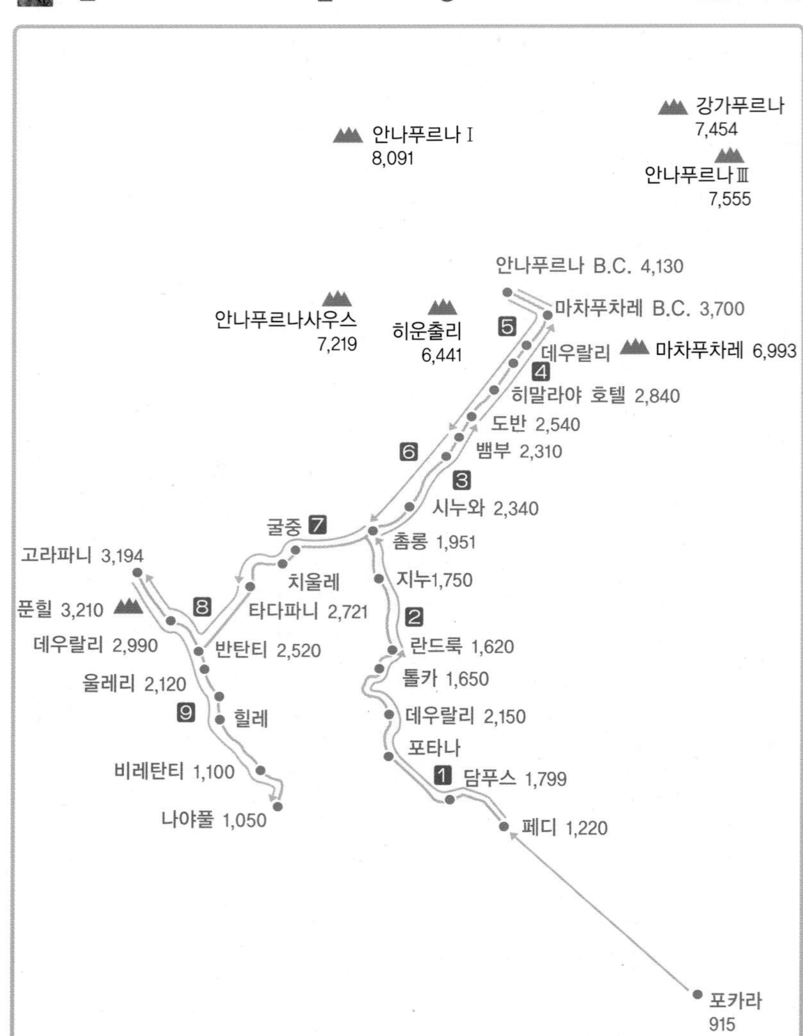

Take only photos,
Leave only footprints,
Kill only time.

사진만 찍어라.
발자국만 남겨라.
시간만 죽여라.

—시에라 클럽(미국의 환경단체)

트레킹 이레째

눈을 뜨니 여섯 시 반. 어젯밤 열두 시가 다 되어 잠자리에 들었는데 일찍 일어난 언니가 왔다갔다하는 바람에 덩달아 잠이 깼다. 아침잠을 놓친 대신 산이 깨어나 아침을 맞는 모습을 볼 수 있었다. 오늘은 햇살이 너무도 눈부시다. 이곳을 떠나기가 싫어진다. 늑장을 부리다가 열 시나 되어서야 숙소를 나선다. 식당 앞에 지난 밤 프랑스 친구들이 마신 맥주 캔 스물일곱 개가 나란히 쌓여 있다.

길을 나선 지 얼마 되지 않아 산사태의 피해를 우리도 몸소 체험한다. 길이 끊겨 우회를 시도하다가 결국 길을 잃어버리고 말았으니. 보스파티도 처음 가는 길이라며 방향 감각을 상실한 채 무기력하게 왔다갔다할 뿐이다. 우리 앞에 가고 있는 독일인 커플을 쫓아가 길을 묻는다.

"너희 어디로 가는 중이니?"

"타다파니 가는 길이야."

잘 됐다. 이 친구들만 따라 가면 되겠다. 뒤에서 여전히 길을 찾고 있는 보스파티를 불러, 이들을 따라 걷는다. 처음 하는 트레킹이 아닌지 망설임도 없이 성큼성큼 잘도 걸어간다. 발 빠른 그들을 뒤쫓느라 짧은 다리를 재게 놀리며 걷는다. 지름길을 아는지 경사가 심한 언덕을 가로지르며 가고 있다. 정신없이 따라 올라갔더니 산꼭대기. 독일인 남자가 우리를 돌아보며 하는 말.

"너희, 길 아니?"

"아니, 우린 너희 따라온 건데!"

"우리도 여기 처음이야. 너무 높이 온 것 같다. 다시 내려가야겠어."

"……!!!"

어이가 없다. 결국 올라갔던 길을 고스란히 되돌아 내려온다. 허무함이 밀려든다. 이번에는 보스파티가 길을 찾아냈다. 길 아닌 길을 오르며 에너지를 과도하게 소모했는지 벌써 배가 고프다. 눈앞에 보이는 부다 게스트하우스에 들어가 오믈렛과 초코파이로 점심을 먹는다. 그 사이 다시 날이 흐려진다.

보스파티가 점심을 먹는 동안 등에 바구니를 지고 가는 여자들을 지켜본다. 도로 보수 현장에 계속해서 돌을 나르는 이들 중에는 이제 초등학교 4, 5학년쯤 되어 보이는 사내아이도 있다. 주변에서 무거운 돌을 주워

등짐을 지고 가는 여인들의 어깨에 신산한 삶의 무게도 함께 얹힌 것 같다.

바구니 가득 담아 바구니의 끈을 이마에 걸고 두 손을 깍지 껴 이마에 댄 채 힘겹게 걸어가는 모습. 나이보다 삭은 얼굴과 헤진 옷, 거친 손마디. 신산한 삶의 무게에 나까지 짓눌리는 기분이다.

한 시 이십 분 출발. 잠깐 내리막이 이어지다 계곡 다리를 건너니 다시 오르막이다. 보리밭 사이에 핀 유채꽃이 환하다. 그 사이로 인정 사정 없는 오르막. 귓전에 '보리밭 사잇길로 걸어가면 뉘 부르는 소리 있어' 노래가 맴돈다. 눈을 지긋이 감고 이 노래를 즐겨 부르던 막내외삼촌을 떠올린다. 그사이 잠시 비가 내리더니 곧 그친다. 다시 산속으로 들어가 산을 치고 올라가는 오르막. 이끼가 휘감은 나무들과 만개한 네팔 국화 랄리구라스. 꽃향기가 퍼져온다. 낙엽 쌓인 흙길로 여우비가 내린다.

오늘의 목적지인 타다파니에 도착하니 세 시 반. 파노라마 포인트 호텔에 들어 미지근한 물에 샤워하고 휴식을 취한다. 이곳 식당은 식탁 밑에 숯을 태우는 난로를 설치해놓았다. 저녁을 먹는 동안 그 열기에 빨래를 다 말렸다. 촛불 두 개 켜놓고 책 읽는 기분도 괜찮다. 드디어 앙드레 말로의 《인간의 조건》 완독하다.

.. 날씨 : 눈부신 햇살 뒤에 비 내리고 다시 갬

.. 걸은 구간 : 촘롱(1,951미터) – 타다파니(2,721미터)

.. 소요 시간 : 4시간

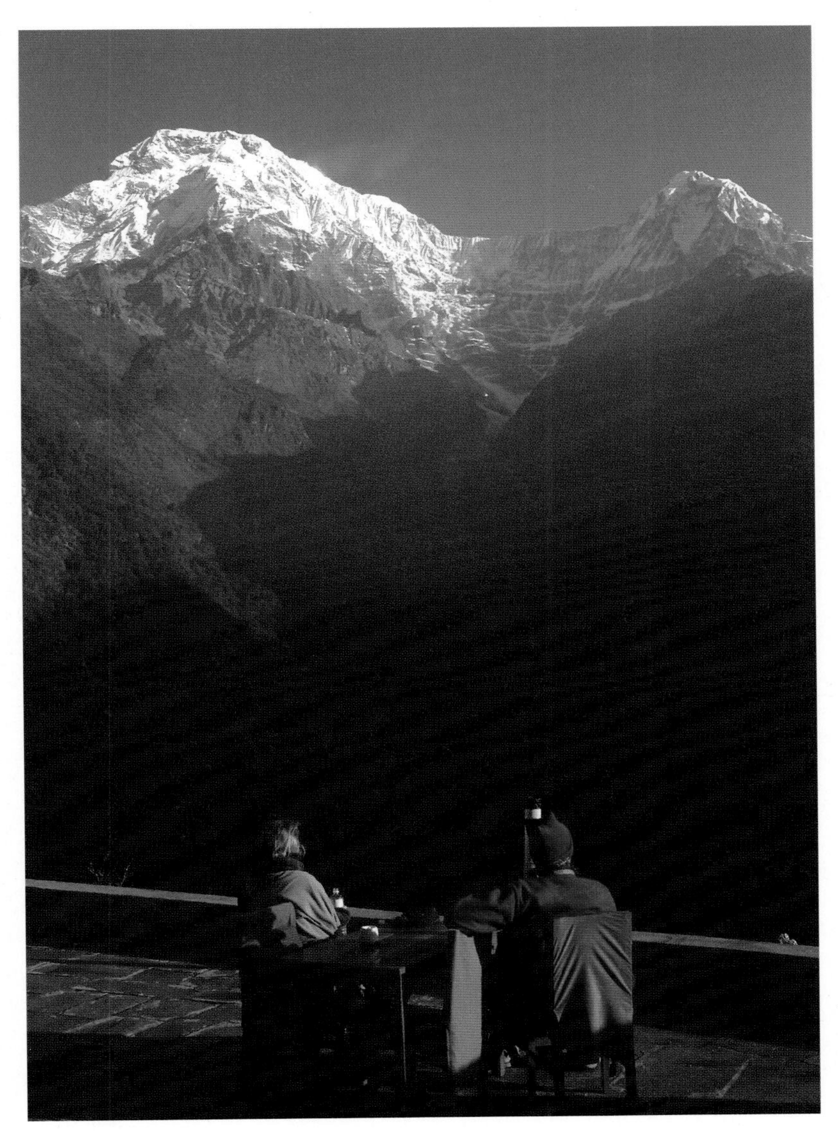

아침 첫 산을 바라보고 있는 프랑스인 장 피엘 아저씨와 부인.

트레킹 여드레째

날은 오늘도 화창하다. 티베탄 빵으로 아침을 먹고 길을 나선다. 이 집 마당에선 안나푸르나사우스, 히운출리, 마차푸차레, 안나푸르나 II, 람중히말이 다 보인다. 그 앞으로는 랄리구라스 나무 숲이다. 아쉬운 마음으로 산들을 둘러보고 길을 나선다. 잠시 숲으로 내려가나 싶더니 곧 오르막으로 산을 넘는다.

산을 빠져나오니 반탄티(Banthanti Hill 2,520미터). 계곡 옆에 자리한 작은 마을이다. 따뜻한 햇살이 좋은지 소들도 계곡 옆에 드러누워 일광욕을 즐기고 있다. 다시 산허리를 돌면서 천천히 계곡을 따라 오른다. 계곡에 이름을 알 수 없는 작은 꽃들이 흐드러지게 피어 있어 들여다보느라 속도가 또 느려진다.

데우랄리(2,990미터)에 들어설 무렵, 보스파티가 우리를 세운다. 배가 고파 더 이상 못 가겠으니 여기서 점심을 먹고 가잔다. 언니와 나는 좀 더 가고 싶지만, 어쩌랴. 무거운 짐을 든 그가 배고파서 못 가겠다는데. 랄리구라스 호텔에서 점심을 먹고 쉰 다음 다시 걷는다. 마을을 빠져나와 다시 산속으로 들어선다. 오르막을 올라서니 닐기리와 안나사우스가 뚜렷이 보인다. 능선을 따라 걷다가 내리막으로 내려온다.

드디어 오늘의 목적지 고라파니(Ghorapani 3,194미터)에 들어섰다. 내일 아침에 푼힐(Poon Hill 3,210미터) 전망대에 오르기 위해서는 오늘 이 마을에서 묵어야 한다. 마음에 드는 숙소를 찾았지만 오다가 만난 열 명

저녁 햇살에 빰이 붉어진 안나푸르나사우스. 푼힐은 일출 못지않게 일몰의 풍경도 아름답다.

의 프랑스인이 예약을 했다기에 소란스러울 것 같아 다른 곳으로 이동, '힐탑 호텔(Hill Top Hotel)로 왔다. 숙소가 마을의 꼭대기에 위치한 데다 방마저 꼭대기층이라 등산하듯 계단을 오르내려야 한다. 대신에 전망 하나는 특급호텔이다. 침대에 누워 안나푸르나를 감상할 수 있으니.

따뜻한 물에 몸을 씻고 찬물에 빨래하고 햇살 좋은 정원에서 책을 읽으며 쉰다. 동네 돌아다니며 엽서 몇 장을 사고 마을을 둘러본다. 샌드위치로 저녁을 먹는데 토마토, 양파, 치즈와 계란을 넣은 샌드위치가 정말 맛있다.

안나푸르나 등산로에서 전망이 빼어나기로 손꼽히는 푼힐로 가는 마을인 고라파니.

이곳은 공산혁명을 꿈꾸는 '마오이스트'들이 득세하는 곳이다. 총을 든 마오이스트들은 밤마다 게스트하우스 문을 두드려 관광객들에게 '기부'를 요구한다고 한다. 일인당 1천~2천 루피(2만~4만 원)정도로 정해진 액수를 알려주고 돈을 받은 후, 공산국가를 건설하면 돌려주겠다며 정중히 영수증까지 써주는 그들의 얘기를 듣노라면 웃어야 할지 울어야 할지 모르겠다.

여행자들 사이에는 마오이스트들과 관련된 우스운 이야기들이 떠돈다. 한 용감한 미국인이 "이건 기부가 아니라 강제 요구이므로 나는 못 내겠다."라며 덤볐다가 죽지 않을 정도로 얻어맞았다는 이야기, 한 한국인이 1천 루피 기부를 요구받았으나 5백 루피는 현금으로, 나머지는 가지고 있던 비상약품으로 기부한 후 기념 촬영까지 함께 했다는 이야기도 전해진다. 가장 최근에 들은 이야기는 독일인 여행자가 주인공. 여행 경비가 다 떨어져 낼 돈이 없던 이 독일인이 자신의 처지를 말하자(고라파니는 이 트레킹의 거의 끝지점이다) 마오이스트들이 이렇게 협박했단다.

"네 짐을 뒤져서 돈이 나오면 그 돈은 몽땅 우리가 갖겠다."

"그러세요."

두 명이 달라붙어 장시간 꼼꼼히 수색해도 돈이 나오지 않자 이 마오이스트는 상의 안쪽 주머니에서 자신의 지갑을 꺼냈다. 20달러(다른 여행객한테서 받은 '기부금'이 틀림없다)를 꺼내 그 독일인의 손에 쥐어주며 여행 경비에 보태라며 돌아섰단다. 관광객에게 기부 이상을 절대 요구하지 않는 이 예의바른(?) 마오이스트들과의 대면을 반쯤은 기다리는 여행자들도 있다.

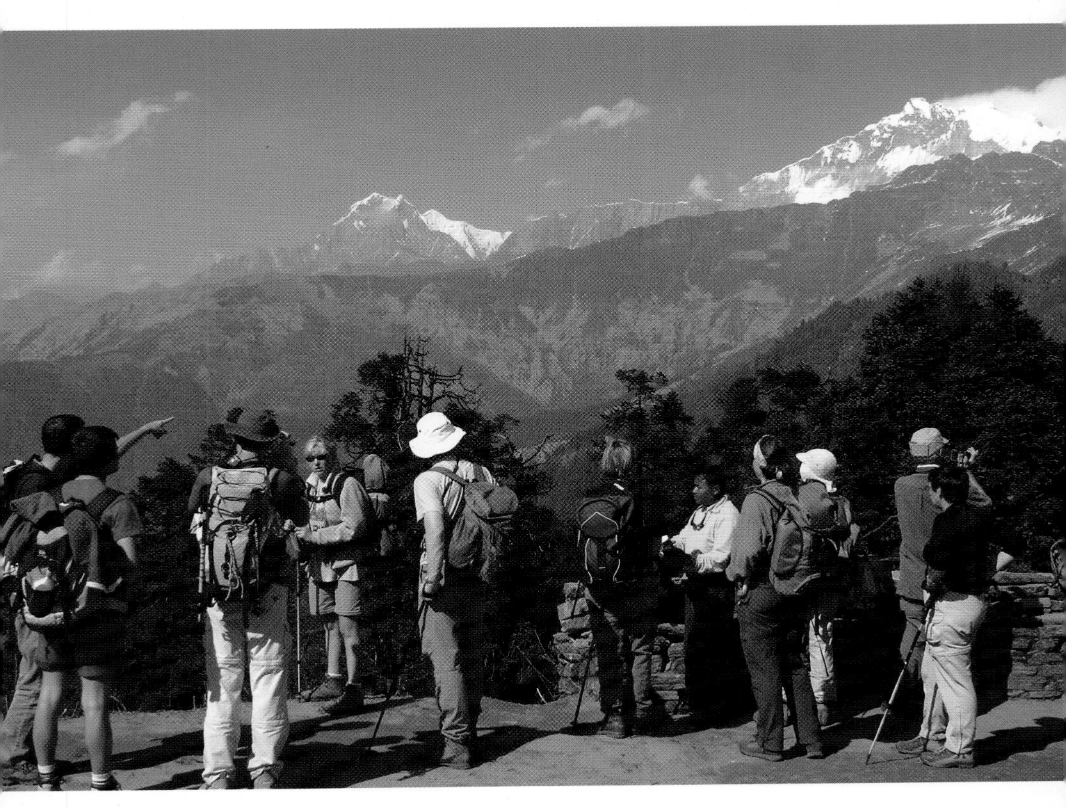

프랑스 트레커들이 닐기리를 바라보며 가이드의 설명을 듣고 있다.

산길을 걷다 보면 종종 "미 제국주의에 죽음을! 왕정 폐지! 왕실 군대 해체!" 등의 격문이 쓰인 현수막을 보게 된다. 이들이 꿈꾸는 세상이 구체적으로 어떤 모습의 나라인지는 모르겠다. 네팔 왕정은 이미 부패할 대로 부패했으며 대다수의 국민이 정권 교체와 민주주의를 요구하는 것이 네팔의 현실이기도 하다. 단지 이들이 계속적으로 일으키는 폭탄 테러와 그로 인해 희생된 민간인들의 사망 소식을 들을 때면 폭력으로 세상을 바꾸는 일이 과연 무슨 의미인지를 새삼 묻게 된다.

카트만두에 처음 도착했을 때의 일이 생각난다.

마오이스트들이 주동한 사흘간의 파업이 시작됐을 때, 놀랍게도 파업 참가율은 거의 1백 퍼센트에 가까웠다. 시내의 모든 가게들이 문을 닫고, 버스와 택시마저 전면 운행을 중지했다. 멋모르던 나는 파업 참가율이 이 정도라면 마오이스트들이 절대적인 지지를 얻고 있는 거라고 생각했다. 하지만 그 이면에는 함부로 가게 문을 열었다가는 폭탄 세례를 받게 될지도 모른다는 두려움이 깔려 있었다.

우리에게도 다른 사회를 꿈꾸며 이념을 목숨처럼 받들던 시절이 있었다. 그때 개인의 자유를 옹호하기에 급급한 자유주의자였던 나에게, 제도와 이념에 매달리던 선배들의 모습은 낯설기만 했다. 어떤 제도나 이념도 인간을 뛰어넘을 수는 없다고 믿던 내게 그 이념의 과격성과 단순성은 불편하기만 했다. 수많은 다양성의 집합체인 인간을 한 집단으로 묶고 한 가지 사상과 제도를 강요한다는 그 발상이 내게는 군부독재의 억압만큼이나 갑갑했다. 이상적으로는 완벽할지 모르지만 현실에서는

울레리 마을에는 둥근 초가집과 키 낮은 돌담들이 이어져 정겹다.

매화꽃 핀 매화나무가 산간 마을의 봄을 알리고 있다.

전혀 기능할 수 없는 것처럼 보였으니까. 인간에 대한 믿음이 늘 부족했던 나에게 인간의 본성과 가장 어긋나는 제도가 공산주의 같았다. 그래서 사람들이 혁명의 가능성을 믿고 체 게바라의 삶을 꿈꾸던 시절의 끝자락에, 나는 늘 위태롭게 한 발만을 걸치고 있었던 걸까.

나는 믿는다. 증오와 폭력과 미움보다 강한 것은 사랑과 연민임을. 모든 것을 부수는 힘보다 위대한 것은 적마저 끌어안고 나가는 간디의 사랑이며, 그 느리고 고된 길이 인간을 정녕 위대하게 만든다고. 결국 그 길이 우리의 대안이 되어야 하지 않을까. 인류의 역사에서 진정 위대한 영혼은 마르크스나 레닌이 아니라 어쩌면 간디일지도 모른다.

마침 이곳에서 내가 읽은 책은 앙드레 말로의 《인간의 조건》이다. 청춘 시절에 누구나 한 번은 읽었을 책. 이념을 위해 목숨을 거는 이 책의 주인공들은 지나치게 관념적이고 교조적이어서 위대한 이상에도 불구하고 생생한 울림을 주지 못한다. 어쩌면 혁명의 가능성이 사라진 시대에 읽고 있기에 그들의 삶이 구체성을 획득하지 못하는 것인지도 모르겠다.

오늘 숙소의 문을 두드리는 밤손님은 없다. 저녁을 먹고 별을 보러 마당으로 나가니 까만 밤하늘의 반달과 별도 좋지만, 뺨에 와 닿는 바람이 말할 수 없이 부드럽고 상쾌하다. 삭막한 서울 거리를 걸을 때도 이런 바람이 불어오는 봄과 가을이면 참 행복했다. 그 바람이 내 얼굴을 스치는 한, 종일이라도 걸을 수 있을 것 같았다. 그 순간만큼은 서울에 산다는 것도 결핍으로 느껴지지 않았다. 이 가볍고 서늘한 바람의 감촉. 어둠 속에서도 희미하게 빛나는 눈 쌓인 설산. 문득 "참 행복해."라고 중얼거리게 되는 밤이다. '진보란 삶의 단순화'라고 간디가 그랬다. 내게 있어 삶의 행복은 이렇게 단순하고 사소한 것들로 다가온다. 이 먼 길 위에 오르기를 잘했음을, 내가 참 운이 좋은 사람임을, 산에서 날마다 깨닫는다.

.. 날씨 : 화창

.. 걸은 구간 : 타다파니(2,721미터) – 반탄티(2,520미터) – 데우랄리(2,990미터) – 고라파니(3,194미터)

.. 소요 시간 : 4시간 반

지난밤, 커튼을 걷고 잔 덕에 침대에 누워서도 설산과 별들을 볼 수 있었다. 황홀할 정도로 아름다운 풍경이 주는 감동도 결국 쏟아지는 졸음을 이기진 못했다. 침대에 누운 지 삼십 분도 되지 않아 곯아떨어졌으니.

다섯 시에 일어나 삼십 분 만에 옷을 챙겨 입고 나온다. 보스파티는 늘 그렇듯 오늘도 지각이다. 이제는 그를 기다리는 일에도 이력이 났다. 뒤늦게 나타난 그는 미안하다는 말도 없이 숙소를 나선다. 카메라와 간식이 든 배낭이 제법 무거운데 들어주겠다는 말도 없이 빈 몸으로 언덕을 오를 뿐이다. 어쩌면 이렇게 기얀드라와 다른지! 아직도 기얀드라와 그를 비교하고 있는 내가 우습다. 어쨌든 오늘이 마지막 날이니 기분 좋게 하루를 시작하자.

삼십 분 남짓 언덕을 올라가니 곧 푼힐이다. 부지런한 사람들 대여섯 명이 이미 자리를 잡고 앉아 있다. 해는 안나푸르나 오른쪽 골짜기 사이에서 떠올라 먼저 다울라기리(Dhaulagiri 8,167미터)를 비추고, 안나를 향한다.

푼힐에서 보는 해돋이는 장엄하지는 않다. 다만 그 촘촘한 햇살이 조금씩 다울라기리를 비추고 어둠에 젖은 산들이 빛의 그물에 걸려 잠을 깨는 모습이 아름다울 뿐. 또 다른 하루의 태양을 맞이하기 위해 새벽 찬바람을 맞으며 산길을 올라온 여행자들의 붉은 뺨도 어여쁘다.

푼힐에서 내려와 숙소에서 아침을 먹는다. 오늘 날씨는 더할 나위 없이 맑고 청명하다. 이 산에도 마침내 봄이 왔다. 따뜻한 봄 날씨를 즐기며 놀

양털을 손질하고 있는 동네 여인들.

다가 열 시가 다 되어 짐을 챙겨 나선다.

이제 산을 내려간다. 낭게탄티, 반탄티를 거쳐 울레리를 지나간다. 양지바른 곳의 집들 사이로 랄리구라스와 매화, 노란 꽃들이 활짝 피어 있다. 파란 창틀과 지붕이 예쁘다. 제법 규모가 크지만 아직 고운 자태를 잃지 않은 마을이다. 양털 깎는 아주머니들, 꽃핀 매화를 사진에 담느라 또 시간을 보낸다.

이어지는 죽음의 돌계단. 다리가 후들후들 떨려온다. 돌계단이 끝나고 강가의 마을인 비르탄티에서 강물에 발을 담그고 잠시 쉰다. 나야풀을 거쳐 드디어 도로로 나오니 산길이 끝난다. 이제 포카라로 나가는 일만

남은 셈이다.

뒷이야기.

9일간의 트레킹을 마치고 산에서 내려와 호숫가의 작은 도시 포카라에서 열흘을 머물렀다.

그동안 아무것도 하는 일 없이 매일 호숫가를 걷고, 조용한 카페에서 책을 읽거나 거리를 어슬렁거리며 시간을 보냈다. 그러던 어느 늦은 오후, 길가의 가게들을 기웃거리다가 한 보석 가게 안으로 들어갔다. 야크 뿔로 만든 각기 다른 모양의 목걸이들이 눈을 끌었기 때문이다. 태양 모양의 목걸이를 보여주며 태양은 떠오르는 것이기 때문에 성공을 상징한다고 설명하는 주인에게, 사소한 일에 토 달기 좋아하는 내가 반문했다.

"하지만 태양은 지기도 하는데요!"

보석 가게 주인은 웃으며 대답한다.

"그건 우리 삶도 마차가지지. 결국에는 인생도 다 지고, 세상을 떠나야 하는 날이 오니까."

언젠가는 지고 말 삶의 길에서 뭘 얻겠다고 그리 멀리 가느냐고 누군가 묻는다면 이렇게 대답하련다. 부처도 사문 밖을 나서서 보리수 아래서 수행한 후에야 깨달음을 얻었고, 예수도 광야에서 헤매며 40일간 기도한 후에야 가르침을 얻었다고. 하물며 범부일 뿐인 어리석은 나는 안에서 구하지 못해 오늘도 밖을 기웃거릴 수밖에 없는 게 아닐까? 낯선 거리에서, 깊은 산길에서 만나는 다 다르면서도 같은 얼굴들. 결국 그들을 통해

산이 낮아질수록 숲은 푸르고 울창해진다.

들여다보는 건 내 자신이다. 생의 모든 길이 그러하듯 길 위의 길 역시 자기에게로 이르는 길이겠지.

.. 날씨 : 맑음

.. 걸은 구간 : 고라파니(3,194미터) – 푼힐(3,210미터) – 울레리(2,120미터) – 나야풀(1,050미터)

.. 소요 시간 : 5시간

랑탕 · 고사인쿤드 트레킹

랑탕
랑탕 리룽 7,225
랑탕Ⅱ 6,561
랑탕 3,430
칸진리 4,773
체르고리 4,984
랑시샤카르카 4,160
고라타벨라 2,970
칸진곰파 3,870
굼나촉 2,770
샤브루벤시 1,410
도만 1,680
림체
라마 호텔 2,470
너야 캉
밤부 1,960
툴로샤브루 2,210
포프랑 3,210
신곰파 3,250
찰랑파티 3,584
고사인쿤드
라우레비나약 3,930
라우레비나라 4,610
페디 3,630
곱테 3,440
타레파티 3,690
마긴고트 3,220
쿠툼상 2,470
굴반장
치플링 2,470
치소파니 2,215
순다리잘 1,460

"당신과 결혼하면 내 삶이 더 나아질 것 같아요"

랑탕 · 고사인쿤드 1 삼텐과 라주의 사랑 이야기

랄리구라스 꽃 핀 숲을 찾아가는 길. 계곡은 경쾌하게 흘러간다.

랑탕 · 고사인쿤드 트레킹

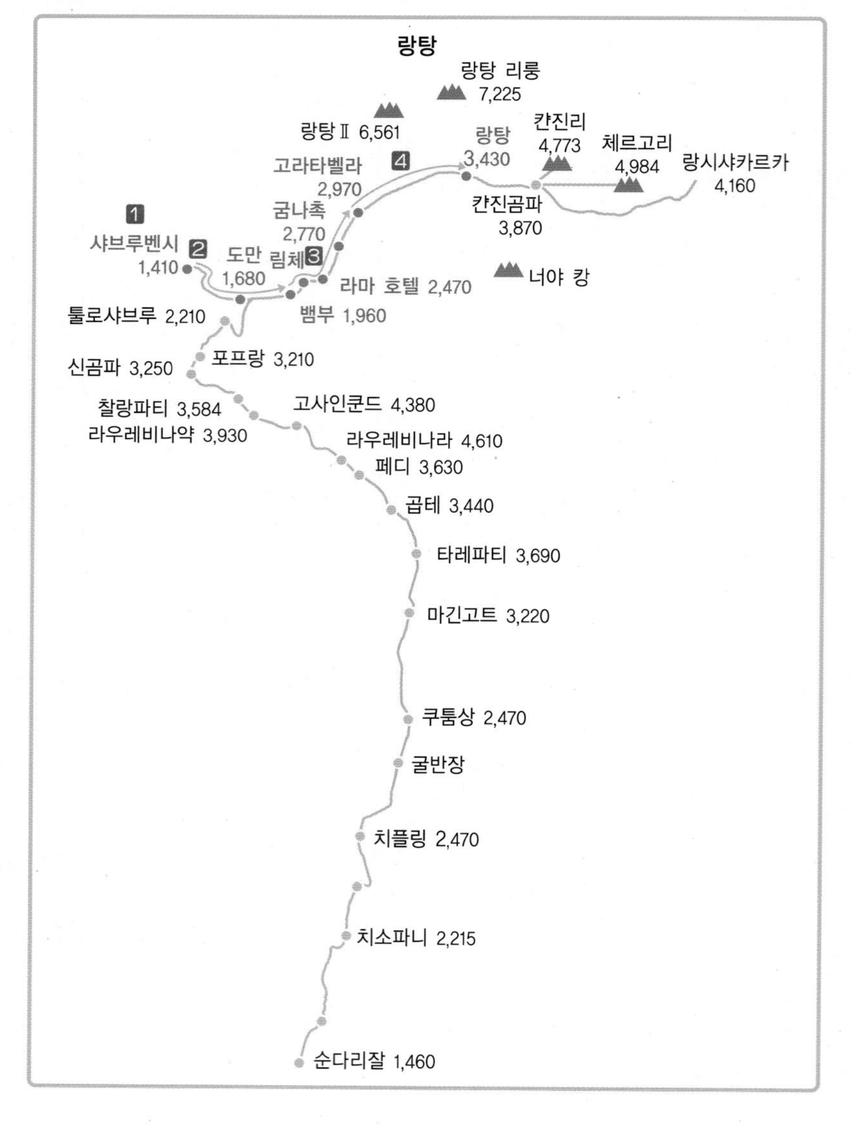
랑탕
랑탕 리룽
7,225
랑탕 Ⅱ 6,561
랑탕
3,430
캰진리
4,773
체르고리
4,984
랑시샤카르카
4,160
고라타벨라
2,970
4
캰진곰파
3,870
1
굼나촉
2,770
샤브루벤시
2
도만
림체
3
1,410
1,680
라마 호텔 2,470
너야 캉
툴로샤브루 2,210
뱀부 1,960
신곰파 3,250
포프랑 3,210
찰랑파티 3,584
고사인쿤드 4,380
라우레비나약 3,930
라우레비나라 4,610
페디 3,630
곱테 3,440
타레파티 3,690
마긴고트 3,220
쿠툼상 2,470
굴반장
치플링 2,470
치소파니 2,215
순다리잘 1,460

숲에 가 보니 나무들은
제가끔 서 있더군
제가끔 서 있어도 나무들은
숲이었어
광화문 지하도를 지나며
숱한 사람들이 만나지만
왜 그들은 숲이 아닌가
이 메마른 땅을 외롭게 지나치며
낯선 그대와 만날 때
그대와 나는 왜
숲이 아닌가
—정희성, 〈숲〉

트레킹 첫날

다시 산으로 가는 아침이다.

안나푸르나 베이스캠프 트레킹에서 돌아온 후 수영 언니와 나는 열흘 남짓 포카라에 머물렀다. 자전거를 타고 호수 주변을 돌기도 하고, 소풍 가듯 반나절짜리 트레킹을 즐기기도 했으며, 날빛 좋을 때면 호숫가에서 책을 읽으며 하루를 보내기도 했다.

카트만두로 올라와 서울로 돌아가는 언니를 배웅한 후, 나는 열흘 넘게

"삐뚜룸해도 예쁘죠?" 때로는 약간의 흐트러짐이 숨통을 틔우기도 한다.

혼자서 빈둥거렸다. 국경 넘어 인도로 갈 예정이었는데 발이 떨어지지 않았다. 산에서 보낸 고요하고 평화롭던 시간이 자꾸 그리워졌다. 그사이 산은 날마다 푸르러지고, 햇살은 따스해졌다. 사방에 봄볕이 무르익어 갔다.

봄바람이 단단히 든 나는 결국 다시 짐을 꾸리고 말았다. 이번에는 포터도 없이 철저히 혼자 산행을 하겠다고, 지칠 때까지 산에 머물다 내려오겠다는 마음으로.

트레킹의 시작점인 샤브루벤시(Syabrubensi)로 가는 버스 안은 병아리들이 삐약거리는 소리로 소란스럽다. 일곱 시 출발 예정이던 버스는 45

분이 지나서야 시동을 건다.

버스 안에 외국인은 나까지 네 명. 다들 등산복을 차려입고 커다란 배낭을 들었다. 그들은 모두 둔체에서 내리고 이제 버스 안에 외국인은 나 하나다. 이 북적거리는 버스에서 어서 내려 산으로 가고 싶다. 적재량을 엄청나게 초과해 사람과 짐을 실은 버스는 벼랑 위를 위태롭게 굴러간다. 지붕에도, 창틀에도, 문 옆으로도 사람이 매달려 있다. 비포장도로에서 날리는 흙먼지가 배낭에, 머리에, 옷 위에 내려앉는다. 온몸으로 먼지를 흠뻑 들이마시며 샤브루벤시에 도착하니 다섯 시 반. 카트만두에서 여기까지 137킬로미터를 오는 데 열 시간이 걸린 셈이다.

부다 게스트하우스에 짐을 풀고 뜨거운 물에 먼지투성이 몸을 씻었다. 전기가 들어오는 방에서 조 태스커의 책을 읽다가 잠이 든다.

.. 날씨 : 화창
.. 걸은 구간 : 없음 / 카트만두 - 샤브루벤시까지 버스로 10시간

트레킹 이틀째

내가 서 있는 곳은 해발고도 1,960미터의 뱀부(Bamboo).

따뜻한 물에 몸을 씻고, 먼지와 땀으로 지저분해진 옷들을 빨아 널고, 물가에 나와 있는 지금. 마음 가득 평화가 차오른다. 소용돌이치며 흘러

내리는 물소리, 지나가는 바람에 룽다(기도 깃발)가 펄럭거리는 소리, 고운 새소리만이 대기를 가득 채운 이곳에 집이라고는 딱 세 채. 이 고즈넉함과 한가로움이 좋아 일찌감치 이곳에 짐을 풀어버렸다. 어차피 서두를 필요 없는 여정이기에, 마음 가는 곳이면 어디든지 몸을 두면서 가기로 했다.

오늘 하루를 돌아보니 어떻게 여기까지 왔는지 놀라울 뿐이다. 어깨를 짓누르는 배낭의 무게로 비명과 신음을 번갈아 내지르며 걸어온 길이었으니. 급하지 않은 오르막에서도 숨을 헉헉거리며 자주 쉬어야 했고, 따가운 햇살에 땀을 비 오듯 흘리며 걸었다. 땀에 전 몸에서 풍기는 쉰 냄새에 날벌레들이 몰려들었고, 길까지 잘못 들어 한 시간을 허비하는 등 안 풀리는 하루였다. 배낭의 무게를 줄이겠다는 신념으로 배도 안 고픈데 과자를 헐어 억지로 먹어치우기도 했다. 이제라도 포터를 구해야 하나 갈등이 일기도 했지만, 그래도 자존심이 있지, 하루는 버텨봐야 하는 게 아닌가 싶어 스스로를 달래며 여기까지 왔다.

에베레스트와 안나푸르나 베이스캠프 트레킹을 하는 동안 내 곁에는 수영 언니가 있었고, 짐을 들어주는 포터가 있었다. 뒤를 돌아보면 미소를 돌려주는 누군가가 있는 것도 좋았고, 무거운 배낭을 메지 않아 길 위의 풍경에 마음을 온전히 모을 수 있는 것도 나쁘지 않았다.

그런데도 내 안에는 혼자이고 싶은 욕망이 자글대고 있었다. 누구의 눈치를 보거나 신경 쓰는 일 없이, 그저 마음 가는 대로 몸을 맡기며, 정해진 일정이나 루트도 없이, 지겨워질 때까지 산속에 머물다 내려오고 싶

네팔의 국화인
랄리구라스가
활짝 피어났다.

다는 욕망. 그 욕망을 실현한 덕에 15킬로그램이 넘는 배낭에 짓눌리며 이 산속을 헤매고 있는 셈이다.

길을 잘못 들어 30분 넘게 올라간 길을 다시 내려와야 했을 때, 내려오는 길 양편으로 무리지어 흐드러지게 핀 개망초를 봤다. 그 순간 난 올라간 길과는 다른 길을 내려오고 있는 줄 알았다. 분명히 올라갈 때는 못 봤으니까. 오르기에만 급급해 길가의 꽃들에게 눈길 한 번 못 준 거였다. 한 두 송이도 아니고 무리 지어 그토록 어여쁘게 피었는데, 어떻게 저 꽃들을 못 봤을까 어이가 없다. 고은 시인의 〈그 꽃〉이라는 시에 딱 어울리는 상황이다.

내려갈 때
보았네
올라갈 때
보지 못한
그 꽃

고민이 밀려든다. '포터를 구해야 할까?' 자존심에 금 가는 것 정도야 감수할 수 있지만, 만약 걷는 데 급급해 보아야 할 것들을 이렇게 놓치고 다닌다면, 그건 뭔가 잘못된 게 아닐까?

결국 이렇게 결론을 내렸다. 아주 아주 느린 달팽이의 속도로 혼자서 감당할 수 있는 곳까지는 계속 가는 걸로. 누군가의 말대로 상추밭을 탐험하는 달팽이, 그 녀석의 의지와 끈기를 빌리기로 하는 거다. 지금 난 이미 절반쯤은 달팽이가 된 듯한 심정이기도 하다. 벗어날 수 없는 굴레처럼 집을 떠메고 한 생을 가야 하는 작은 달팽이 한 마리.

혼자이기에 가능한 지금의 이 자유로움과 달콤한 쓸쓸함을 아직은 포기하고 싶지 않다. 산을 만난 이후 혼자서, 둘이서, 때로는 여럿이서 무리를 지어 산에 들고는 했다. 산에서 보내는 시간만큼은 말없이 걷는 시간이 가장 좋았다. 신의 손길이 닿았음을 인정하지 않을 수 없는 빼어난 풍경과 마주칠 때도 완벽한 적막 속에 서 있고 싶었고, 도시를 떠나 산길을 걸으며 듣는 소리는 오직 자연의 소리이기를 바랐다. 소통의 도구가 되기보다는 종종 오해의 근원이 되곤 하는 언어의 불완전함을 대자연 속에서 새삼 깨닫고 싶진 않았다. 사람과 사람이 깊게 가까워지는 길도 말없는 공감에 의해서라고 믿는 나로서는, 길이 아름다울수록 입은 점점 무겁게 닫혀가곤 한다. 그래서 나와 함께 산행을 떠나던 이들은 늘 침묵의 미덕을 알고, 침묵과 침묵 사이의 말없는 언어를 읽어낼 줄 아는 사람들이었다.

어쨌든 산길 바닥에 이마를 찧으며 장렬하게 쓰러지기 전까지는, 포터 없이 버텨보기로 했다. 17킬로그램의 배낭을 메고 5천 미터까지 오른다는 게 얼마만큼의 체력과 인내를 요구하는지 이 기회에 온몸으로 체험해 보는 거다. 사진가도 아닌 주제에 괜히 카메라 장비를 다 챙겨 왔나 보다. 욕심을 줄이지 못하는 것도 병인데…….

짐을 싸고 풀 때마다 느끼는 거지만, 산다는 것도 결국은 배낭을 꾸리는 일과 다름없는 것 같다. 내가 포기할 수 있는 게 무엇인지, 나에게 절실한 것은 무엇인지, 스스로에게 거듭 물어가며 짐을 꾸리지만 막상 길 위에 서면 꼭 필요한 것을 두고 오거나, 필요 없는 것을 챙겨온 낭패를 맛보곤 하니까. 살아가는 일도 결국은 욕심을 버리고, 절실한 것들만을 남겨 간결하게 걸어가는 것일 텐데, 언제쯤 난 담백한 마음으로 길 위에 설

수 있을까.

샤브루벤시에서 삼텐(스물네 살)과 라주(스물두 살) 부부를 만났다. 길에서 놀고 있는 아이들이 예뻐 사진을 찍고 있자니, 한 여인이 환하게 웃으며 말을 건네왔던 것이다.

"나마스테. 들어와서 차 한 잔 하고 가세요."

"나마스테. 그래도 돼요?"

"그럼요, 어서 들어와요."

내가 사진을 찍은 아이 게상의 엄마 삼텐이었다. 이런 호의는 한 번도 거절해본 적이 없는 나이기에 집안으로 들어섰다. 방 하나에 부엌 하나인 집은 작고 단출했지만 깔끔하게 정돈되어 있다. 살림하는 안주인의 손매가 보통 야무지지 않음이 한눈에 드러난다. 이제 막 두 살이 된 이 집 아들 게상 역시 단정한 차림을 하고 있어서 칭찬을 했더니 뜻밖에 그녀가 한숨을 내쉰다.

"살림이 넉넉하지는 않지만, 늘 집안을 청결히 하고 게상도 깨끗하게 키우려고 애를 쓰는데, 마을 여자들이 곱지 않은 시선을 보내요."

"아니, 왜요? 뭐라고 그러는데요?"

"게상이 몸이 약해서 병원 신세를 자주 지거든요. 그럴 때마다 마을 여자들이 비웃어요. '그렇게 깨끗하게 키우고 매일 씻기는데 왜 자주 아프지? 우리집 애들은 약국 신세 한 번 안 지는데……. 이런 식으로요."

물론 이런 텃세의 주된 원인은 그녀가 타지 사람이기 때문이다. 네팔도

두 손을 모아 '나마스테'를 말하는 꼬마들. 오른쪽이 삼텐과 라주의 아들 게상이다.

인도 못지않게 카스트 제도가 살아 있는 나라다. 계급이 다른 이들의 결혼은 말할 것도 없고, 서로 다른 부족 간의 결혼도 배척되곤 한다. 이 동네 사람 대부분은 따망 족인데(삼텐의 남편도 물론 따망 족이다) 삼텐은 티베탄이다. 외지 사람인 데다, 종족도 다른 여자가 시집을 온 것만으로도 이미 감점이다. 게다가 동네 사람들과는 판이한 방식으로 집안 살림과 아이 양육을 해나간다면 이런 시골에선 당연히 오해의 말들이 생겨날 수밖에. 또 삼텐은 사립학교의 과학 선생이라는 직업까지 가지고 있는 데다가, 전문대학 과정을 독학으로 공부하는 근성마저 지니고 있으니, 시기와 질투의 대상이 되는 것도 이상할 게 없다.

그녀가 학교에서 받는 적은 봉급(사립학교는 월급의 액수가 학생수에 비례하는데 그 학교는 전교생이 고작 스물네 명이다)과 라주가 부엌 한쪽에 탁자 하나를 놓고 찻집을 운영해 벌어들이는 돈이 수입의 전부지만, 삼텐은 공부의 끈을 놓지 않고 있다.

"돈은 물론 없죠. 몇 년 전에 우리 동네에서 환경 관련 프로젝트를 진행했던 미국인 친구가 있어요. 그녀가 매년 보내주는 4천 루피(약 9만 원)가 제 학비예요. 이제 시험만 통과하면 전문대학 졸업장을 따게 돼요."

그녀의 얼굴에 수줍은 미소와 함께 자부심이 피어난다.

"남편은 가난 때문에 중학교밖에 못 다녔어요. 제가 공부를 마치는 대로 돈을 벌어 남편을 공부시킬 거예요."

'교육을 통한 인재양성만이 우리의 살길'이라 믿고, 자식 교육에 모든 열정을 쏟았던 우리 부모님 세대를 보는 것 같다. 다른 점이 있다면 삼텐

아빠 손은 가위손. 아이의 머리를 깎아주는 아버지의 모습이 정답다.

의 경우, 그 배우겠다는 열망이 자식뿐만 아니라 스스로에게도 향해 있다는 것, 그리고 자신을 향한 배움의 열정이 동시대 이웃들은 공감하지 않는, 혼자만의 열정이라는 점이다. 어디서나 앞서가는 이의 삶은 이렇게 고달픈가 보다. 문득 두 사람의 사랑 이야기가 궁금해졌다.

"둘이 어떻게 만나서 결혼하게 됐어요?"

삼텐이 대답한다.

"이 동네 사는 친구가 있었어요. 그 친구 집에 놀러왔다가 라주 이야기를 듣게 됐죠. 남편은 열한 살 때 부모님을 여의고 혼자 살고 있었거든요. 같은 마을에 사는 할아버지가 가끔씩 오셔서 집안일을 봐주셨지만 어린 그가 혼자 사는 모습은 말이 아니었어요."

삼텐은 라주가 살아온 이야기를 듣고 가슴이 아팠다. 그래서 이 마을에 올 때마다 음식이며 옷가지를 챙겨와 라주에게 전달해주곤 했다. 그러는 사이에 당연히(?) 사랑이 싹텄다. 그렇게 사랑을 키워가던 어느 날 라주가 그녀에게 청혼을 했다.

"당신이 나와 결혼해주면 내 삶이 더 나아질 것 같아요."

꽤 괜찮은 청혼이 아닌가? 사랑 때문에, 한 사람 때문에, 삶 자체가 '업그레이드' 될 수 있다니! 결혼 이후 라주의 삶은 당연히 말할 수 없이 나아졌다고 한다.

지금은 비록 가난하지만 이들의 꿈은 야무지다. 언젠가는 꼭 게스트하우스를 운영하겠다는 목표를 갖고 있으니.

집을 나서며 내가 찻값을 내밀자 삼텐은 손사래를 치며 거절했다.

"불편한 집이지만 하루 자고 가지 그래요?"

"나도 그러고 싶지만…… 다음에 다시 들를게요."

아쉬움으로 손을 흔들며 돌아선다. 다시 이 길로 내려오게 된다면 그때는 하룻밤 머물고 가야겠다. 어려운 환경에서도 꿈을 향해 서툴고 느린 발걸음을 내딛는 이들 부부의 건강한 삶을 가까이 들여다보며, 내 삶과 꿈 또한 다시 돌아보고 싶으니까.

나는 지금, 흰 산을 향해 한발 한발 걸어가고 있다.

.. 날씨 : 햇살 눈부신 봄날
.. 걸은 구간 : 샤브루벤시(1,410미터) – 도만(1,680미터) – 랜드슬라이드(1,810미터)
– 뱀부(1,960미터)
.. 소요 시간 : 5시간

트 레 킹 사 흘 째

산에서 보낸 오늘, 참 좋은 하루였다,
라고 쓰려니 이를 악물었던 고난의 행군이 떠올라 온갖 감정이 다 교차한다. 고무를 씹는 것 같은 티베탄 빵과 오믈렛으로 아침을 먹고 길을 나서서 다섯 시간 넘게(쉬는 시간 다 빼고!) 산길을 걸었다. 햇볕이 들기 전의 아침 숲을 혼자 걸을 땐 그 싱그럽고 푸른 기운으로 인해 발걸음도 가벼웠다. 배낭의 무게가 견딜 만하게 느껴진 것도 잠시, 태양의 고도가 점점 올라감에 따라 후회와 한탄, 한숨과 비탄이 전면전을 개시했다.
'내가 왜 고생을 사서 하고 있지? 제 정신이 아닌 게 틀림없어.'
'뭐야, 아직 3월 말인데 태양이 왜 이렇게 뜨거운 거야?'
'미쳤나 봐. 왜 이런 짓을 하는 거지?'
혼자 중얼거리면서, 내 몸 안에 그토록 많은 땀이 있다는 것에 놀라며, '누구를 원망하랴, 내가 저지른 일을' 효과 없는 격려를 건네며 비틀비틀 걸어왔다. 돌로 만들어진 것 같은 배낭이 목과 어깨와 등, 허리에서 허벅지를 지나 무릎에 이르기까지 고르게 고통을 배분하고 있었다. 어깨는 쓸려서 빨갛게 부어오르고, 겨우 사흘 걸었는데 얼굴은 잘 익은 사과처럼 붉게 물들었고, 설상가상으로 발가락에는 물집까지 잡힌 상태.

몸이 힘드니 마음까지 약해지는지 돌아갈 수 없는 과거를 자꾸 되살려 스스로 마음을 어지럽힌다.

작은 배낭 하나 둘러메고 혼자서 해남 땅끝 마을로 내려갔던 2001년 여름. 그때 나는 오랫동안 꿈꾸어 온 세계일주를 떠나기 전에 내 발로 우리 땅 끝에서 끝까지 걸어보고 싶었다. 한여름 뙤약볕에 시든 오이 넝쿨처럼 바싹 말라가면서, 장맛비에 온몸을 적시면서, 발바닥에 예닐곱 개의 물집을 달고선 하루도 쉬지 않고 북으로 북으로 올라갔던 날들. 주말이면 친구와 선배들이 내려와 함께 걸어주곤 했지만, 그 더웠던 29일 동안 국도변에서 나는 혼자였다. 낯선 마을에서 해가 지기 전에 잠자리를 찾아야 했고, 휴대폰이 터지지 않는 곳에서는 불안한 마음을 애써 달래며 걸어야 했던 820킬로미터의 국도. 혼자 사는 할머니 집에서 머물기도 하고, 마을회관이나 교회 때로는 절간에서, 민박과 여관, 콘도와 호텔(이 경우는 물론 친구나 선배들의 지원 덕이었다)까지 다양한 숙박시설을 전전하며 보낸 한 달간, 혼자 걷고 있었지만 그때 나는 혼자가 아니었다. 그 길 위에서 만난 수많은 사람들의 인정과 도움으로 길의 끝까지 갈 수 있었다. 내가 태어나서 떠났던 수많은 여행 중에서 그건 최고의 여행이었다.

오늘 땡볕에 마른 입을 침으로 축이며 걷는 동안 왜 그렇게 그때 생각이 났는지 모르겠다. 그땐 서울에서 매일 나를 지켜봐 주고, 하루에도 몇 번씩 전화로 안부를 묻고, 주말이면 내가 있는 곳으로 내려와 함께 걸어주던 다정한 얼굴이 있었는데, 지금은 그야말로 철저한 혼자다. 어쩌면 그래서 배낭의 무게가 더 무겁게 느껴지고, 지나가 버린 시간 속을 헤매는 건지도 모르겠다. 어차피 걷는다는 일은 꿈을 꾸는 일처럼 시간과 공간의 제약이 없기에, 경계가 없는 상상은 걷는 자의 특권이기에, 온갖 기억 속을 떠다니는 일쯤은 묵인하기로 했다. 하지만 이왕이면 뒤를 돌아보기보다는 앞을 바라보고 싶은 것도 사실이다. 누군가의 말처럼, 삶은 뒤가 아니라 앞에 있는 거니까.

림체와 라마 호텔(Lama Hotel)과 굼나촉(Gumnachowk)을 지나 오늘의 목적지인 고라타벨라(Ghora Tabela)에 들어섰을 땐 정말 더는 한 발짝도 뗄 수 없는 상태였다.

퀴퀴한 냄새를 풍기는 몸을 씻고, 속옷부터 겉옷까지 입은 옷을 몽땅 빨아 널고, 침대에 쓰러지듯 드러누웠다. 힘든 하루였지만, 오늘도 난 혼자 걷기를 잘했다고 스스로를 칭찬했다. 다른 사람의 도움 없이 오직 내 힘만으로, 나에게만 의지해서 걸을 수 있어서 얼마나 감사한지 모르겠다. 온몸으로 세상을 열어가는 일이 얼마나 관능적인 경험인지! 아침마다 눈을 뜰 때면 기대와 희망으로 하루를 시작하고, 잠자리에 들 때면 행복했던 하루를 감사하며 눈을 감는다. 언젠가 캄보디아에서 만난 여행자가 '여행이란 몸으로 읽는 책'이라는 말을 했다. 나는 지금 네팔이라는 나라를 온몸으로 읽어내려고 분투하는 중이다.

계란을 넣은 야채볶음밥으로 이른 저녁을 먹고 난롯가에서 책을 읽으며 쉰다. 하루 중 가장 좋아하는 시간이다. 지금 읽고 있는 책 《세비지 아레나》는 며칠 전 카트만두의 타멜 거리 헌책방에서 찾아낸 책이다. 20~30권의 한국 도서들이 쌓여 있는 서점의 맨 안쪽 책장에서 이 책과 원로 산악인 김병준 씨가 쓴 《K2 죽음을 부르는 산》을 보는 순간, 얼마나 기쁘던지! 하지만 만만치 않은 책값 때문에 며칠을 망설이고, 흥정에 흥정을 지루하게 거듭한 후에야 겨우 얻을 수 있었다. 에베레스트의 북동벽을 오르다 실종된 영국의 등반가 조 태스커의 등반이야기를 설산을 코앞에 두고 읽어내려 가자니 감동이 더 크다. 조 태스커는 이렇게 말했다.

"나는 등반에 있어서 위험 그 자체가 가치 있다고 여긴다. 스스로 육체적, 정신적 한계선으로 치닫고 있다는 느낌은 나에게 만족감을 느끼게 한다. 만일 위험이 존재한다면, 그것은 나에게 또 다른 해결책을 찾게 하는 문제다. 그것은 나를 더욱 조심하게 만들고, 내 능력을 최대한도로 발휘하게 하고, 내 경험에 특별한 무엇을 덧붙여 삶을 좀 더 풍부하게 하는 것이다."

이곳은 해발고도가 3천 미터 가까이 된다. 고도가 높아질수록 공기가 희박해지는 대신 전망은 좋아진다. 내가 앉은 자리에서는 랑탕리룽(Langtang Li Rung 7,225미터)이 바로 건너다 보인다. 밥을 먹으면서도, 책을 읽다가도, 자꾸 고개를 들어 눈 덮인 산을 바라보게 된다. 지금 이 순간에도 누군가는 피켈을 꽂으며 저 산을 오르고 있을까? 무엇이 사람들로 하여금 흰 산에 매료되게 하는 걸까? 산을 오르며 그들이 만나는 건 무엇일까?

겨우 5,545미터의 칼라파타르에 올라 흰 산을 바라보기만 한 나로서

저 많은 등짐을 도대체 어떻게 짊어졌을까?

는, 저 높은 산의 무엇이 사람들을 끌어당기는지 알 수 없다. 다만 나는 모든 산꾼들의 무사귀환을 기원할 뿐이다. 만 리 밖 어디선가 나를 위해 기도하고 있는 얼굴도 있겠지. 그러니 우리는 혼자 걷고 있지만 철저히 홀로인 순간은 없는 건지도 모른다. 나무판자로 얼기설기 엮은 벽 사이로 바람이 숭숭 들어와 자꾸 침낭 속으로 몸을 파묻게 되는 밤.

.. 날씨 : 오늘도 맑음

.. 걸은 구간 : 뱀부(1,960미터) – 라마 호텔(2,470미터) – 굼나촉(2,770미터) – 고라타벨라(2,970미터)

.. 소요 시간 : 5시간 반

트레킹 나흘째

지금 나는 랑탕 마을의 샹그릴라 호텔 침상에 기대어 앉아 있다. 커다란 창문으로는 파랗게 개인 하늘과 체르고리(Tsergo Ri 4,984미터)와 간첸포(Ganchenpo 6,387미터)가 한눈에 들어온다. 한마디로 '전망 좋은 방'이다.

오후 내내 침상에 기대어 책을 읽으며 저 봉우리 위로 저무는 햇살이 내려앉기를 기다리고 있다. 지금은 그저 흰 구름 몇 조각이 걸터앉아 있을 뿐, 이우는 저녁 해의 손길은 아직 닿지 않고 있다. 룽다와 탈쵸(경전의 글귀를 적은 오색 깃발)가 바람에 펄럭거리는 소리에 귀를 열어놓고 있다가, 읽던 책으로 돌아와 창가방(Changabang)을 등반하는 조 태스커의 세계로 빨려 들어갔다가, 다시 눈을 들어 창밖의 흰 산과 그 아래 엎드린 마을을 바라보고…….

이렇게 완벽한 평화와 행복을 어디에서 찾을 수 있을까? 점심을 먹기 위해 이 마을에 들어섰다가 산을 향해 창이 난 이 숙소를 보는 순간 바로 짐을 풀어버렸다. 고작 세 시간 걷고 하루를 마감한 셈이다.

짜파티와 우유로 아침을 먹고 길을 나섰을 때 하늘은 눈부시게 맑았다. 완만한 숲을 가로지르는 길 곳곳에 풀을 뜯는 소와 말들이 보인다. 길에는 노란 민들레가 고개를 내밀었고, 랄리구라스 나무들이 꽃봉오리를 터트리고 있다.

탕사프 마을을 지나 랑탕으로 오던 길목에서였나. 발밑에 작은 보라색 꽃이 피어 있기에 들여다보니 붓꽃이었다. 그것도 꼭 한 송이! 그 일대가 전부 붓꽃 밭인데, 성질 급한 그놈 혼자 꽃대를 내밀고 꽃을 피워버린 거였다. 그 작은 붓꽃 한 송이가 주변을 얼마나 환하게 밝히던지! 급할 것도 없겠다, 그대로 주저앉아 한참을 들여다본다. 여기 붓꽃들은 다 키가 작다. 바람이 거센 환경에서 살아남기 위해 스스로 몸을 낮춘 걸까. 몸 전체 길이가 겨우 내 손바닥만 하다. 그 작은 키에 제 몸 길이만 한 꽃을 피워 올렸으니 얼마나 힘겨운 싸움을 치렀을까.

"너, 참 장하구나. 오래 오래 피어 있어라!"

칭찬을 길게 건네고 일어섰다. 붓꽃을 만난 기념으로 최영미의 〈선운사에서〉를 읊으며 걷는다. 이 고즈넉한 산길에 내 목소리가 왠지 잘 어울리는 것만 같다.

꽃이/피는 건 힘들어도/지는 건 잠깐이더군/골고루 쳐다볼 틈 없이/님 한 번 생각할 틈 없이 아주 잠깐이더군//그대가 처음/내 속에 피어날 때처럼/잊는 것 또한 그렇게/순간이면 좋겠네//멀리서 웃는 그대여/산 넘어가는 그대여//꽃이/지는 건 쉬워도/잊는 것은 한참이더군/영영 한참이더군//

오늘은 민들레도 많이 만났고, 온통 가시로 무장한 채 콩알만 한 노란 꽃을 피워낸 놈도 봤고, 늘 보던 랄리구라스도 실컷 봤으니 이 정도면 꽤 괜찮은 '꽃산행'이었다.

어제 고라타벨라에서 만난 네팔인 가이드가 내게 이런 말을 했다. 진정 네팔 사람들의 삶이 궁금하다면 이 상업화된 지역에서 벗어나 아무도 가

숙소의 가족들, 볕바른 마당에서 기념사진 한 장.

지 않는 길을 가보라고. 그곳에서는 '헬로우, 펜'을 외치는 아이들이 아니라 얼굴을 가리고 도망가는 수줍은 아이들을 보게 될 거라고. 불행히도 내게는 아무도 가지 않은 길을 찾아 나설 용기가 없다. 그저 남들이 다 거쳐 가는 길을 걸으며 남들이 놓친 것을 찾아내거나, 일상적인 것들을 새롭게 해석해낼 수 있기를 바랄 뿐. 누군가 그랬다. "예술에 새로운 것은 없다. 새롭게 보는 시각이 있을 뿐."이라고. 비록 예술가는 아니지만, 생생한 감각으로 깨어 이 길에서 만나는 모든 존재와 자연의 경이로움을 느낄 수 있기를 바랄 뿐이다. 지구를 짊어진 듯한 배낭이 방해만 하지 않는다면 좋을 텐데.

저녁을 먹고 방으로 돌아오는 길에 하늘을 올려다보니 별이 총총하다. 검은 바위산 중턱에 손톱달도 예쁘게 걸려 있다. 내가 바라보는 별빛이 항상 먼 과거의 빛이라는 게 나는 늘 경이롭기만 하다. 수억만 년의 시간을 건너와 지금 내 머리 위에서 반짝이는 별들을 바라보고 있으려니, 내 삶이 왠지 덧없이 느껴진다. 그렇기에 이 짧은 생을 더 치열하게 살아낼 의무가 있는 거겠지.

.. 날씨 : 오늘도 화창
.. 걸은 구간 : 고라타벨라(2,970미터) – 랑탕(3,430미터)
.. 소요 시간 : 5시간 반

산을 향한 열정은 죽음도 막지 못한다

랑탕 · 고사인쿤드 2 **로프에 매달려 이틀을 버티다 살아남은 로버트**

봄 · 여름 · 가을에 방목하는 야크를 위해 만들어진 돌집들.

 **랑탕 · 고사인쿤드 트레킹**

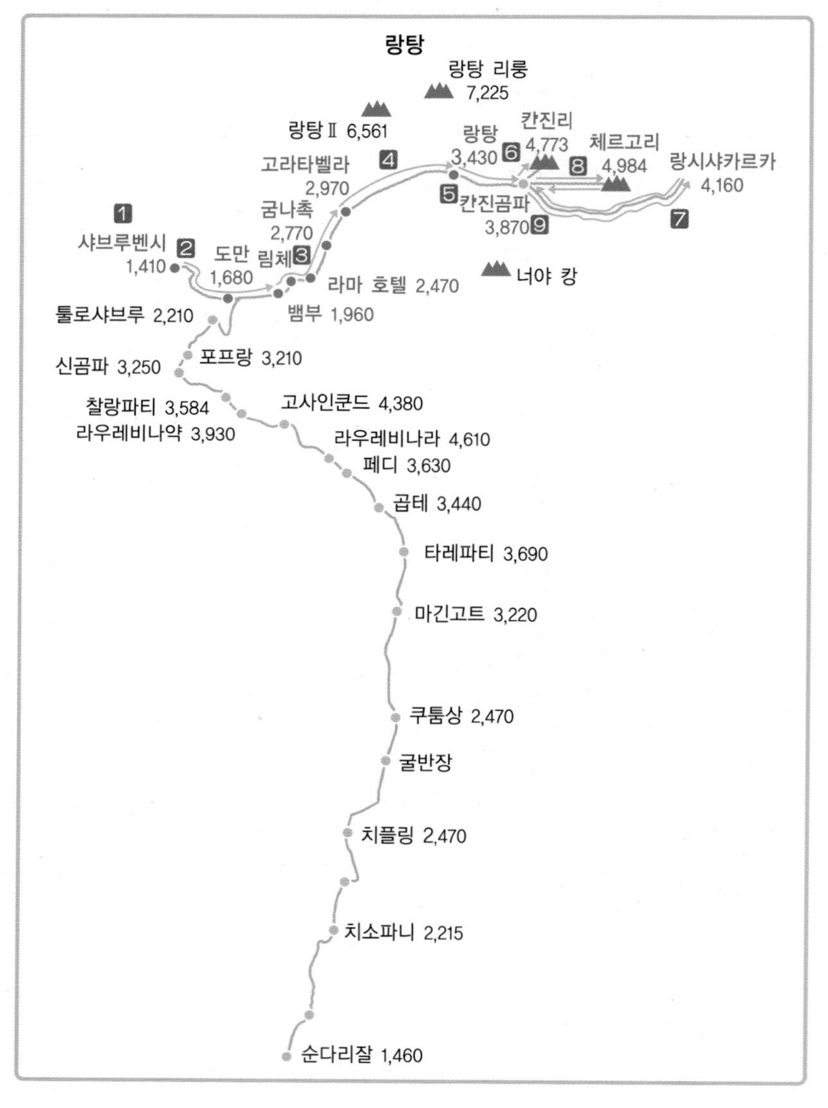

랑탕
랑탕 리룽 7,225
랑탕 Ⅱ 6,561
고라타벨라 2,970
랑탕 3,430
칸진리 4,773
체르고리 4,984
랑시샤카르카 4,160
칸진곰파 3,870
굼나촉 2,770
샤브루벤시 1,410
도만 1,680
림체
라마 호텔 2,470
너야 캉
툴로샤브루 2,210
뱀부 1,960
포프랑 3,210
신곰파 3,250
찰랑파티 3,584
라우레비나약 3,930
고사인쿤드 4,380
라우레비나라 4,610
페디 3,630
곱테 3,440
타레파티 3,690
마긴고트 3,220
쿠툼상 2,470
굴반장
치플링 2,470
치소파니 2,215
순다리잘 1,460

높은 산에 오를 준비를 할 때마다 장비를 챙기면서 운다고 고백한 산사람이 있다. 열네 번이나 최고봉에 오른 그가 무서워서 운다고? 그 말을 듣는 순간 산 때문이 아니라 두려움 때문일 거라고 생각했다. 무서운 비밀을 안 것처럼 나도 무서웠다. 산 오를 생각만 하면 너무 무서워서 싼 짐을 풀지만 금방 울면서 다시 짐을 싼다고 한다. 언젠가 우리도 울면서 짐을 싼 적이 있다. 그에게 산이란 가야할 곳이므로 울면서도 떠나는 것이다. 누구에게나 무서워 울면서도 가야 할 길이 있는 것이다.

능선에 서서
산봉우리 오래 올려다보았다
그곳이 너무 멀었다

—천양희, 〈최고봉〉

트레킹 닷새째

주린 배를 움켜쥐고 난롯가에서 저녁을 기다린 지 한 시간. 많은 사람이 한꺼번에 주문을 해서인지 음식 나올 기미가 도무지 보이지 않는다. 여긴 캰진곰파(Kyanjin Gompa 3,870미터)의 마운틴뷰 호텔. 랑탕 트레킹의 종착지다. 아침에 길을 나서서 세 시간 남짓 걸어 이곳에 들어섰다.

여긴 춥다. 바람이 거세게 불어 옷을 여러 겹 껴입었는데도 춥다. 감기가 오려는지 자꾸 콧물이 흐르고 열이 올라 오후 내내 침대에 누워 있었다. 겨우 정신을 차리고 밖으로 나오니 웬 서양 남자가 의자에 드러누워 해바라기를 하고 있다. 그 맞은편 의자에 앉아 책을 읽는데, 이 친구가 내 책, 정확히 말하면 표지의 산 사진에 흥미를 보여 이야기를 나누게 됐다.

그는 오스트리아 태생의 로버트. 대학원에서 독일 문학을 전공한 독일어 선생인데, 등반에 대한 열정이 가득한 친구였다.

카트만두에서 만난 한국 원정대의 안내 책자를 로버트에게 보여주자, 책을 넘겨보던 그의 시선이 로체 남벽 루트 개념도가 그려진 쪽에 멈추었다. 세계에서 네 번째로 높은 봉우리 로체의 남벽 지형도를 그려놓고 지금까지 시도된 루트에 1번부터 8번까지 번호를 매긴 지도였다. 그 지도를 들여다보던 그가 1번은 몇 년도에 어느 나라 누가 오른 경로고, 2번은 누가 몇 미터까지 오르고 후퇴한 경로고 하는 식으로 그 길 전부를 다 알아보는 로버트! 무슨 마술을 보는 것 같다. 이 친구가 설명을 하면 난 밑의 한글 설명을 확인하곤 "맞아! 와!" 감탄사를 내질렀다. 물론 로버트는 로체에 오른 적은 없다고 한다. 자기가 오른 적도 없는 봉우리의 등반 역사를 세세히 기억하고, 루트 개념도만으로 등반 이야기를 줄줄 풀어낼 수 있다니! 나이는 스물일곱밖에 안 됐는데(미안하지만 마흔은 된 줄 알았다. 머리숱이 많이 부족한 데다, 수염까지 덥수룩해서) 등반은 열세살 때부터 시작했다고 한다.

"처음 산에 간 건 다섯 살 때였어. 그 다음해에는 부모님과 함께 3,500미터 높이의 산에 올랐으니 꽤 일찍 산을 만난 셈이지? 가끔씩 부모님이 위험해서 안 된다며 나를 떼어놓고 산으로 가실 땐 차 트렁크에 숨어서

산에 대한 열정으로 똘똘 뭉친 친구 로버트.

따라가기도 했어."

열세 살이 되면서부터 그는 암벽등반을 시작했다. 특히, 열여섯 살부터 열일곱 살 사이에 혼자서 알프스 3대 북벽(아이거, 마터호른, 그랑드 조라스)을 등반했는데, 이건 아직도 깨지지 않은 최연소 프리 솔로 등반기록이라고 한다.

로버트가 대단하게 느껴진 건 이런 기록 때문이 아니라 죽음에 가까이 다가갔다는 경험 때문이다.

"1997년 겨울이었어. 친구와 알프스에서 등반하던 중에 수십 미터를 추락했어. 온몸이 만신창이가 된 채 로프에 매달려 이틀을 버텼지. 겨울철인 데다 폭풍이 와서 이틀 후에나 구조 헬기가 떴거든. 다행히도 동상이 심하지 않아서 손가락, 발가락을 잘라내는 최악의 사태는 모면했어. 근데 갈비뼈부터 발목까지 온몸의 뼈가 부러지고 뒤틀리는 바람에 6개월을 병원 침상에 누워 있어야 했지. 그 후에도 2년 반 동안 목발을 짚고 다녔고."

"지금은 괜찮은 거야?"

"괜찮으니까 산에 오지. 근데 오른쪽 발목에 철심을 박아 넣어서 달리기나 농구 같은 운동은 평생 할 수 없는 상태야."

그뿐만이 아니라 로버트는 왼쪽 가운데 손가락도 등반하다가 잃었다. 수많은 등반가들의 꿈의 암장인 요세미테 엘 캡(El Cap)에서 '과묵한 벽(Reticent Wall, 인공 난이도 A5)'을 9일간 혼자 등반한 후, 다시 '꿈의 바다(Sea of Dreams, 인공 난이도 A3/A4)'라는 이름의 루트를 역시 혼자 등반하

네팔인들의 기도 깃발이 펄럭이고 있다.

다가 박아 넣은 하켄이 빠지는 바람에 손가락이 잘렸다. 피가 줄줄 흐르는 상태로 혼자 바위에서 내려와 지나가는 차를 얻어 타고 병원으로 갔을 때는 이미 손가락을 회복할 수 없는 상태였다.

그런데도 그는 여전히 바위를 타고 산에 오른다. 그사이 로버트는 등반에 관한 책도 두 권이나 내고, 부정기적으로 등반에 관한 강연회도 갖곤 한다. 그의 첫 번째 책을 읽고 등반가 라인홀트 메스너가 그에게 편지를 보내왔단다. 좋은 책 잘 읽었다고, 계속 등반과 관련된 책을 쓰라는 격려의 편지. 겨우 스무 살이 된 이름 없는 등반가에게 쉰을 넘긴 세계적인 등반가가 편지를 보내 격려하는 그 모습이 참 아름답다.

로버트는 작년 가을에 혼자 아마다블람(6,856미터)을 오르기도 했다. 이곳도 내년에 시샤팡마(중국과 네팔의 국경에 위치한 또 다른 8천 미터급 봉우리)를 등반하기 위해 그의 등반 파트너인 그렌과 함께 사전답사를 온 거라고 한다.

"두 번이나 그런 사고를 당했는데도 어떻게 산에 계속 오를 수가 있지? 넌 그토록 죽음에 가까이 다가갔는데, 죽는다는 게 두렵지 않아?"

"죽는다는 건 물론 두려워. 난 아직 죽기엔 너무 젊은 나이잖아? 이렇게 계속 산에 오르는 한 내가 산에서 죽을 수도 있다는 걸 알아. 그렇지만 그 사고들 때문에 산에 대한 내 열정이 식지는 않았어. 다만 사고 이후 변한 게 있다면, 조금 더 위험을 직시하고 조심할 수 있게 되었다는 거지."

로버트는 독일 기준에서 신체의 25퍼센트가 손상된 장애인이다. 그래서 같이 등반하는 그렌에게 "난 25퍼센트 장애인이니까 네가 짐도 25퍼센트 더 지고, 등반도 25퍼센트 더 해. 대신 밥은 내가 25퍼센트 더 먹을 거야."라며 농담을 하곤 한다. 이 호주 친구 그렌도 재미있는 친구인데, 치명적인 단점이 혼자서 끝도 없이 중얼거리듯 이야기를 한다는 거다. 상대방이야 듣든 말든 내키는 대로 쉼 없이 말한다. 그런 그렌을 잘 아는 친구가 이들이 함께 네팔에 올 때 로버트에게 귀마개 열 쌍을 선물했단다. 그리고 진지하게 충고했다.

"너의 세 번째 책은 등반에 관한 이야기보다 그렌과의 생활에서 어떻게 살아남았는지를 쓰는 게 더 흥미진진할 거야."

아무튼 둘 다 멋진 친구들 같다. 한 가지 어려움이 있다면, 그렌의 영어가 웅얼거리듯 말하는 화법 때문에 도무지 들리질 않는다는 거다. 결국 같이 이야기를 나누다가 그렌에게 한마디했다.

"넌 도대체 어디서 영어를 배웠기에 그 모양이니? 내 평생에 그렇게 이상한 영어는 처음이야."

어이없는 나의 투정에 그렌은 기가 막힌지 대꾸도 못한다. 어쨌든 함께 산 이야기를 하고, 그들의 등반 이야기를 듣는 것만으로 내게는 즐거운 공부가 된다.

앗, 이제야 저녁식사가 나왔다. 주문한 지 꼭 두 시간 만에!

.. 날씨 : 오늘도 맑다

.. 걸은 구간 : 랑탕(3,430미터) – 캰진곰파(3,870미터)

.. 소요 시간 : 3시간

트레킹 엿새째

눈이라도 내릴 것처럼 하늘이 잔뜩 흐려 있다. 아침을 먹고 간단한 짐을 꾸려 숙소를 나섰다. 어젯밤 늦게까지 산 이야기를 나누었던 로버트가 어디 가냐고 묻는다. 캰진리에 오를 거라는 대답에 로버트가 가이드를 자처하며 따라나선다. 그는 별다른 말도 없이 10여 미터 떨어진 내 앞에서 묵묵히 걸어갈 뿐이다. 그 침묵이 고맙다.

한 시간쯤 걸었을까, 흐린 하늘에서 성긴 눈발이 날리기 시작한다. 아랫마을에선 꽃들이 한창 피는 3월 말에 눈이 내리다니 여기가 고지대이긴 한가 보다. 캰진리 오르는 길 내내, 우리는 단 한 사람과도 마주치지 않았다. 길 위에는 오직 가쁜 숨을 내쉬며 걸어가는 우리 둘뿐. 그 고즈넉함이 좋다.

다섯 시간의 산행을 마치고 숙소로 돌아와 쉬고 있으려니 누군가 내게 한국어로 말을 걸어온다.

"안녕하세요? 트레킹 오셨어요?"

놀라서 고개를 드니 네팔 사람이다.

"어, 우리말 잘 하시네요. 어디서 배웠어요?"

"한국 사람한테 배웠죠. 앞집 게스트하우스에 한국 남자 세 명 있어요. 저는 그 팀 요리사예요. 나중에 놀러 오세요."

"네, 이따가 놀러 갈게요."

십 분쯤 지났을까. 식당에서 책을 읽고 있는데 앞집 손님이 찾아오셨다.

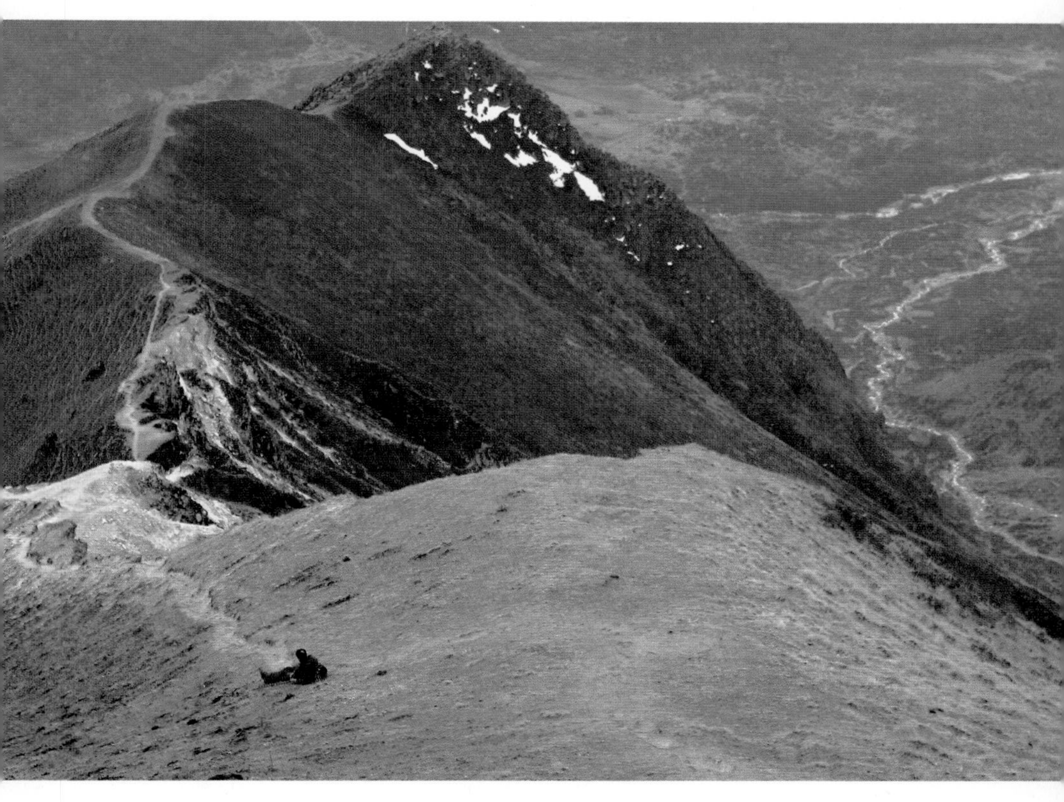

체르고리에서 내려가는 길, 로버트가 휴식을 취하고 있다.

"아, 아가씨가 혼자 트레킹 온 처자인가?"

요리사가 돌아오더니 앞집에 예쁜 여자가 혼자 트레킹 왔다고 말을 했다나. 살짝 실망하는 기운이 엿보인 것도 잠시, 내가 포터나 가이드 없이 혼자 트레킹을 하고 있다는 말에 너무나 기특해하며 칭찬을 계속 해주신다. 쉰을 훌쩍 넘기신 전명호 선배님은 외대 산악부의 OB인데 산악부 동기 셋이 한 달간 트레킹을 오셨단다. 같이 저녁 식사를 하자고 초청해주셔서 오늘 저녁은 앞집에 가서 한식으로 먹었다. 혼자 다니니 이런 복이 굴러 들어오네.

.. 날씨 : 성긴 눈발 날리고 바람 불다.
.. 걸은 구간 : 4,773미터의 캰진리까지 고도를 높이며 워킹
.. 소요 시간 : 5시간

트 레 킹　이 레 째

오늘 아침도 앞집에서 세 분 선배님들과 같이 먹었다. 내가 가장 좋아하는 미역국으로. 아침을 먹고 난 후 선배님들과 함께 랑시샤카르카(Langshisha Kharka)까지 트레킹에 나섰다. 역시 요리사가 있는 팀답게 짜파티와 찐 계란, 찐 감자로 점심 도시락까지 준비했다.

왕복 일곱 시간의 산책(?)에서 돌아오니 다리가 뻐근하다. 저녁때는 선배님들이 로버트와 그렌까지 식사에 초대해주셔서 셋이서 같이 앞집에

건너갔다. 오늘 저녁 메뉴는 김치찌개와 골뱅이 무침, 잡채. 믿을 수 없는 초호화 메뉴다. 선배님들은 산에 대한 열정이 가득한 로버트와 그렌이 대견하신지 소주를 자꾸 권하신다. 로버트와 그렌도 사양하지 않고 독한 소주를 잘도 들이켠다.

밤이 늦어서야 숙소로 돌아와 난롯불이 지펴진 식당에서 책을 읽는다. 내 앞자리에서 일기를 쓰고 있던 로버트가 잠시 후 나를 부른다.

"남희, 저기 좀 봐."

그가 가리킨 쪽을 보니 앞집이다. 유리창으로, 노래를 부르며 춤을 추고 계신 선배님들이 보인다. 그 팀의 요리사와 포터들도 둥실 둥실 어깻짓을 하며 어울리고 있다. 도대체 무슨 노래에 맞춰 저렇게 신나게 춤을 추실까? 로버트와 그 모습을 들여다보며 한참 웃었다. 난롯가에서 열 시까지 로버트와 이야기를 나누다 방으로 돌아왔다.

그나저나, 연속 세 끼를 앞집에서 먹고 오니 주인아주머니의 눈치가 장난이 아니다. 노골적으로 서운한 감정을 드러내며 방값을 2백 루피 더 내라고 아무렇지 않게 요구하신다.

.. 날씨 : 흐림
.. 걸은 구간 : �진곰파(3,870미터) - 랑시샤카르카(4,160미터) - 캰진곰파
.. 소요 시간 : 7시간

트레킹 여드레째

캰진곰파에서의 하루하루는 활기차고 즐거운 시간의 연속이다. 그저께는 캰진리(4,773미터)를 올랐고, 어제는 랑시샤카르카(4,160미터)까지 일곱 시간에 걸친 트레킹을 다녀온 데 이어, 오늘은 로버트와 체르고리(4,984미터)에 올랐다.

로버트는 이 고개에 세 번째 오르는 거라 완벽한 가이드 노릇을 해준다. 날씨는 눈부시게 개었고, 바람도 거의 불지 않아 그야말로 봄소풍 가듯 고개를 오른다. 날씨와 동행자, 산이 품은 풍경까지 모든 조건이 완벽하다. 로버트도 산을 오를 땐 말이 거의 없어 우린 꽤 잘 맞는 산행 친구가 된다. 그가 앞서 가고 나는 뒤따르면서 제각기 자신의 속도대로 걷다가 양지바른 곳에서 차를 마시거나 간식을 나눠 먹고 다시 걷는다. 각자 생각에 잠긴 채 걷다가 아름다운 풍경을 대할 때면 말없이 함께 서 있고는 한다. 준비해간 짜파티와 삶은 계란으로 점심도 먹고, 햇살 바른 양지에 드러누워 낮잠도 자면서 천천히 정상에 올랐다.

정상에는 패션잡지 촬영이라도 나온 듯 온갖 포즈로 사진을 찍으려는 프랑스인 커플이 있어 로버트는 한동안 그들의 '찍사' 노릇을 해주어야 했다. '화보 촬영'을 다 마친 그들이 내려가고 나니 고갯마루 위엔 우리 둘뿐이다. 눈을 들면 어디서나 눈 쌓인 산들이 우리를 내려다보고 있는 이 아름다운 산마루에 우리는 오래 머무른다. 운이 좋으면 마주칠 수 있다는 눈표범(snow leopard)을 보기 위해 한동안 눈을 부릅뜨고 사방을 두

담벼락에 기대어 놀고 있는 동네 꼬마들.

리번거리기도 하고, 얼굴에 감겨오는 햇살의 부드러운 손길에 못 이겨 다시 낮잠에도 빠져들고……. 게으름을 피운 탓에 내려오는 길은 조금 서둘러야 했지만, 그래도 어둠이 완전히 내리기 전에 숙소로 돌아올 수 있었다. 왕복 일곱 시간의 고산 등반(?)을 했더니 피로가 몰려온다.

요즘 내 고민은 다시 살아나기 시작한 식욕이다. 오늘 저녁에도 참치피자 한 판을 다 먹고도 모자라서 야채모모 한 접시를 더 시켜 로버트와 나눠 먹는 엄청난 식욕을 불태웠다. 점점 내 자신이 무서워진다. 굳이 변명을 하자면, 애플파이, 셀파스튜, 감자모모, 참치피자 같은 이 집의 음식들이 너무나 맛있어 식욕에 제동을 걸기가 어렵다. 음식이 맛있는 대신 이 집의 단점은 주인아줌마가 사람보다 돈을 좋아한다는 점이다. 나처럼 며칠씩 머무르면 전망 없는 아랫방으로 내려가라고 하고(장기 투숙 중인 로버트와 그렌도 아랫방에 머무르고 있다), 어제처럼 다른 집에서 밥을 먹고 오면 이유를 불문하고 방값을 2백 루피 더 내라고 협박(?)한다. 돈 싫은 사람이 세상에 어디 있겠냐마는 이 집 주인아주머니처럼 돈에 대한 애정을 진하게 드러내는 분은 네팔에서 처음 만났다.

.. 날씨 : 눈부시게 맑은 하늘
.. 걸은 구간 : 캰진곰파(3,870미터) – 체르고리(4,984미터) – 캰진곰파
.. 소요 시간 : 7시간

트레킹 아흐레째

몸살로 종일 앓아야 했던 하루. 이곳에 도착한 후 사흘을 연이어 일고여덟 시간씩 트레킹을 했더니, 결국 몸이 반란을 일으키고 말았다. 지난밤 내내 끙끙 앓다가 오늘은 꼼짝도 못하고 침대에 드러누운 채 로버트의 간호를 받았다. 로버트는 약도 먹여주고, 식사도 방으로 날라주고, 솔기가 터진 내 잠바도 수선해주면서 종일 간호사 노릇을 충실히 했다.

내가 잠들 무렵에야 방을 나서는 그에게 물었다.

"이 고마움을 어떻게 보답해야 하지?"

로버트는 뒤도 돌아보지 못한 채 겨우 한마디를 중얼거리고 서둘러 방

을 나갔다.

"네가 여기 있는 것만으로도 이미 충분한 보답이야."

사람과 사람이 만나 마음이 오가는 데는 꼭 오랜 시간이 필요한 건 아닌가 보다.

.. 날씨 : 흐림

.. 걸은 구간 : 2층 방에서 아래층 화장실까지

천국인가, 지옥인가

랑탕 · 고사인쿤드 3 _ 힘겨운 오르막 끝에 황홀한 랄리구라스 숲길

랄리구라스가 피어나는 4월, 랑탕 트레킹 구간은 천상의 화원으로 변한다.

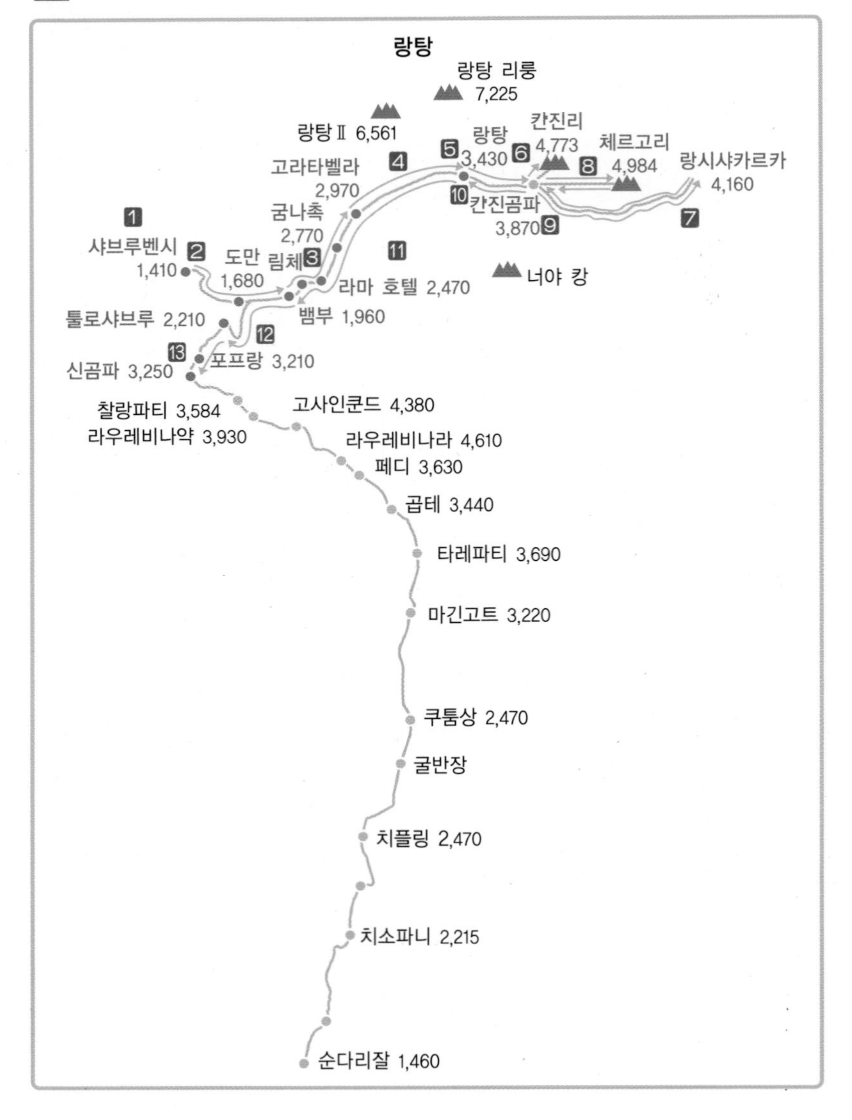
랑탕
랑탕 리룽
7,225
랑탕 Ⅱ 6,561
고라타벨라
2,970
랑탕
3,430
칸진리
4,773
체르고리
4,984
랑시샤카르카
4,160
캰진곰파
3,870
굼나촉
2,770
샤브루벤시
1,410
도만
1,680
림체
라마 호텔 2,470
너야 캉
툴로샤브루 2,210
뱀부 1,960
포프랑 3,210
신곰파 3,250
찰랑파티 3,584
라우레비나약 3,930
고사인쿤드 4,380
라우레비나라 4,610
페디 3,630
곱테 3,440
타레파티 3,690
마긴고트 3,220
쿠툼상 2,470
굴반장
치플링 2,470
치소파니 2,215
순다리잘 1,460

저녁 눈 오는 마을에 들어서 보았느냐
하늘에서 눈이 내리고
마을이 조용히 그 눈을 다 맞는
눈 오는 마을을 보았느냐
논과 밭과 세상에 난 길이란 길들이
마을에 들어서며 조용히 끝나고
내가 걸어온 길도
뒤돌아볼 것 없다 하얗게 눕는다
이제 아무것도 더는 소용없다 돌아설 수 없는 삶이
길 없이 내 앞에 가만히 놓인다
— 김용택, 〈눈 오는 마을〉 중에서

트레킹 열흘째

눈을 뜨니 새파란 하늘이 창밖에서 웃고 있다. 로버트가 준 기침약을 먹고 잤더니 기침이 거의 가라앉았다. 몸살도 이제 지나가는지 몸이 많이 가벼워졌다. 닷새나 이곳에 머물렀으니 이제 슬슬 내려가야 할 것 같아 짐을 꾸린다. 내가 회복됐는지 확인하러 온 로버트가 배낭 싸는 나를 보더니 묻는다.

"오늘 내려가게? 아직 몸도 불편한데 하루 더 있다가 내려가지 그래?"

"여기 너무 오래 있었어. 이제 가야지."

"난 네가 하루 더 있다가 가면 좋겠는데……."

로버트의 마음을 애써 모른 체하고 짐을 마저 꾸린다. 그렌에게 작별 인사를 하기 위해 식당에 들르니 그는 눈에 불을 켜고 호주 여자에게 작업을 거는 중이다. 짧은 포옹과 간단한 인사만을 남긴 채 그녀에게로 돌아가는 그렌. 주어진 기회를 절대로 놓치는 일 없이 언제나 최선을 다하는 그의 직업 정신에 절로 경의가 표해진다.

로버트가 내 배낭을 들고 마을 입구까지 따라 나와 배웅을 해준다. 카트만두에서 꼭 다시 만나기를 바란다고 하지만, 아마 그도 알 것이다. 길 위에서 만난 사람들은 아무것도 약속할 수 없다는 것을. 끝없이 배낭을 싸고 푸는 생활을 하는 한, 길 위에서 만나는 인연에 매이지 않는 법을 배워야만 한다는 걸 나도 안다. 다만 언제나 그렇듯 조금 시간이 필요할 뿐. '진심으로 지극한 것들은 다른 길을 걷더라도 같은 길에서 만나게 되는 법'이라는 어느 시인의 말에 기대어본다.

날은 흐리고, 바람은 차다.

걷기 시작한 지 두 시간 만에 랑탕에 들어섰다. 소들이 풀을 뜯고 있고, 길가엔 그새 붓꽃이 여기저기 피어나 봄을 알리고 있다. 올라올 때 머물렀던 샹그릴라 호텔에서 점심을 먹는다. 점심 먹을 무렵 내리기 시작한 눈이 폭설이 되어 그칠 줄 모르고 계속 내린다. 결국 샹그릴라 호텔에 다시 짐을 풀고 만다.

밀려드는 후회. 사람들의 웃음과 따뜻한 난로와 무엇보다 로버트와 그렌이 있는 그곳에서 하루 더 머물걸 겨우 여기까지 오려고 굳이 떠났던

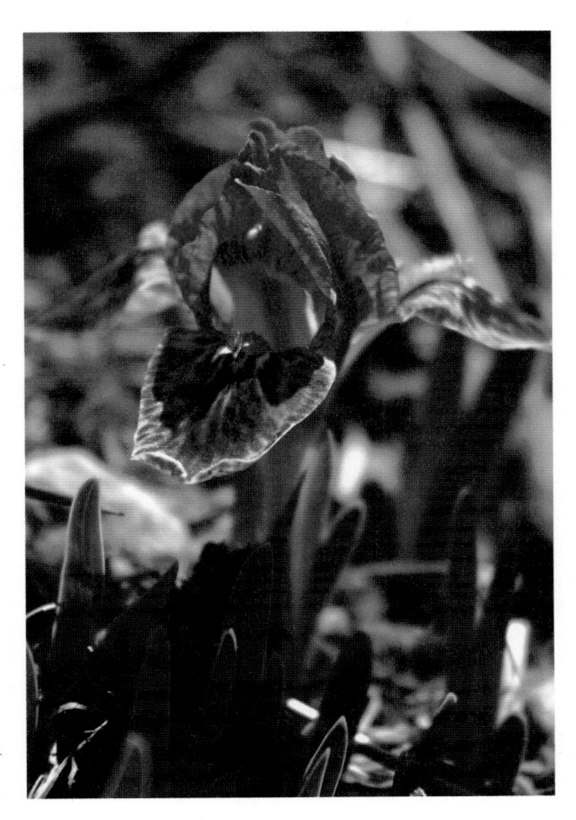

서둘러 핀 붓꽃 한 송이가
세상을 환히 밝힌다.

가 하는 아쉬움. 손님이라곤 나 하나뿐인 이곳이 왜 이렇게 쓸쓸한 걸까.

늦은 오후에도 눈은 줄기차게 내리며 모든 것을 덮고 있다. 불이 지펴진 난롯가에서 책을 읽고 있는 지금, 곁에는 중년의 독일인 부부가 포터와 셋이 카드게임을 하고 있다.

나무마다 눈꽃이 피고, 집들은 하얗게 덮여간다. 흑백영화의 한 장면처럼 변해가는 창밖 풍경. 자꾸 윗마을로 달려가는 마음을 다잡으며 책에 집중한 끝에, 마침내 《세비지 아레나》를 다 읽었다. 부실한 번역, 무책임한 교정 때문에 짜증이 나기도 했지만 목숨을 건 산에서의 모험을 흥미진진하게 묘사한 책이다.

애플파이와 뜨거운 우유 한 잔으로 이른 저녁을 먹고 난롯가에 앉아 눈 덮인 마을로 어둠이 찾아드는 모습을 지켜봤다. 문득 꽃이 피기 시작했을 서울의 거리가 그리움과 함께 밀려든다.

.. 날씨 : 폭설 쏟아지다
.. 걸은 구간 : 캰진곰파(3,870미터) – 랑탕(3,430미터)
.. 소요 시간 : 2시간

트레킹 열하루째

아침 햇살에 눈이 부셔 잠을 깼다. 세상은 아직 하얗게 얼어 있는데 하늘은 새파랗게 개었다. 외풍이 거의 없는 방 덕분에 지난밤은 추위에 시달리지 않고 푹 잤다. 부엌의 화덕 옆에서 아침을 먹고 길을 나선다.

뺨을 때리는 바람의 손길이 매섭다. 탕샤프로 내려오는 길, 눈 내린 아침숲의 고요함이 사위를 채우고 있다. 눈 덮인 가지 사이로 만개한 랄리구라스의 붉은 빛이 피처럼 선명하다.

고라타벨라에서 이른 점심을 먹는다. 식욕이 무섭게 살아나고 있어 흠

칫 놀란다. 만두와 우유로 점심을 먹고 있는 이곳 '러블리 호텔(Lovely Hotel)' 주변은 온통 랄리구라스 꽃밭이다. 핏빛 같은 붉은 빛, 어린 아가의 입술 같은 분홍빛, 우윳빛에 가까운 흰빛, 제각기 다른 빛깔의 꽃들을 매단 가지가 무거워 보인다. 뒤로는 새 눈을 얹은 흰 산의 이마가 빛나고, 눈부신 햇살과 부드러운 바람이 여린 꽃잎에 내려앉는 오전. 온몸이 생생히 깨어나고 있다.

배낭의 무게로 어깨에 심하게 아프다. 지금 내가 할 수 있는 건 그저 내 몸의 비명을 못 들은 척, 계속 가는 것뿐. 고라타벨라를 지나니 초록색 이끼를 촘촘히 두른 나무들이 줄지어 늘어선 숲길이다. 라마 호텔을 지나니 뱀부. 오늘은 여기까지만 걷기로 한다.

5일 만에 뜨거운 물에 몸을 씻었다! 태양열 온수기를 발명한 인간에게 축복을! 수돗가에서 바지 세 벌, 티셔츠 한 장, 양말 네 개, 수건 두 개, 속옷 한 벌을 빨고 나니 엄청난 일을 해낸 듯 뿌듯해져서 호기롭게 저녁을 주문한다.

"이 집에서 제일 비싼 참치피자 주세요!"

빵은 바삭거리고, 참치와 치즈, 토마토가 듬뿍 들어 있어 아주 맛있다. 여긴 음식 만드는 일이 참 간단하다. 도깨비 방망이나 가스오븐레인지 따위가 없어도 온갖 음식을 다 만들어낸다. 애플파이는 밀가루 반죽을 둥글게 만든 후 잘게 썬 사과를 넣고 말아서 가장자리를 포크로 눌러 모양을 만든 후 프라이팬에 튀기면 끝. 참치피자는 역시 밀가루 반죽을 만든 후 그 위에 참치와 치즈, 양파를 얹고 토마토케첩을 발라 프라이팬에서 굽기만 하면 완성. 완벽한 도구와 요리책에 나오는 모든 재료를 다 갖춘 후에야 요리를 하려 했던 지난날의 나를 돌아보게 된다.

저녁을 먹고, 숙소 가족들과 잠시 이야기를 나누고, 뜨거운 우유 한 잔을 마시고 나니 할 일이 없다. 전기가 들어오지 않는 곳이라 초를 세 개나 켜놓았는데도, 책을 읽기에는 불빛이 어둡다.

새삼스레 캰진곰파에서의 시간이 그리워진다. 지금 시간이면 저녁을 주문해놓고 불빛 환한 난롯가에서 책을 읽거나 로버트, 그렌과 수다를 떨고 있을 텐데. 다시 혼자가 된 지 오늘로써 사흘째. 그동안 로버트와 그렌의 따뜻한 보살핌 속에 있다가 혼자가 되니 외롭다는 생각이 자주 찾아온다. 이래서 길 위에서 만나는 사람에게 함부로 정을 주면 안 되는 건데……. 아아, 잠이나 자야겠다.

.. 날씨 : 눈부신 햇살
.. 걸은 구간 : 랑탕(3,430미터) – 뱀부(1,960미터)
.. 소요 시간 : 4시간 반

트레킹 열이틀째

마르지 않은 빨래를 말리느라 부엌의 화덕 옆에서 시간을 보내고 나니 해가 중천이다. 다시 길을 나선다. 날은 흐리다. 이제 랑탕 구간은 끝나고 고사인쿤드(Gosainkund)를 거쳐 헬람부(Helambu) 구간으로 이어지는 길

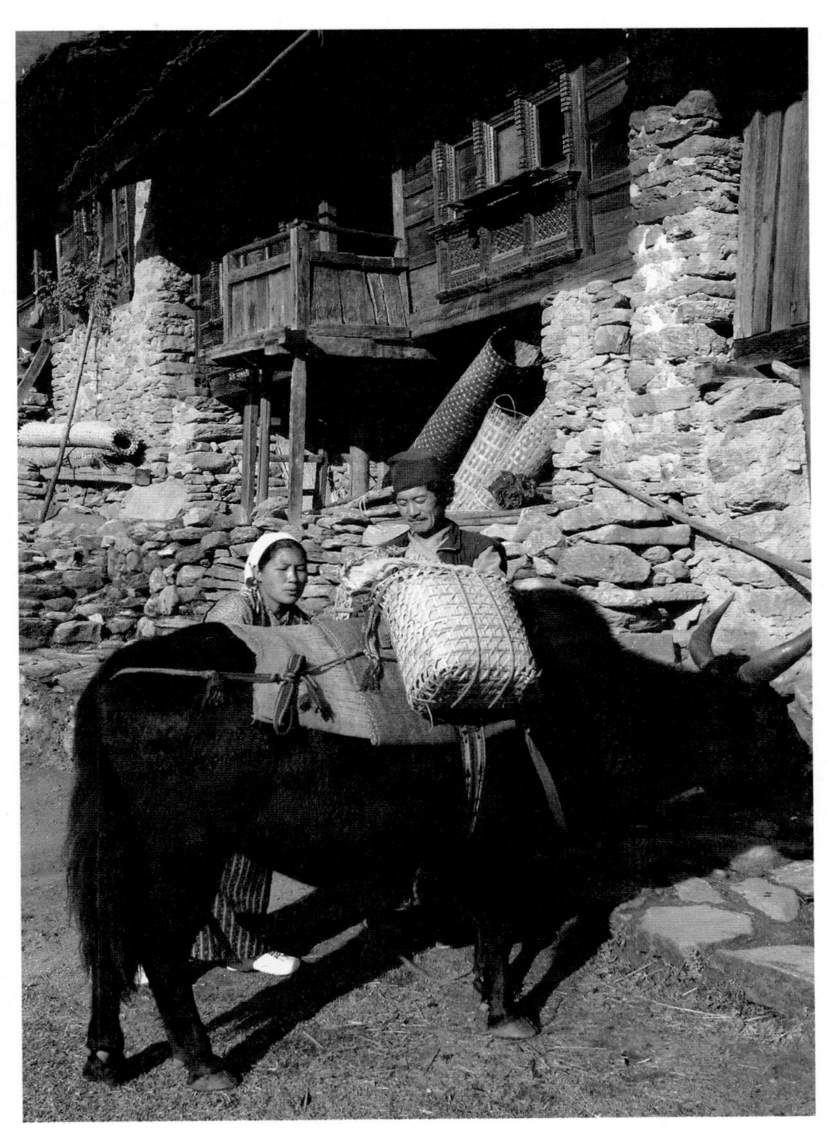

야크에 짐을 싣고 장에 가는 남편을 배웅하는 아내.

의 시작이다. 랜드 슬라이드 로지(이름 그대로라면 '산사태 여관'인데 공포스럽게 왜 이런 이름을 지었을까)를 지나니 오르막이 다시 시작된다.

툴로샤브루(Thulo Syabru 2,210미터)로 가는 길에 숲에서 나무를 베던 소녀를 만났다. 열아홉이나 됐을까. 아직 앳된 얼굴인데, 손가락을 다쳐 피를 심하게 흘리고 있다. 얼른 배낭을 뒤져 구급약통을 꺼냈다. 소독하고 연고를 바른 후에 붕대로 감고, 혹시나 염증이 생기거나 덧날까 싶어 항생제도 몇 알 주고, 여분의 밴드와 붕대를 손에 쥐어줬다. 바디 랭귀지로 물이 들어가지 않도록 조심하라고 일러주고 일어서는데, 소녀가 나무 지팡이 한 쌍을 건넨다. 무늬를 넣어가며 꽤 공들여 깎은 지팡이다. 내가 짚고 있던 허름한 대나무 지팡이는 자기가 가져가고, 그 예쁜 지팡이 두 개를 내 손에 꼭 쥐어준다. 몇 번 사양을 했지만 너무 간절한 눈빛으로 가져가라고 손짓하여 결국 받고 만다. 고맙다고 인사를 하고 돌아선 후 한참을 가다가 뒤돌아봐도 소녀는 그 자리에 서서 손을 흔들고 있다. 난 그저 내게 있는 것을 주었을 뿐인데, 내가 그녀에게 받은 건 넘치는 마음인 것 같아 오는 길 내내 미안하고 고맙다(단, 이 지팡이의 단점은 무게가 꽤 나간다는 거다. 양손에 하나씩 짚고서 언덕을 오를 때 "아! 무거워 죽겠네!" 신음이 절로 나온다.)

언덕 꼭대기에 도착하니 작은 흙집이 찻집이라는 이름을 달고 서 있다. 그냥 갈 수는 없지. 무거운 지팡이를 내려놓고 차를 마시며 잠시 휴식. 한 시간쯤 걸어 툴로샤브루에 들어서니 비가 내리기 시작한다. 그저께는 랑탕에서 폭설을 맞았는데 오늘은 봄비가 온다.

마운틴에베레스트 호텔에 짐을 푼다. 햇볕도 없는 날인데 뜨거운 물 샤워가 가능하다는 주인아저씨 말을 믿은 내가 바보지. 샤워하다가 얼어 죽을 뻔했다. 화덕 옆에 쪼그리고 앉아 오후 내내 양말들을 말리며 온갖 공상에 빠져들었다. 화덕의 불길을 살피고 조절하며 불만 들여다보는 일도 썩 재미있는 일임을 오늘 알았다.

.. 날씨 : 흐리고 비
.. 걸은 구간 : 뱀부(1,960미터) – 툴로샤브루(2,210미터)
.. 소요 시간 : 3시간

트레킹 열사흘째

지난밤 내내 빗소리가 지붕을 두드리더니 날이 눈부시게 개었다.

내가 머문 이 집에는 딱 한 곳, 유난히 전망 좋은 곳이 있는데 어디냐 하면, 바로 화장실이다. 자리를 잡고 앉으면 창밖으로 가네시히말(Ganesh Himal)의 봉우리들이 쫙 펼쳐진다. 화장실에서 계속 머무를 수도 없고, 그렇다고 서둘러 나오기에는 아쉽고…… 안타깝기 그지없는 화장실이다.

아침 먹기 전에 동네 한 바퀴를 돌고, 아홉 시에 마을을 떠났다. 한 시간 정도 오르막길을 헉헉대며 오르고 나니, 마을과 설산이 한눈에 들어오는 언덕이 나온다. 그곳에서 쉬고 있던 스페인 친구와 이스라엘 친구가 내 덩치만 한 배낭을 메고 끙끙대며 올라선 내게 엄지손가락을 세워 보이며 박수를 쳐준다. 그러더니 즉석에서 냉커피를 타서 과자와 함께 건네준다.

커피를 안 마시는 나지만, 땀을 뻘뻘 흘린 후에 마시는 냉커피가 얼마나 맛있던지! 그건 지상의 음료가 아니었다. 뭔가 보답을 하고 싶은데 아무것도 줄 게 없다. 트레킹을 마치고 돌아간 수영 언니가 한국에서 보내준 건빵이며 신라면, 찰떡파이를 모두 로버트와 그렌에게 탈탈 털어주고 와서 간식이 하나도 없다. 그저 "세상에서 가장 맛있는 커피였어. 정말 고마워."라는 인사만을 남기고 돌아설 수밖에.

그 다음 두 시간도 계속되는 오르막. 심장이 터져 죽는 줄 알았다. 위안이라고는 꽃핀 사과나무들과 눈 덮인 산봉우리뿐. 점심을 먹기 위해 멈춘 3,210미터의 포프랑에서 겨우 숨을 돌린다. 세 시간 만에 1,000미터를 치고 올라오는 동안 얼마나 비명을 내질렀는지 숲의 고요함을 내가 다 깬 것 같다. 캰진곰파에서 같은 숙소에 머물렀던 네덜란드인 피터, 피터의 아버지, 영국인 이안을 이곳에서 만나 점심을 먹고 함께 출발했다.

이곳에서 신곰파(Shin Gompa 3,250미터)까지는 완만한 오르막이라 별 어려움이 없는 데다가, 마지막 15분은 '환상의 꽃길'에 취해 걷는다. 숲 속 오솔길 양쪽으로 온통 붉은 꽃 핀 랄리구라스 나무들인데, 마치 붉은 전등을 달아놓은 크리스마스 트리들 같다. 강진 백련사나 보길도의 동백나무 숲을 떠올리게 하는 장관이다. 모두들 발길이 안 떨어져 그 숲에서 오래오래 머물렀다. 아무래도 난 지금 천계에서 떠돌고 있는 것 같다.

숲을 빠져 나오니 바로 신곰파.

꽃피어 눈부신 봄날, 저 멀리 설산의 이마도 빛난다.

짐을 푼 '그린힐 호텔'은 지금까지의 트레킹 중 최고의 시설을 갖춘 숙소다. 특히나 식당은 산속에서 보기 힘든 아늑함과 깨끗함을 자랑한다. 식탁마다 냅킨도 놓여 있고, 난로도 종일 지펴준다. 샤워하고, 빨래하고, 정원에서 이안, 피터, 피터의 가이드 비모와 넷이서 '케렘 보드(Kerem Board)'라 불리는 게임을 하며 오후를 보냈다. 케렘 보드는 네모난 나무판 위의 흰색과 검정색의 둥글고 납작한 돌을 손가락으로 튕겨서 네 귀퉁이의 구멍으로 빨리 넣는 팀이 이기는 게임이다. 아시아와 유럽으로 팀을 나눠서 경기를 했는데 승리는 번번이 아시아팀 차지.

버섯을 듬뿍 넣은 피자로 저녁을 먹고, 난롯가에서 이스라엘 커플과 수다를 떨다가 방으로 올라오니 어느새 열 시. 내일이면 하산이라는 이스라엘 커플에게서 또 지팡이를 선물 받았다. 졸지에 지팡이가 세 개가 됐다. 이를 어쩌나. 또 하루가 이렇게 갔다. 내일은 또 어떤 사람들을 만나고, 무엇을 보게 될까.

.. 날씨 : 화창한 봄
.. 걸은 구간 : 툴로샤브루(2,210미터) – 신곰파(3,250미터)
.. 소요 시간 : 4시간

손님 맞을 준비를 마치고 찻집 입구를 하염없이 바라보는 할머니.

'남자 일'도 거뜬히 해내는 네팔 여성들

랑탕 · 고사인쿤드 4 농사에 집안일에 공사장 일까지

고사인쿤드는 해발고도 4,380미터의 호수로, 비슈누 신이 잠들어 있다는 힌두교 성지다.

랑탕 · 고사인쿤드 트레킹

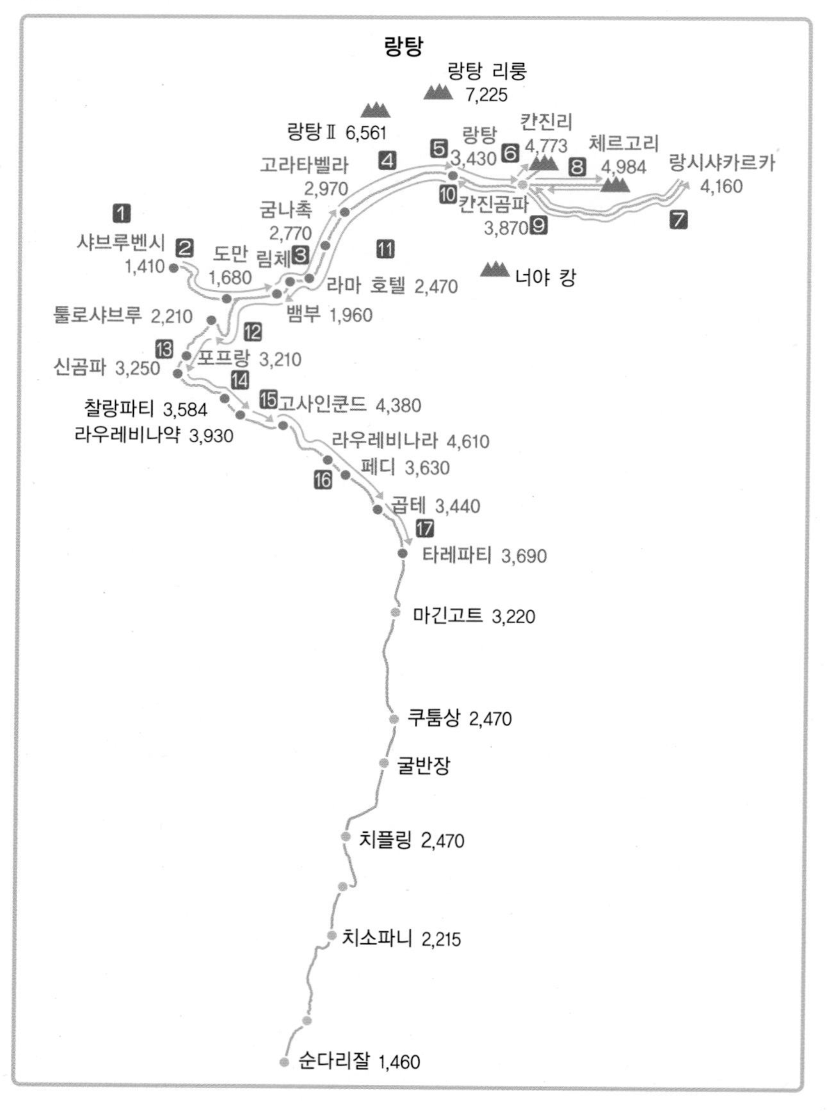

랑탕
랑탕 리룽 7,225
랑탕 Ⅱ 6,561
고라타벨라 2,970
랑탕 3,430
칸진리 4,773
체르고리 4,984
랑시샤카르카 4,160
칸진곰파 3,870
궁나촉 2,770
샤브루벤시 1,410
도만 1,680
림체
라마 호텔 2,470
너야 캉
툴로샤브루 2,210
뱀부 1,960
신곰파 3,250
포프랑 3,210
찰랑파티 3,584
라우레비나약 3,930
고사인쿤드 4,380
라우레비나라 4,610
페디 3,630
곱테 3,440
타레파티 3,690
마긴고트 3,220
쿠툼상 2,470
굴반장
치플링 2,470
치소파니 2,215
순다리잘 1,460
1
2
3
4
5
6
7
8
9
10
11
12
13
14
15
16
17

가라
그냥 가라
별꽃이 삶의 이마에 뜰 때까지
삶의 출구가 꿈의 입구로 열릴 때까지
가라
그냥 가라
별꽃이 아니면 또 어떠리
이 세상 어디엔가 꽃이 눈 뜨고 있는 길이면,
초여름 새벽을 가라
—황동규, 〈초여름의 꿈〉 중에서

트레킹 열나흘째

아침 일찍 일어나 숲을 산책했다. 새들의 부산한 몸짓으로 숲은 고요하면서도 수선스럽다. 새벽 숲의 서늘한 공기가 코끝으로 기분 좋게 스며들고, 주변에는 꽃을 피운 나무들이 자랑스레 가지를 늘어뜨리고 서 있다. 청명한 아침 숲의 맑은 기운이 나에게도 스미는 것만 같다.

진하고 맛있는 달밧으로 아침을 먹고 길을 나선다. 전나무 숲길을 걸어가는 동안 오른쪽으로는 눈 덮인 산들이 따라온다. 숲의 적막이 무서울 정도로 깊다.

이 적막한 숲에서 연세가 지긋한 한국인 트레커 두 분을 만났다. 반갑

자수를 놓아 만든 기념품은 산골 마을 아낙들의 중요한 수입원이다.

게 인사를 나누는데 참, 세상 좁다. 이분들의 가이드가 람이 아닌가! 나에겐 분노 없이 떠올릴 수 없는 이름, 람! 에베레스트 트레킹에서 포터 기얀드라의 임금을 떼먹었던 놈. 여행사에서 그가 갈취한(이렇게 거친 용어가 자연스레 나오다니!) 돈을 받으면서 매니저에게 적절한 조치를 취해 달라고 했었는데, 현장에 복귀한 람과 이렇게 마주쳤다. 그것도 한국인들과! 한국말로 두 분께 경고를 할까 하다가 그냥 돌아선다. 힐긋거리는 람의 불안스러운 표정도 마음에 걸리고, 아무것도 모르는 분들의 좋은 시간을 방해하는 건 아닐까 싶어 그냥 가기로 했다. 부디 람이 지난번 일로 교훈을 얻어 개과천선했기만을 바랄 뿐.

찰랑파티(Chalang Pati)에 도착하니 삼면이 다 설산이다. 탁 트인 전망이 가슴까지 시원하게 만든다. 한 시간 남짓만 더 가면 오늘의 숙박지인 해발고도 3,930미터의 라우레비나약(Laurebina Yak)이다. 안개가 몰려와 빠른 속도로 풍경을 지워간다. 이곳 전망이 그리도 좋다기에 기대를 잔뜩 품고 왔는데 날씨가 도와주지 않는다.

어디에 머물까 잠시 고민을 한다. 초입의 마운트레스트 호텔이 첫 유혹이다. 이 집의 빵과 음식이 맛있다는 명성이 자자해 머물고 싶은 욕구가 생기지만 꾹 참고 더 걷는다.

오늘은 날씨가 나빠 틀렸지만 내일 아침에라도 더 나은 전망을 보겠다는 일념으로 마을에서 가장 높은 곳으로 올라간다. 그곳에서 기다리고 있는 숙소의 이름은 '아침 전망(Morning View)' 호텔. 날씨가 좋을 땐 이곳에서 안나푸르나히말, 람중히말, 마나슬루, 가네시히말, 랑탕리룽이 파노라마로 펼쳐진 장관을 볼 수 있다는데, 지금은 밀려온 안개로 한 치 앞도 안 보인다.

요 며칠째 날씨는 계속 오전에 개고, 점심 무렵 흐려져서 저녁이면 비가 내리기를 반복하고 있다. 아침에 신곰파를 떠날 무렵만 해도 새파란 하늘에 눈부신 햇살이 기분을 밝게 해주었는데, 이곳에 도착할 무렵 구름이 몰려들더니 지금은 매서운 바람까지 불어대고 있다. 겨울이 다시 돌아온 것 같다. 게다가 상상할 수 있는 가장 허름한 시설에 손님이라고는 나 혼자인 숙소여서 어쩐지 외딴 곳에 유배당한 느낌이다.

날씨 때문인가, 오늘은 이상하게 사람이 그립다. 장작불이 타오르는 난롯가에서 책을 읽는다. 어디선가 갑자기 타닥타닥 콩 볶는 소리가 나기에 고개를 들어 밖을 내다보니 눈 우박이 쏟아지고 있다. 아침엔 활짝 핀 봄꽃을 만나고, 저녁엔 한겨울 폭풍과 눈우박을 만나다니 날씨 한번 요란하다.

지금, 주인아줌마가 칼과 나무토막을 들고 와 선반을 만든다며 통탕거리거나 스슥거리며 작업을 하고 있다. 저 큰 칼과 도끼를 자유롭게 다루는 이곳 여자들을 보노라면, 가끔 내 자신이 육체적으로 무력하게 느껴진다. 도시에서 살아온 대가로 내가 잃은 것 중의 하나가 바로 '육체적 능력'인 것 같다. 이곳 여자들의 삶이 고되기는 하지만, 그래도 내가 자란 곳에서 '남자들의 일'이라고 여겨져 온 일들을 당당하게 해내는 여성들을 보면 존경심이 절로 인다.

서글픈 건, 가난한 곳일수록 남자보다 여자들이 훨씬 더 많이 일한다는 거다. 남자들에게 마땅한 일자리가 없다는 게 문제이기도 하지만 그런 문제를 떠나서, 이곳 남자들이 거리에서 빈둥거릴 때도 여자들은 끊임없이 크고 작은 일을 해내고 있다. 음식을 만들고 나면 빨래를 하고, 아이에게 젖을 주다가 나무를 베어 오고, 밭에 나가 일을 하고 들어와 뜨개질을 하거나 물레를 돌려 기념품을 만들어 팔고, 물을 길어오고……. 심지어 마을길을 보수하거나 집을 짓는 공사장에서도 남자들과 같은 일을 하는 여자들의 모습을 종종 보게 된다.

그동안 나는 자연을 사랑하고 산을 좋아한다고, 사람은 도시를 떠나 살아야 된다고 믿었다. 하지만 깊은 산골에서 이곳 여자들과 똑같은 방식으로 살아야 한다면, 이 고단한 삶을 견디어낼 힘이 내게 있을까? 그때 내 삶을 끌어가고, 일상의 팍팍함을 견디게 해주는 동력은 무엇이 될지, 내가 그것을 찾아낼 수 있을지조차 의심스럽다. 지금 나에게 이 먼 길을 걸어갈 수 있도록 하는 힘은 뭘까? 무엇이 나로 하여금 끝없이 짐을 싸고 푸는 이 길 위에 오르도록 한 것일까? 정착할 보금자리를 찾기보다는 더 멀리 가야 할 길을 찾는, 이 끝없는 유목에의 욕구는 도대체 어디서 오는 걸까?

아직 보지 못한 것들을 보고, 아직 만나지 못한 얼굴들을 만나고, 아직 서보지 못한 길 위에 섬으로써, 내 안의 또 다른 나를 찾겠다는 것. 어쩌면 이것 역시 헛된 미망일 텐데……. 가끔은 이 모든 시도와 노력이 부질없이 느껴지기도 하지만, 그래도 길 위에서 행복하게 깨어 있는 한, 바람처럼 자유로울 수 있는 한, 쉽게 정착민의 삶으로 돌아가지는 않을 것 같다.

.. 날씨 : 안개 자욱

.. 걸은 구간 : 신곰파(3,250미터) – 찰랑파티(3,584미터) – 라우레비나약(3,930미터)

.. 소요 시간 : 2시간 반

트레킹 열닷새째

기상시간 기록을 획기적으로 경신했다. 새벽 다섯 시 삼십 분에 일어났으니! 졸음이 덜 깬 상태로 옷을 최대한 껴입고 마당에 나와 햇살이 산을 비추기를 기다렸다.

안개 사이로 몸을 감추었던 산들이 오늘 아침, 마침내 그 웅장한 자태를 드러냈다. 가네시히말과 마나슬루와 안나푸르나까지……. 병풍처럼 펼쳐진 산들의 그림자가 얼마나 경이롭던지! 신들의 거처가 있다면 바로 저런 곳이리라. 절로 탄성이 터지는 풍경이었다. 추위에 곱아가는 손을 호호 불며 사진을 찍고, 한참을 밖에 서 있었다. 그리고 결심했다. 내일부터 내 기상 시간은 무조건 여섯 시라고! 아침 햇살에 깨어나는 산들의 이마가 얼마나 눈부시던지, 그동안 왜 늘 일곱 시에 일어났는지 후회가 될 정도였다.

내가 해 뜨는 모습을 구경하는 동안 주인아저씨는 언 땅을 파고 뭔가를 세우기 위해 고군분투하고 계신다. 오늘이 보름이라 일년에 한 번씩 새로 만드는 룽다를 설치한다는 것이다. 바람에 펄럭이는 새 룽다를 보며 맑은 기운이 멀리까지 퍼져가기를, 올 한 해 모든 이들에게 좋은 일만 가득하기를 빈다.

감자를 넣은 오믈렛과 뜨거운 우유로 아침을 먹고 일곱 시 반에 숙소를 나선다. 그동안에 비하면 거의 한 시간에서 한 시간 반을 일찍 나선 셈이다. 상쾌한 새벽공기와 가벼운 발걸음도 잠시. 죽음의 오르막이 나를 기

눈도 녹지 않은 이른 아침의 험한 산길, 벗이 있어 외로움도 고단함도 줄어든다.

다리고 있다. 이건 여태까지의 '고난의 행군'과는 차원이 다르다. 17킬로그램의 배낭을 메고 4천 미터를 넘으려면 얼마만큼의 고통이 따르는지 오늘에야 깨닫는다. 어디선가 계속 북소리가 들려온다 싶었는데, 알고 보니 내 심장이 쿵쿵거리는 소리다. 신들의 자비를 애걸하고픈 심정이다.

한 시간 남짓 오르막을 걷고 나니 이제는 바위산 허리를 치고 돌아가는 덜 급한 오르막이다. 다시 한 시간 좀 넘게 걸으니 해발고도 4,380미터의 고사인쿤드.

두 개의 호수가 맞닿아 있고, 숙소 몇 채가 붙어 있는, 작지만 아름다운 마을이 나를 기다리고 있다. 가장 전망이 좋은 나마스테 호텔에 짐을 풀었다 이 집의 어린 아들 셋이 학교를 쉬는 날이라고 다들 일을 하고 있다. 막내는 엄마를 도와 설거지를 하고, 초등학교 고학년쯤 되어 보이는 두 형은 각자의 옷을 빤다. 나는 호수가 내려다보이는(딱 세 발만 앞으로 내디디면 바로 호수로 빠진다) 야외 탁자에 앉아 책을 읽는다. 며칠 전까지 호수가 얼어붙어 있었다는데 얼음이라고는 흔적도 없다. 이른 오후부터 저쪽 산허리에서 먹구름이 올라오는 걸 보니 보름달 구경은 틀린 것 같다.

내일 4,610미터의 라우레비나 패스를 넘고 나면 그 다음부터는 내리막이다. 헬람부 구간로 들어서는 거니까 곧 카트만두 밸리로 내려서게 될 거고. 이 트레킹이 종반에 접어든다고 생각하니 아쉽기도 하고, 그동안 잊고 지낸 문명의 혜택이 살짝 그리워지기도 한다. 큰 산에 오르기 위해 두세 달 동안 세상과 격리된 채 살아가는 산사나이들은 무엇을 그리워하며 지내고 있을까?

.. 날씨 : 맑음
.. 걸은 구간 : 라우레비나약(3,930미터) – 고사인쿤드(4,380미터)
.. 소요 시간 : 2시간

트레킹 열엿새째

드디어 오늘 치러야 할 '고난의 행군'이 끝나고, 난롯가에서 차를 마시며 쉬는 평화의 시간이 돌아왔다. 오늘은 어제보다 더 힘든 날이었다.

새벽 여섯 시에 일어나 우선 뒷산을 올랐다. 왕복 한 시간 거리의 짧은 구간이었지만 어쨌든 새벽 운동(!)을 한 셈이다.

아침 먹고 출발은 가뿐하게 했는데 계속 오르막이 이어진다. 한 시간 사십 분에 걸쳐 거친 숨을 내쉬며 오르막 끝까지 오르니 바로 4,610미터의 라우레비나라(Laurebina La). 이곳에서 잠시 숨을 돌리고, '이제는 내리막이다. 신난다' 환호하며 발걸음도 가볍게 걷기 시작했다. 중간에 찻집에서 만난 독일 아저씨들과 이스라엘 친구들이 큰 배낭을 메고 혼자서 걷는 내가 대단하다고 마구 치켜세워 준다.

"대단하긴요. 힘들어 죽겠는데요."

짐짓 겸손한 척 대답했지만 속으로는 '김남희, 정말 대단해. 이 배낭 메고 4,600미터 고개를 넘었으니 훌륭하지, 암 훌륭하고말고'라며 자화자찬을 마구 남발한다.

페디(Phedi 3,630미터)에서 점심 먹을 때까지는 계속 내리막인 데다가 날도 흐려서 괜찮았다. 문제는 페디에서 곱테(Ghopte 3,440미터)까지였다. 분명 고도상으로는 2백 미터를 내려가는 건데 한동안은 가도 가도 끝없는 오르막이다. 그것도 바위투성이의 길. 산을 올라가서 돌아 내려가야 하는 길이다.

배낭은 무거운데, 신발은 발목 보호가 안 되지, 길은 바위투성이지……. 발목이 시큰거리기 시작하면서 무릎이 아파왔다. 겨우 고갯마루에 올라 다 왔나 싶었는데 45분을 더 가야 한단다. 다리 힘이 쭉 빠지는 순간, 우박이 쏟아진다. 불행은 홀로 오는 법이 없다더니. 새끼손톱만 한 얼음 덩어리들이 사정없이 떨어지는데, 얼굴에 맞으면 따끔따끔해 비명이 절로 터진다. 30분 만에 흠뻑 젖었다. 오죽했으면 큰 바위 밑에 들어가 우박이 그칠 때까지 기다릴 생각을 했을까. '언제 그칠지도 모르는데 어차피 젖은 거 그냥 걷자' 하고 계속 걸었더니 곱테에 도착해서야 우박이 그친다.

곱테에는 숙소라고 딱 두 채뿐이다. 멘도 로지(Mendo Lodge)에 짐을 푼다. 여기서부터는 헬람부 구간이라고 방값도 꼬박꼬박 다 받고, 음식도 할인이 안 된단다. 거기까지는 이해가 가는데 담요 한 장 빌리는데 25루피의 돈을 따로 받고, 초도 제공을 안 한다. 심지어 방 열쇠도 없다고 안 준다. 할 수 없다, 이 숙소를 이번 트레킹 '최악의 숙소' 1위 자리에 올리는 수밖에.

오늘 걸은 시간은 총 여섯 시간. 타레파티(Thare Pati)까지 두 시간을 더 갈까 하다가 그냥 이곳에 머물기로 결심했다. 어제 머물렀던 곳처럼 이 집도 영어를 못하는 부모를 대신해 초등학생밖에 안 된 아이들이 손님을 상대한다(계산도 하고, 주문도 받고, 음식도 나르고……). 그래서인지 아이들이 아이들 같지가 않다. 세상을 너무 일찍 알아가는 아이들이라 그런지 순진함으로 반짝반짝 빛나는 눈이 아니다. 손님을 대하는 태도에도 아이답지 않게 거침이 없다. 그 모습을 보니 왜 이렇게 마음이 서글픈지……. 하지만 우리나라 아이들이라고 낫다고 할 수도 없겠지. 어린 나이에 온갖 학원에 시달리며 웃음을 잃어가고 있으니. 아이들이 아이답게 밝게 웃으며 클 수 있는 곳은 어디일까?

큰일이다. 오른쪽 무릎이 계속 쑤셔댄다. 왼쪽은 아무렇지 않은데 왜 오른쪽만 그런 걸까? 내가 배낭을 '우편향'으로 싸는 걸까? 내일부터는 계속 내리막인데 좀 걱정이 된다. 이제 슬슬 저녁 먹고 잠자리에 들어야겠다. 요즘 일곱 시 전후가 내 취침 시간이다. 좀 심한가?

.. 날씨 : 맑은 후 따가운 우박

.. 걸은 구간 : 고사인쿤드(4,830미터) – 라우레비나라(4,610미터) – 페디(3,630미터) – 곱테(3,440미터)

.. 소요 시간 : 6시간

트레킹 열이레째

옆방의 이스라엘 친구들이 밤 늦게까지 떠들어대는 통에 잠을 설쳤다. 방음이 전혀 되지 않는 네팔 가옥의 상태를 생각하면 목소리를 좀 낮출 법한데…… 열두 시까지 뒤척이다가 이 친구들이 일어나 짐을 싸는 소리에 덩달아 또 깨고 만다. 시계를 보니 다섯 시 반. 침낭에서 몸을 빼는 데 꼬박 한 시간이 걸렸다. 뜨거운 우유 한 잔으로 아침을 대신하고 일곱 시부터 걷기 시작한다.

요즘 산동네의 날씨는 엉망이다. 그동안은 오전 아홉 시에서 열 시까지는 날씨가 괜찮더니, 오늘은 아예 아침부터 구름이 잔뜩 끼었다. 기후의 신이 심기가 불편하신가 보다.

이제는 제법 익숙해진 배낭을 메고 타레파티 가는 길로 들어섰을 때 숲은 고요했고, 길 위에는 나 혼자였다. 비 그친 후의 맑은 공기가 숲을 떠돌고, 젖은 낙엽들과 흙에서는 싱싱하고도 비릿한 냄새가 퍼지고 있었다. 그리고 붉은 등을 매단 초록 나무들의 사열식.

아, 나는 그 아침 숲에서 아무런 준비도 없이 꽃핀 나무들과 만났다. 어쩔 줄 모르고 숲길을 서성이다 마침내는 배낭을 내려놓고 오솔길 한가운데에 주저앉아 오래도록 꽃들을 바라봤다. 그리고 꿈을 꾸었다. 그리운 이들 모두를 이곳으로 불러 모아 저 꽃이 다 질 때까지 함께 머물렀으면 하는 허황된 꿈을.

네팔의 국화인 랄리구라스가 피어나는 4월, 랑탕의 구간은 '천상의 화원'으로 변한다는 이야기를 들은 적이 있지만, 이 길의 빼어난 아름다움은 상상을 넘어선다.

'전생에 내가 그렇게 나쁜 사람은 아니었나 봐. 이렇게 아름다운 것들을 이토록 자주 만나다니.'

이런 생각을 하며 그 고요한 아침 숲에서 나 혼자 꽃들과 함께 머물렀다. 먹구름만 몰려오지 않았어도 더 오래 있었을 텐데…….

꽃길을 빠져 나와 한 시간 반에 걸친 오르막을 올라 타레파티에 도착하니, 기다렸다는 듯이 또 우박이 쏟아진다. 오늘은 두 시간 걷고 나서 배낭을 풀고 만다. 숙소도 마음에 들고, 이곳에서 보는 동쪽 히말라야 전망도 좋다기에 내일 아침까지 기다려보기로 했다. 주인아저씨가 담아다 준 한 양동이의 뜨거운 물로 머리 감고, 씻고, 빨래까지 다 해서 넌다. 그러고는 엽서 몇 장 쓰고 책 읽으면서 오후를 보내는 중이다.

눈의 자취인 양 낮달이 떠올랐다.

지금 읽고 있는 책은 《나를 운디드니에 묻어주오》라는 미국 인디언 멸망사를 기록한 책이다. 이 책을 읽다 보면 미국의 '꿈과 희망'이라는 게, 미국이라는 나라의 설립 자체가, 얼마나 많은 원주민들의 살육 위에 이루어진 것인지 생생하게 깨닫게 된다. 인간이 피부색이 다른 인간에게 얼마나 잔혹해질 수 있는지, 인간의 이성이 얼마나 편협하고 자의적인 것인지를 솟구치는 분노와 함께 다시 생각하게 된다. 인류가 주창해온 '진보와 문명'이라는 틀거리 역시 허구적이고 기만적으로 느껴져 새삼 회의가 들기도 한다. 그래서 이 책은 한장 한장 넘길 때마다 수많은 의문과 의심, 분노와 체념을 넘나들게 돼 진도가 느릴 수밖에 없다. 그동안 인디언 문화에 대한 관심으로 몇 권의 책들을 읽어왔지만, 이 책처럼 구체적이고 객관적으로 '인디언 학살'을 다룬 책은 처음이다.

그나저나 카트만두에 돌아갈 때까지 이 책 하나로 버텨야 하는데 겨우 2백여 쪽밖에 안 남아 걱정이다(이 책 전체는 7백 쪽 분량의 제법 두꺼운 책이라 베개로 쓰기에도 좋다). 이 트레킹을 시작할 때 책을 두 권 가져왔는데 한 권은 이미 랑탕에서 끝냈고, 하나 남은 이 책마저 끝나 가니 이를 어쩌나. 할 수 없다. 다 읽고 나면 또 읽는 수밖에. 머리 나쁜 사람들의 장점은 읽은 책을 다시 읽어도 늘 처음 읽는 것처럼 흥미진진하게 읽을 수 있다는 점이니까.

오는 길에 너구리를 봤다는 내 말에 주인아저씨가 그건 너구리가 아니라 붉은 판다란다. 이 마을 근처에서 짐을 내려놓고 쉬고 있을 때 본 너구리가 너구리가 아니었다니! 대나무만 먹고 사는 히말라야 레드 판다가 이 동네 근처에 살고 있단다. 사진을 못 찍은 게 좀 아깝다. 가까이서 꽤 오래 머무르다 떠났는데…….

지금 내가 머무는 마을 곱테는 전설적인 두 사건의 현장이다. 하나는 1991년에 한 호주인 트레커가 이 근처에서 실종된 뒤 43일 만에 발견된 일이다. 놀랍게도 발견 당시 그는 생존해 있었다고 한다. 또 하나의 사건은 그 다음해인 1992년에 태국의 항공기가 이 근처 산을 들이받고 추락한 일이다. 믿기지 않는 사건이 연달아 일어난 마을이라고 생각하니 좀 으스스해진다.

지금 막 쏟아지는 눈발을 뚫고 세 명의 독일 할아버지와 할머니가 포터 및 가이드 네 명을 이끌고 들어섰다. 신곰파에서부터 뵌 분들인데 내가 '절대로 웃지 않는 사람들(never smiling people)'이라는 불명예스러운 별명을 붙여드렸다. 왜냐하면 절대로 안 웃기 때문이다(물론 이분들은 이런 별명이 붙은 줄 모르고 계신다). 어쩌면 저렇게 화난 듯 무뚝뚝한 얼굴로 여행을 다닐 수 있을까? 독일인들이 유럽인들 중에서 표정이 좀 딱딱한 편이긴 하지만, 이분들처럼 경직된 얼굴을 하고 다니는 사람들도 없는 것 같다. 결국 나의 고즈넉한 평화는 깨어지고, 난로 독점도 끝났다. 창밖을 내다보니 눈이 제법 쌓였다.

드디어 '절대로 웃지 않는 사람들'이 웃었다! 눈보라 속에서 걷느라 완전히 탈진이 되어 들어온 할머니께 계속 마사지를 해드리고, 물통에 뜨거운 물을 받아 추위를 녹이시라고 빌려드렸다. 고맙다며 웃는 할아버지, 할머니들을 뵈니 기분이 참 좋다.

.. 날씨 : 맑음
.. 걸은 구간 : 곱테(3,440미터) – 타레파티(3,690미터)
.. 소요 시간 : 2시간

"난 몸과 마음을 정화하러 네팔에 왔어"

랑탕 · 고사인쿤드 5 20년간 피워온 마리화나를 끊은 다니엘

나무가 있고 숲이 있어 초록의 기운을 받을 수 있는 길은 흰 눈 쌓인 길보다 포근하다.

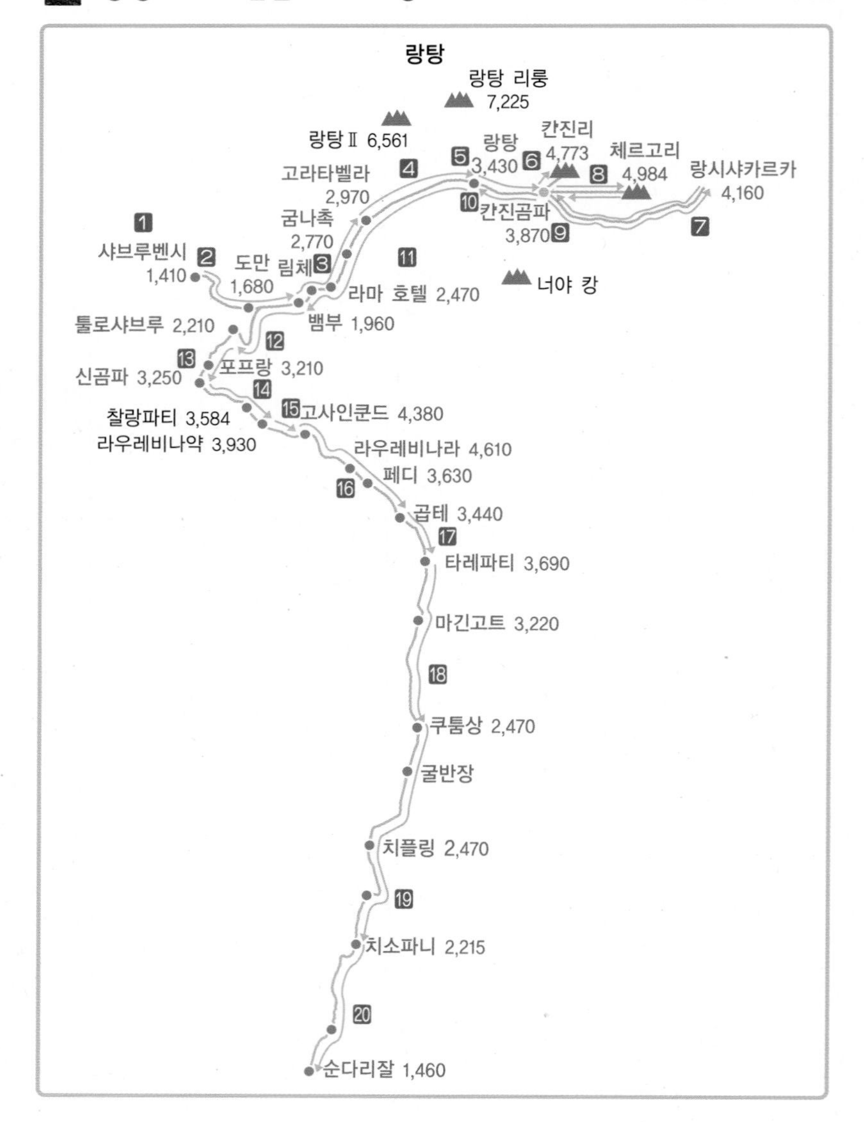
랑탕
랑탕 리룽 7,225
랑탕Ⅱ 6,561
칸진리 4,773
체르고리 4,984
랑시샤카르카 4,160
랑탕 3,430
칸진곰파 3,870
고라타벨라 2,970
굼나촉 2,770
샤브루벤시 1,410
도만 1,680
림체
라마 호텔 2,470
너야 캉
뱀부 1,960
툴로샤브루 2,210
포프랑 3,210
신곰파 3,250
찰랑파티 3,584
라우레비나약 3,930
고사인쿤드 4,380
라우레비나라 4,610
페디 3,630
곱테 3,440
타레파티 3,690
마긴고트 3,220
쿠툼상 2,470
굴반장
치플링 2,470
치소파니 2,215
순다리잘 1,460
1
2
3
4
5
6
7
8
9
10
11
12
13
14
15
16
17
18
19
20

우리는 탐험을 멈추지 않을 것이다
우리의 모든 탐험의 끝은
마침내 그 출발점에 도달하여
그곳이 어디인가를 처음으로 인식하는 것
—T. S. 엘리어트

트레킹 열여드레째

어제 저녁까지 눈발이 휘날리더니 오늘은 파랗게 개인 하늘이 활짝 펼쳐졌다. 사납던 날씨를 보상이라도 하듯. 기분이 얼마나 상쾌하던지, 사람의 기분이 이렇게 날씨에 좌우될 수도 있구나 싶다. 서둘러 뒷산에 올라 동쪽 히말라야의 능선들을 감상하고 내려와 아침을 먹고 일곱 시부터 걷기 시작했다.

타레파티에서 마긴고트(Mangengoth 3,220미터)까지 가는 길은 꼭 세석에서 장터목으로 가는 지리산 능선길을 연상케 한다. 어디를 둘러봐도 장쾌하게 펼쳐진 산등성이들과 넓지도 좁지도 않은 어여쁜 능선길…….
새들의 부산스러운 몸짓과 나뭇가지 위의 눈뭉치들이 햇살에 녹아 툭툭 떨어지는 소리만이 적막을 깨는 아침 숲을 천천히 걷는다.

마긴고트에서 쿠툼상(Kutumsang 2,470미터)까지는 계속 내리막. 이 길 전체가 또 랄리구라스 숲이다. 지금까지의 '꽃터널'과는 규모가 다른 거대한 숲이다. 지나가는 트레커들마다 탄성을 지르며 사진을 찍느라 속도가 느려진다.

쿠툼상에 도착하니 열두 시. 더 갈까 여기서 머무를까 망설이다 결국 나마스테 호텔에 짐을 풀었다. 어제 만난 네덜란드 친구들이 이 호텔의 '핫 샤워'는 정말 뜨겁다고 강조한 게 생각나서다. 과연, 그 말이 사실이었다. 오랜만에 화끈하게 씻는 즐거움을 맛봤다.

그동안 밀린 빨래까지 다 해서 널어놓고, 테라스에 나와 앉아 해바라기를 하며 병든 닭처럼 졸고 있는 지금. 어디선가 마을 아낙네들이 말다툼하는 소리가 자장가처럼 들려오고, 산들바람이 불어와 햇살에 달구어진 뺨을 식혀준다. 살아있다는 사실이 새삼 경이롭고 감사한 순간이다. 내 얼굴로 달려드는 이 파리떼만 없다면 감동의 깊이가 달라질 텐데…….

아, 졸려서 안 되겠다. 한숨 자고 와야겠다.

그 사이 숙소에 미국인 한 사람이 들었다. 낮잠 자다가 이 사람 코 고는 소리 때문에 깼다! 네팔에서 처음 만나는 미국인이다. 미국 정부가 네팔을 '여행 위험 국가'로 분류해놓아서 이곳에선 미국인 찾아보기가 하늘의 별 따기다.

이 친구 다니엘은 올해 마흔 두 살인데, 생긴 모습으로 일단 사람을 위협한다. 덩치는 산만해서 머리와 수염은 되는대로 기른 장발이지, 옷차림도 '프론티어' 정신을 그대로 구현한 데다, 아무리 좋게 봐줘도 선한 인상이라고 할 수는 없다. 인상 험한 사람을 보면 움츠러들기부터 하는

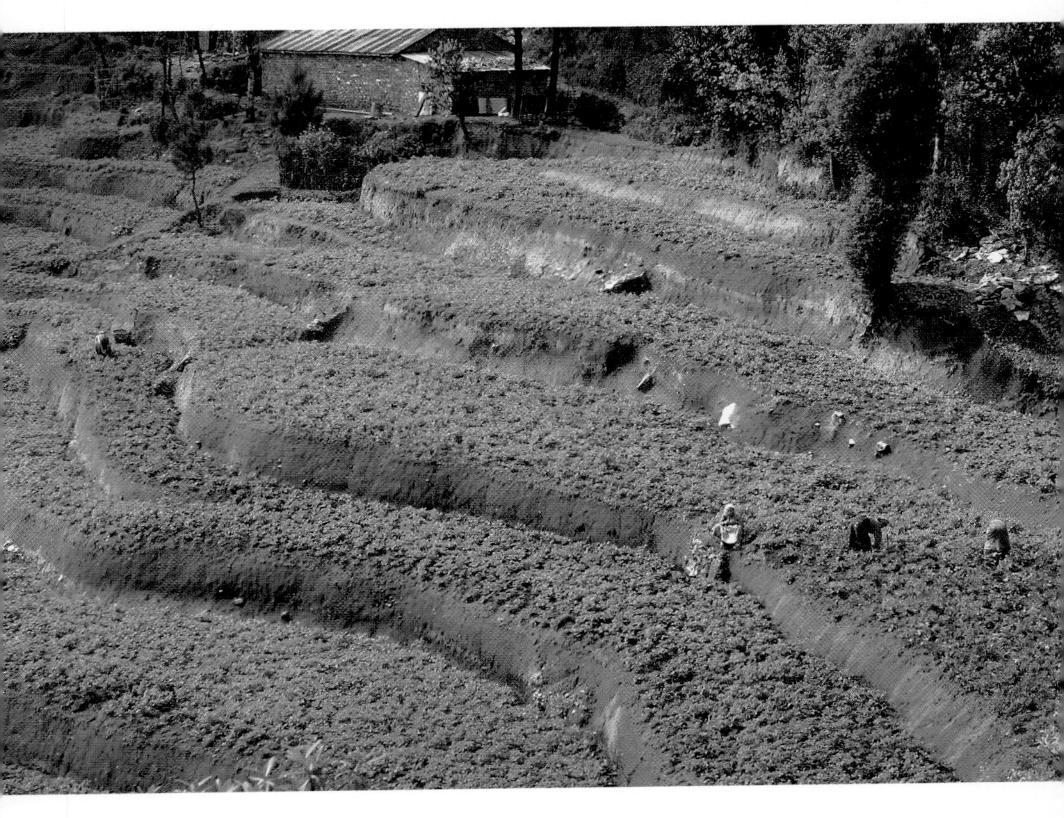

계단식 밭 가득 감자를 심었다.

나인지라 당연히 고개만 까딱하고 말을 걸지 못했다.

다니엘이 내게 말을 걸어온 건 내 책의 표지를 봤을 때였다.

"이거 《운디드니에 나를 묻어주오》 맞지?"

나는 반가운 마음에 얼른 대답한다.

"맞아. 너도 읽었니?"

"그럼, 몇 번을 읽었어. 정말 좋은 책이지."

그렇게 다니엘과의 대화가 시작됐다.

다니엘은 1992년부터 1997년까지 우리나라 대학에서 영어강사를 했다. 한국어는 못하지만 한국에 관해 꽤 알고, 한국 음식도 사랑해서 네팔에 온 후 한국 식당을 벌써 세 군데나 찾아갔다고 한다. 그런데 놀라운 건, 이 친구가 지난 25년간 피워오던 담배를 6개월 전에 끊었고, 20년 가까이 애용해온 마리화나 역시 3개월 전에 끊은 후, 지금은 술을 끊으려 한다는 사실이다. 다니엘이 내게 말한다.

"난 내 몸을 정화하러 네팔에 왔어."

그토록 애용해온 담배와 약과 술을 끊을 결심을 어떻게 했을까? 다니엘 말로는 지난 3년간 아프리카 여행을 하면서 에티오피아 여자친구를 사귀었는데, 어느날 그 친구가 그랬단다.

"넌 지난 20년간 술, 담배, 약을 하면서 살아왔으니 앞으로 20년은 그것들 없이 살아보는 게 어때? 새로운 경험이잖아?"

다니엘에게는 이 한마디가, 술, 담배, 약이 신체와 정신에 미치는 온갖 부정적인 영향을 논하면서 끊기를 요구하는 긴 말들보다 훨씬 명확하고 설득적이었다고 한다. 그래서 바로 끊을 결심을 했단다.

"그래, 새로운 세계와의 만남이 어때?"

"우선 그사이 몸무게가 10킬로그램이나 늘어서 좀 부담스러워. 그리고 아직은 솔직히 내가 이것들(술, 담배, 약) 없는 세상을 원하는 건지 잘 모르겠어."

"좀 더 기다려봐. 새 세상이 주는 즐거움도 찾아낼 테니."

"솔직히 내가 즐겼던 건 술, 담배, 약을 통해 얻는 위안이나 효과보다는 그것들을 통해 이루어지는 사람들과의 만남과 그 문화 자체였어. 근데 이제 내 삶의 가장 큰 부분을 잃는다 생각하니 좀 두렵기도 해."

마리화나 이야기를 하다 보니 다니엘은 완전히 '약박사'다. 코카인, 헤로인, 아편, LSD, 해시시 등 안 해본 약이 없고, 각 약에 대해 모르는 게 없다. 제조 과정부터 원료, 효과와 증상 및 각각의 차이점과 부작용까지 일목요연하게 강의를 해주는데, 그 깊이와 수준이 거의 박사급이다.

다니엘의 주장에 따르면 마리화나 같은 '소프트 드럭'이 불법인 건 여러 가지 사회 · 정치적인 이유가 있다고 한다. 첫째, 담배는 재배하기가 어렵지만 마리화나나 아편은 씨만 뿌리고 온도만 맞춰주면 누구나 쉽게 기르고 수확할 수 있어서 담배 제조업자들에게 큰 위협이 된다는 거다. 둘째, 아무래도 약을 사용하다 보면 불규칙한 생활을 하고 게을러지기가 쉽기 때문에 기업가들에게 위협이 된단다. 물론 사회 · 정치적으로도! 셋째, 절제하지 않으면 자꾸 더 강한 효과의 약을 찾게 되는 중독성의 위험 때문인데, 이건 사소한 부분이란다. 실제로 중독성만 따지고 들자면 담배나 술이 마리화나보다 더 강하다는 주장이 설득력 있게 받아들여지고 있단다.

"하지만 약을 오래하면 몸이 망가지는 거 아니야?"

"그건 사실이야. 나 같은 경우엔 너무 오래 마리화나를 해서 폐에 통증이 심해지고, 청력이 떨어지고, 무엇보다 기억력이 급격히 감퇴했거든. 어느 날부터 당구를 치면 내 공이 무슨 색깔인지 헷갈리더라고. 한때 자동차 정비소를 운영했는데, 연장을 가지러 장비실에 들어갔다가 뭘 가지러 왔는지를 잊어버려 돌아 나오는 일이 자꾸 생겼어. 이러다가는 내가 좋아하는 체스를 둘 때 내 말이 흰색인지 검정색인지도 매번 물어야 하는 사태가 생길까 겁이 날 정도였지."

그럴 즈음에 여자친구의 한마디가 그의 뇌리를 흔든 거다. 앞으로 술은 친구들과 가끔씩 할지 몰라도 담배와 약만은 다시 안 할 거라고 한다.

대학에서 저널리즘을 전공한 다니엘은 다방면에 아는 것도 많고, 세상을 보는 눈도 꽤 날카롭고 비판적이다. 그러면서도 친구와 우정과 여행을 사랑하는 따뜻한 사람이다. 이 친구 여행일지가 얼마나 예쁘게 만들어져 있는지 깜짝 놀랐다. 직접 그린 그림과 오려 붙인 사진들로 가득 차 있었던 것이다.

한 가지 안타까운 건, 내가 만난 사람들 중에 미국이라는 나라와 '제3세계'에 대해 균형 잡힌 시각을 가진 미국인들은 왜 이렇게 주류사회에서 벗어난(자의로든 타의로든) '아웃사이더'들이 많은가 하는 거다. 이런 사람들 역시 사회 속에서 자리를 지키며 미국 사회의 우경화를 막아주는

어지러울 정도로 가파른 경사의 계단식 논.

역할을 하면 좋을 텐데……. 아무튼 다니엘과 함께한 저녁시간은 기대 이상으로 즐거웠다. 아프리카와 미국 여행에 대한 정보도 많이 얻었고.

.. 날씨 : 맑음
.. 걸은 구간 : 타레파티(3,690미터) – 마긴고트(3,220미터) – 쿠툼상(2,470미터)
.. 소요 시간 : 4시간

트레킹 열아흐레째

길었던 하루가 끝나고, 주문한 저녁이 나오길 기다리며 식당에 앉아 있는 지금. 《나를 운디드니에 묻어주오》 마지막 장을 덮었다.

슬픔과 분노로 가슴이 먹먹하다. 인간이 다른 인간에 대해 지니는 이런 폭력적인 편견과 잔혹한 시선이 과연 오래 전 일인가를 생각해보면 그렇진 않은 것 같다. 우리는 여전히 수많은 편견과 벽 속에서 살아가고 있으니. 장애인에 대해, 여성에 대해, 이주 노동자들에 대해, 성적 기호가 다른 이들에 대해, 다른 종교적 신념을 가진 이들에 대해. 좁게는 나와 다른 방식으로 살아가는 이들에 대해 여전히 단호하고 완고한 시선을 고수하고 있는 건 아닌지 돌아보게 된다. 그걸 생각해보면 인류의 진보와 평등이라는 건 아직도 먼 꿈 같고, 인간의 이성에 대한 신뢰 역시 어리석은 집착같이 여겨지기도 한다.

우울한 생각은 이제 그만하고 싶다. 오늘은 산에서의 마지막 밤이니까.

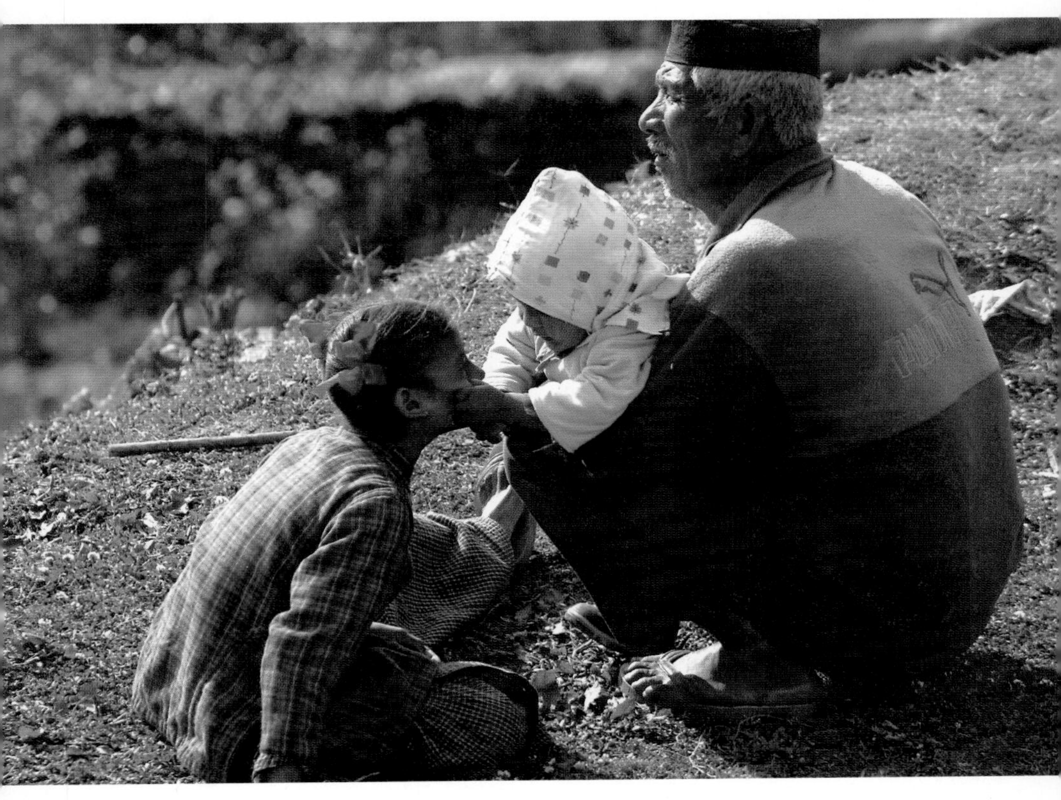

봄볕을 쬐며 쉬고 있는 할아버지와 손녀들.

내일 오후면 난 카트만두로 돌아가게 된다. 그래서였나, 오늘은 정말 긴 하루였다.

새벽 다섯 시 반에 깨어났을 때 내 방 창문으로는 여명이 비쳐들고 있었다. 침대에 누워 아침을 맞는 기분이 좋았다. 침낭 속에 누운 채로 하늘빛이 조금씩 변해가며 아침이 오는 모습을 지켜봤다. 마침내는 밖으로 나가 잠든 산을 깨우며 붉은 태양이 솟아오르는 모습을 바라보았고. 행복한 아침이었다.

아침 먹고 다니엘과 작별 인사를 한 뒤 언제나 같은 무게인 배낭을 멨다. 일곱 시부터 걷기 시작했는데, 정말 걸어도 걸어도 절대로 끝나지 않는 길이었다. 치플링(Chipling 2,470미터)에서 점심 먹기 전까지 네 시간 걷고, 점심 먹은 후에 다시 세 시간 가까이 걸었으니 꽤 오래 걸은 셈이다. 나중엔 마을 사람들이 짜고선 치소파니가 아닌 엉뚱한 곳으로 가는 길을 알려주는 게 아닌가 하는 망상에 시달리기까지 했다. 치플링을 지나고 나니 여기저기에 붉은 현수막들이 걸려 있다.

'미제국주의에 종말을!'

'왕과 왕실 군대에 죽음을!'

'마오이스트 지역에 온 것을 환영한다!'

마침내 목적지인 치소파니(Chisopani 2,215미터)에 도착했을 땐 거의 쓰러지기 직전이었다.

스타일은 없지만 그래도 소파와 탁자까지 갖추고 있는 방에 짐을 풀고, 씻고, 빨래하고, 뜨거운 우유 한 잔을 마시고 나니 살 것 같다. 이 동네의 집들은 전부 제대로 지은 양옥집이다. 당연히 방값도 비싸다. 이제 내일이면 난 '문명세계'로 '귀환'한다. 우선은 '짱'에서 김치찌개로 밥을 먹고, 피시방 가서 3주 만에 편지 확인하고, 침낭이 아닌 이불 속에서 팔다리 쭉 뻗고 푹 자고 싶다! 산에서 내려가는 게 아쉽긴 하지만, 오랜만에 즐길 문명의 혜택도 기다려진다.

.. 날씨 : 맑음
.. 걸은 구간 : 쿠툼상(2,470미터) – 치플링(2,470미터) – 치소파니(2,215미터)
.. 소요 시간 : 7시간

트레킹 스무날째

오늘도 긴 하루였다. 나의 부주의로 세 시간 반이면 끝낼 수 있는 일정을 여섯 시간이나 걸려 끝냈으니. 사람이라고는 눈 씻고 찾아봐도 보이지 않는 도로를 나 혼자 걸으며 느꼈던 그 불안과 공포라니! 지금 생각해보면 추억이지만, 걷고 있던 그 순간에는 불안한 감정이 나를 뒤흔들었다. 마을에서 오른쪽 언덕길로 올라갔어야 했는데 대로를 따라 걷느라 우회 도로로 들어서서, 결국 세 시간 가까이 더 걸은 셈이 됐다.

어쨌든 트레킹은 20일 만에 무사히 끝났고 난 카트만두에 돌아와 있다. 산에서는 겨울과 봄을 오가는 날씨였는데 이곳에 오니 여름이다. 산에서 보낸 시간을 돌이켜보면 저절로 미소가 지어진다. 몸은 고되어도 마음은 바람에 나부끼는 깃발처럼 자유롭게 펄럭이던 날들이었다. 머물고 싶은 곳에 머물고, 떠나고 싶을 때 떠날 수 있는 즐거움으로 충만했다. 아침 일찍 깨어 산 너머로 떠오르는 붉은 해를 본 후, 짐을 꾸려 걷고 싶은 만큼 걷다가 오후가 되면 머물 곳을 찾고, 마음이 내키면 한 곳에서 사나흘씩 머물다 다시 짐을 꾸리는 생활. 더 이상 바랄 것도 없고 부족한 것도 없는 시간이었다.

'자신을 믿고, 자신이 하는 일을 믿으면 결국 자기 자신의 모습으로 끝까지 남아 있을 수 있다.' 영화 〈부에나 비스타 소셜 클럽〉을 만든 감독 빔 벤더스가 한 말이다. 혹한의 시절을 견디며 끝까지 자기 자신을 포기하지 않았던 쿠바의 음악인들을 보며 얻은 깨달음이라고 한다.

나는 지금 내 자신을 믿고, 내가 하는 일을 믿고 있다. 이 긴 여행을 끝내는 날, 내가 그 무엇도 아닌 나 자신의 모습으로 남기를 바랄 뿐이다. 이 긴 길에서 내가 찾아내는 것이 성장하고 단련된 자기 자신의 모습, 내 안의 부처이기를…….

.. 날씨 : 맑음
.. 걸은 구간 : 치소파니(2,215미터) – 순다리잘(1,460미터)
.. 소요 시간 : 6시간

풍경 하나_쏘롱라에서 묵티나트까지

안나푸르나 산군을 따라 반시계방향으로 도는 '안나푸르나 어라운드'. 그 길의 처음이자 마지막 고비는 5,416미터의 쏘롱라(Thorong La) 고개. 새벽 다섯 시가 조금 넘어 길을 나섰을 때, 바람은 죽비처럼 뺨을 때렸고, 길은 아직 어두웠다. 그 이른 아침부터 묵티나트에 내려선 오후 두 시까지, 얼어붙은 길은 영원히 끝나지 않을 것처럼 굽이치며 길게 이어졌다. 꼬박 여덟 시간 동안 아무것도 먹지 못한 채 걷고 또 걸어야만 했다. 가쁜 숨을 내쉬며 주위를 둘러보면 푸른 하늘과 눈 덮인 산뿐. 길은 험하고, 험한 만큼 아름다웠다. 마침내 묵티나트. 육체적 한계를 넘어선 끝에 정신의 지평선까지 확장된 듯한 기분이었다.

체력과 인내력의 시험장 쏘롱라 고개는 안나푸르나 일주 코스에서 가장 힘든 관문이다.

먼지바람 날리는 자갈길을 달려 묵티나트 넘어가는 길.

풍경 둘_황량해서 아름답고 아름다워서 슬픈 길

쏘롱라를 넘어 마을로 들어서면 풍경은 다시 변한다. 이 마을은 8천 미터가 넘는 고봉인 다울라기리 산군에 둘러싸여 있다. 흰 산과 자갈 덮인 사막 같은 불모의 땅 옆으로는 보리가 자라는 푸른 논과 하얀 집들이 펼쳐진다. 때는 5월, 나무마다 새순이 막 돋기 시작했다. 연둣빛 여린 속살이 눈부셔 발걸음은 절로 느려졌다.

가파른 바위 절벽길을 통과해 에클로바티 마을을 지나면 자갈길이다. 절벽에서는 자갈이 굴러 떨어지고, 온몸을 날릴 듯 불어오는 강풍이 코와 눈, 입 속으로 모래를 밀어 넣는다.

묵티나트에서 자갈콧, 킨가르, 에클로바티를 지나 좀솜과 마르파로 이어지는 길. 이 길은 황량해서 아름답고, 아름다워서 슬프다. 세상의 모든 아름답고 슬픈 길은 위험하다. 꽃 피는 시절에 만나 꽃 지는 시절에 헤어진 오랜 이름까지 고스란히 다 불러내고 마는 길의 힘.

그리운 얼굴을 품고 있다면 안나에는 오지 말라고 말하고 싶다. 바다의 물결이 달을 살찌우듯 안나는 사람의 그리움을 키우고 또 키워 마침내 울게 만들지도 모르니까.

풍경 셋_5월에 내리는 안나푸르나의 눈

안나푸르나를 도는 동안 가끔씩 비가 내렸다. 빗소리가 밤새 낡은 슬레이트 지붕을 두드리고 간 다음날 아침에도 여전히 비가 그치지 않을 때가 있었다. 그런 날이면 빗속을 뚫고 앞으로 나아갈 일이 심란했다. 빗길에 미끄러져 당나귀 똥 범벅이 되는 기분이라니! 하지만 '우중산행'에는 묘한 매력이 있다. 구름과 비, 바람과 안개가 만들어내는 진경산수화를 제대로 감상할 수 있다는 것, 자연의 색이 제대로 깊어지고 은은해져 맑은 날에는 느끼지 못할 풍경을 볼 수 있다는 것은 빗속을 걷는 이에게만 주어지는 선물이다.

가끔씩 바람이 구름을 몰고 다니는 사이로 높고 흰 산의 이마가 드러날 때면 숨을 멈추고 그 자리에 서서 오래 바라보고는 했다. 그럴 때면 키 큰 소나무와 잣나무들 사이를 지나가는 바람이 쏴쏴쏴 파도소리를 내기도 했다.

그렇게 며칠간 비를 만난 후 별안간 내린 폭설에 발이 묶였다. 마낭으로 가기 전, 브라가에서였다. 눈은 이틀 동안 쉼 없이 내렸다. 꽃이 피고, 새 잎이 돋고, 햇살이 뜨거워지는 5월에 내린 눈이었다. 통나무집의 식당에서는 어린 친구들이 기타를 치며 알 수 없는 이국의 노래를 부르곤 했다. 그 곁에서 눈보라 휘몰아치는 소리를 들으며 앉아 있으면 고요하게 흘러가는 시간의 초침소리가 들리는 것 같았다.

안나푸르나 일주 구간에 있는 브라가 마을의 곰파(티베트 절). 5월인데 폭설이 쏟아졌다.

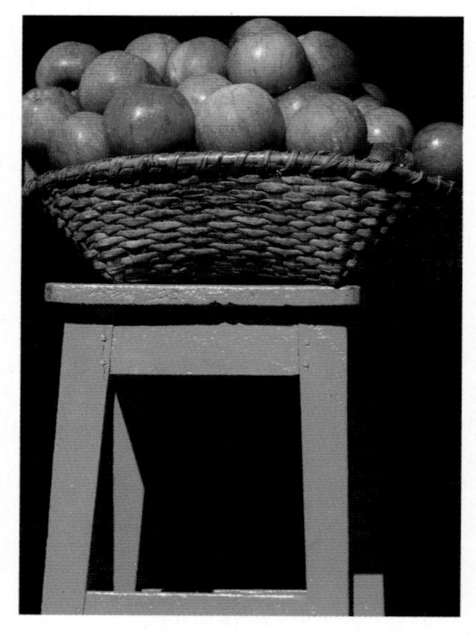

좀솜 트레킹에서 만나는 예쁜 마을 마르파는 사과와 애플와인의 산지다.

풍경 넷_애플와인 두 병

마르파는 사과로 유명한 마을이었다. 어떤 이들은 안나푸르나의 길에서 가장 어여쁜 마을로 꼽기도 한다. 하얀 석회칠을 한 집들과 길게 늘어선 돌담, 좁은 골목과 채색한 창틀은 그 자체로 그림이었다. 골목에서는 아이들이 고무줄을 하며 뛰놀고 들판은 온통 사과밭, 사과밭 뒤로는 눈 덮인 산이었다. 마을의 풍경에 취해서일까. 술도 못 마시는 처지에 마을의 특산주라는 애플와인 두 병을 사는 실수를 저질렀다. 내려가야 할 먼 길은 생각지 않고, 그저 카트만두로 돌아가 술잔을 나누고픈 벗들의 얼굴만 떠올리며. 산을 내려오는 사흘 내내 다리를 휘청거리며 마셔버릴까, 던져버릴까를 고민했다.

풍경 다섯_달빛 산행과 온천

좀솜 트레킹에서였다. 설산 위로 보름달이라도 떠오르면 밤은 또 다른 세상을 열었다. 크고 둥근 달이 설산 위로 떠올라 길을 환히 비춘다. 강물은 달빛을 받아 반짝반짝 빛나고, 길게 늘어진 그림자가 말없이 따라온다. 이효석의 소설에 나오는 장돌뱅이라도 된 듯, 헐거워진 마음으로 그득한 달빛을 따라 걷는 길. 소금을 뿌린 듯 하얗게 빛나는 메밀꽃은 없지만 곁에는 동행이 있다. 1930년대 이전의 트로트만 불러주는 일찍 늙어버린 남자가 있고, 가까이 있는 것만으로도 온기가 전해지는 여자와 아직은 세상이 만만해 열정이 가득한 청년이 있었다.

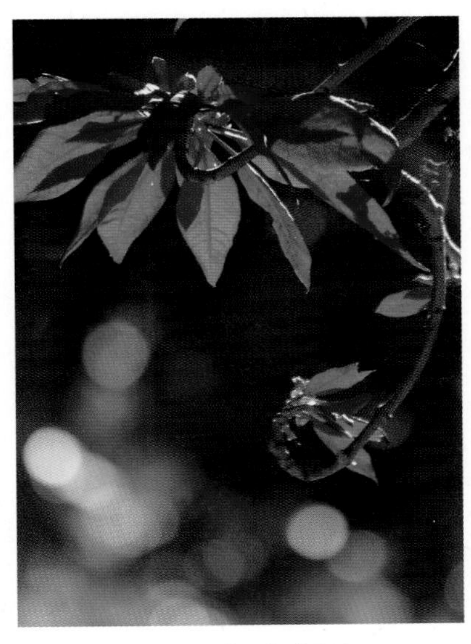

따또파니 노천탕의 영롱한 나뭇잎.

산을 내려오는 길에 따또파니 마을을 만났다. '따또파니'는 네팔어로 '뜨거운 물'이라는 뜻이다. 이름처럼, 마을의 온천은 뜨겁다. 해발 고도 2천 미터가 넘는 곳에 자리 잡은 노천탕이다. 탕 속에 몸을 담그고 눈을 들면 파란 하늘 끝자락에 게으른 흰 구름이 어슬렁거린다. 탕 속 바위에 책을 올려놓고 연암을 읽었다. 책 읽기가 지겨워지면 나무에서 갓 딴 오렌지로 즙을 낸 주스를 마시거나, 물처럼 따뜻한 여자와 모국어로 두런두런 이야기를 나누었다.

부 록

네팔 트레킹을 떠나요!

트레킹이 뭔가요?

'트레킹(trekking)'이라는 단어는 원래 남아프리카의 네덜란드계 주민인 보어인의 언어 'trek'에서 왔다고 합니다. 이 말은 '우마차를 타고 여행하다'라는 뜻으로, 달구지를 타고 정처 없이 집단 이주한 데서 유래되었습니다. 그 후 1960년대에 네팔 정부가 히말라야를 관광 상품으로 내놓으면서 '트레킹'이라는 단어가 본격적으로 사용되기 시작했습니다.

그 유래에서 느껴지듯 트레킹은 등산과는 다릅니다. 한마디로 산 사이로 난 길을 따라 천천히 걸으며 하는 여행이지요. 특별한 등산 기술이나 전문적인 산악 장비의 도움 없이도 즐길 수 있는 도보 여행입니다.

트레킹은 몸과 마음에 휴식을 주기 위해 떠나는 여행입니다. 하루에 걷는 거리는 보통 15킬로미터 내외지만 정해진 규칙이나 거리는 없습니다. 가끔 히말라야에서도 속도전을 치르듯 트레킹을 해치우는 우리나라 사람들을 볼 수 있는데, 눈앞에 펼쳐지는 풍경과 만남을 느긋하게 즐기는 마음의 여유를 잃지 않았으면 합니다.

왜 네팔인가요?

이 넓은 지구 위에 트레킹을 즐길 수 있는 곳은 많고 많지요. 그런데 왜 네팔이어야 하냐구요?

지구에 있는 8천 미터급 봉우리 열네 개 중에 여덟 개가 네팔에 있기

좀솜 트레킹 중 먼지바람이 부는 길을 걸어가는 트레커들.

때문만은 아닙니다. 네팔에는 최소한의 경비로, 최대한의 편리를 보장받으며, 최상의 풍경을 접할 수 있는 트레킹 코스가 가득하기 때문입니다. 아열대 정글에서부터 빙하와 얼음 골짜기까지 네팔의 자연이 열어주는 풍경은 너무나 다양하고 경이롭습니다. 게다가 난이도도 그리 높지 않답니다. 히말라야 트레킹은 전문 산악인들만이 할 수 있는 일이 절대 아닙니다. 물론 추위나 고산병, 산사태 등의 예기치 않은 위험이 있기도 하지만 보통의 체력을 가진 사람이라면 누구나 할 수 있답니다.

네팔에는 개인의 경험과 체력, 주어진 시간에 따라 선택할 수 있는 다양한 트레킹 코스가 개발되어 있습니다. 두세 시간 거리마다 숙소가 있어 하루에 걷는 거리를 조절할 수 있고, 곳곳에 찻집과 식당이 있어 음식에 대한 걱정도 할 필요가 없습니다. 길이 잘 닦여 있어 길을 잃을 염려도 없구요.

네팔에서의 트레킹은 고립된 산간 지역으로 들어가 혼자서 줄곧 걷기만 하는 그런 트레킹이 아닙니다. 그곳에는 다양한 문화와의 만남이 기다리고 있습니다. 오래된 삶의 방식을 그대로 지켜온 산간 부족 마을에서 그들이 살아가는 모습을 가까이에서 볼 수 있지요.

그리고 또 히말라야 트레킹에는 역사가 있습니다. 조지 맬러리와 라인홀트 메스너, 텐징 노르가이와 엄홍길에 이르기까지 미지의 세계를 개척한 산악인들의 자취가 가득합니다. 히말라야 트레킹은 인류의 오랜 도전과 꿈, 한 개인의 영광과 좌절을 따라가는 특별한 여행입니다.

언제 가야 하나요?

가장 좋은 트레킹 시기는 비가 내리지 않는 때입니다. 즉 9월 중순부터 5월 중순까지입니다. 그중에서도 우기가 끝나 설산이 가깝고도 선명하게 보이는 10월과 11월이 최적기입니다. 기온도 낮에는 20도 전후(고도 1천~3천 미터)이고 밤에도 영상 5도 정도여서 걷기에 좋구요. 하지만 이 시기는 전 세계에서 트레커들이 몰려들어 비행기와 호텔이 가득 차고, 고즈넉한 트레킹을 포기해야 한다는 단점이 있습니다.

12월부터 2월까지는 상대적으로 고요하며 시야도 여전히 좋습니다. 하

5월의 안나푸르나는 연둣빛 새순의 나무들이 생기를 더한다.

지만 3천 미터 이상의 고지대로 올라갈수록 추위와 눈 때문에 힘들어집니다. 이 시기의 에베레스트 트레킹은 인내력을 요구하는 트레킹이 될 수도 있구요. 안나푸르나 지역은 12월 말부터 3월 말까지 쏘롱라의 통행이 막혀 일주가 불가능해집니다.

3월부터 5월까지는 날씨가 따뜻하고(저지대에서는 덥습니다) 비도 내리지 않으나 안개가 시작되고 먼지가 많이 날려 설산을 가리기도 합니다. 그러나 저는 이 시기의 트레킹이 아주 좋았습니다. 날씨도 그리 나쁘지 않고 트레킹 구간이 붐비지도 않았으며, 무엇보다 야생화와 설산을 함께 볼 수 있어 잊지 못할 시간을 보냈으니까요. 시기를 맞출 수 있다면 랄리구라스가 만개하는 4월의 랑탕 트레킹, 잎이 돋고 꽃이 피어나 봄빛이 짙어가는 5월의 안나푸르나 일주를 추천합니다.

가장 나쁜 시기는 6월부터 9월입니다. 이때는 우기라 매일 비가 내립니다. 하루 종일 내리는 비는 아니기에 트레킹을 할 수는 있습니다. 하지만 약간의 인내가 필요하지요. 가장 나쁜 건 거머리들〔네팔어로 주카(jukha)라 합니다〕에게 원치 않는 헌혈을 해야 한다는 점입니다. 신발, 모자, 옷 여기저기서 꾸물거리는 거머리들이라니! 피를 나눈 사이기에 사랑으로 대하겠다는 각오가 서지 않는다면 '우중산행'은 포기하는 게 어떨까요. 게다가 설산은 자주 구름에 가려 있고, 길은 미끄럽고 진창이며, 종종 다리나 길이 비에 쓸려가 버리기도 합니다. 즉 비, 거머리, 진흙탕길, 설산이 사라진 풍경 등에 특별한 애착이 없다면 이 시기의 트레킹은 권하고 싶지 않습니다.

대신 6~9월에는 트레커의 수가 드물고, 온갖 꽃들이 피어나고 녹음이 우거지는 시기라는 장점도 있습니다. 참, 안나푸르나 일주 코스나 에베레스트 지역에는 거머리가 별로 없답니다. 거머리 최다 출몰 지역은 안나푸르나 베이스캠프 지역, 푼힐 지역이라네요.

비용은 얼마나 드나요?

항공료는 제외한 현지에서의 비용을 말씀 드릴게요. 우선은 국립공원 입장료가 있습니다. 에베레스트와 랑탕 지역의 국립 공원 입장료는 일인당 1천 루피(약 23,000원), 안나푸르나 지역은 일인당 2천 루피입니다.

트레킹 중의 하루 생활비는 숙소와 음식을 포함해 일인당 10달러 내외로 잡으면 됩니다. 음주 · 흡연 여부, 식사량 등에 따라 더 적기도 하고, 더 많기도 합니다. 만약 포터나 가이드를 고용하게 된다면 포터의 임금은 보통 하루 8달러, 가이드는 15달러를 예상하면 됩니다(이 비용에는 포터와 가이드의 숙박비, 식비가 다 포함되어 있습니다).

네팔에서 트레킹 출발지로 항공편을 이용하여 이동할 경우, 항공 요금은 다음과 같습니다.

카트만두-포카라 편도: 70달러(히말라야 설산을 즐기려면 오른쪽에 앉으세요)
카트만두-루클라 편도: 95달러(왼쪽에 앉으세요)
포카라-좀솜 편도: 65달러

트레킹 예약은 한국에서 해야 하나요?

히말라야 트레킹을 준비하는 방법은 두 가지가 있습니다.

첫째는 한국에서 여행사를 통해 모든 준비를 진행하는 방법입니다. 즉 단체 여행을 하는 거지요. 네팔 트레킹을 전문으로 다루는 여행사의 상품을 선택하면 항공권부터 포터며 가이드 고용 등의 모든 준비과정을 여행사에서 다 진행해줍니다. 안전하고 편리한 트레킹이 보장되는 대신 비용은 올라가고, 단체로 움직이기 때문에 정해진 일정을 따라야 하는 제한이 있습니다.

두 번째 방법은 한국에서는 항공권만 끊고, 네팔 현지에서 직접 트레킹 준비를 하는 겁니다. 카트만두나 포카라의 모든 호텔에서 포터와 가이드를 소개해줍니다. 한국인이 운영하는 현지 여행사와 숙소도 있구요. 그런 곳에 머무른다면 한국인 동반자를 구해 함께 트레킹을 할 수도 있습니다. 발품을 팔아야 하는 대신 비용이 저렴하고, 일정을 자유롭게 조절할 수 있다는 게 장점이지요.

트레킹 장비를 네팔에서도 구할 수 있나요?

카트만두의 여행자 거리 타멜이나 포카라의 레이크 사이드 지역에는 등산 장비점이 꽤 많습니다. 간혹 질 좋은 제품을 저렴하게 구입할 수도 있지만 대부분의 가게는 '짝퉁' 장비를 판매하기 때문에 품질에 문제가 있을지 모릅니다. 그러니 가급적 한국에서, 필요한 장비를 전부 준비해 가시기 바랍니다. 만약 장비 없이 네팔에 도착했다면 카트만두나 포카라의 장비점에서 돈을 내고 장비를 대여할 수도 있습니다.

네팔 트레킹을 하려면 특별한 훈련이 필요한가요?

전반적으로 네팔의 트레킹은 그리 어렵지 않습니다. 물론 겨울철에 에베레스트 지역을 트레킹 한다면 약간의 각오가 필요합니다. 또 안나푸르나 일주 코스 중의 쏘롱라처럼 체력적으로 힘이 드는 구간도 있구요. 하지만 대부분의 코스는 지리산 종주보다 힘이 덜 든다고 해도 될 정도입니다. 고산병만 주의하며 천천히 오른다면 누구나 트레킹을 즐길 수 있습니다. 게다가 마을이나 숙소가 자주 나오기 때문에 개인의 체력적 조건에 맞춰 걷는 거리를 조절할 수 있어 더 부담이 적지요.

그렇다 해도 명색이 히말라야인데(!) 일생에 한 번뿐일지도 모를 히말라야 트레킹을 준비 없이 맞기엔 좀 미안하죠? 동네 뒷산을 오르거나 꾸준히 걷는 연습을 통해 미리 미리 체력을 비축해두는 게 좋습니다. 특히 포터나 가이드 없이 혼자 트레킹을 할 계획이라면, 적어도 필요한 장비를 다 꾸려 지리산 종주라도 한번 하고 가기를 추천합니다.

준비물은 뭐가 있나요?

네팔은 제주도보다도 훨씬 남쪽에 위치해 겨울철에도 그리 춥지 않습니다. 2천 미터 이하에서는 눈도 거의 내리지 않구요. 하지만 3천 미터를 넘는 트레킹이라면 장비를 잘 준비해 가야 합니다. 해발고도가 높은 곳에서는 날씨가 순식간에 변합니다.

제가 5월 초에 안나푸르나 일주를 하고 있을 때였는데 낮에는 여름 날씨이다가 오후부터 폭설이 쏟아져 이틀간 발이 묶이기도 했습니다. 3천 미터를 넘는 곳에서는 기본적으로 봄 · 가을 옷을 입고 산행하되, 악천후를 대비해 두꺼운 옷을 준비해야 합니다. 등산용 장비는 한숨이 나올 정도로 비쌉니다. 기능성 소재이기 때문이지요. 대신 비싼 값을 합니다. 목숨과 직결되는 장비들이니 기회가 될 때마다 하나씩 준비해보면 어떨까요? 꼭 필요한 장비는 다음과 같습니다.

1. **오리털 침낭** 가장 중요한 장비입니다. 숙소의 방에는 난방 시설이 전혀 없습니다. 여름철이라 해도 트레킹 코스가 3천 미터를 넘는다면 여름용 침낭으로는 밤새 추위에 시달리게 됩니다. 코스와 계절, 추위에 대한 본인의 저항력 등을 고려해 미리 준비합니다. 오리털이나 거위털 소재로, 다운 함량 최소 8백 그램 이상을 권합니다. 만약 겨울철 트레킹이라면 동계용(다운 함량 1,200그램)을 준비해야 합니다. 현지에서 임대(하루 50~100루피)할 수도 있지만 품질이나 위생 상태가 좋지 않을지 모릅니다.
2. **방수 잠바** 방수, 방풍, 투습이 되는 고어텍스 잠바
3. **등산화** 튼튼하고 방수가 잘 되며 발목을 보호해주는 목이 긴 등산화여야 합니다. 간혹 젊은 친구들이 운동화 신고 다녀왔다고 자랑하는(?) 모습을 봤는데, 눈이라도 내리면 동상에 걸릴 위험이 있기 때문에 꼭 등산화를 준비하시기 바랍니다. 현지에서 대여할 수도 있습니다.
4. **기능성 바지** 봄가을용 두 벌. 만약 에베레스트 지역이나 안나푸르나 일주 코스라면 동계용 바지나 내의를 준비해야 합니다. 가장 나쁜 건 청바지입니다. 무겁고 땀 배출이 안 되는 데다 젖으면 잘 마르지도 않습니다. 청바지만은 꼭 피합시다.
5. **셔츠** 반팔 티셔츠 하나, 긴팔 티나 남방을 두세 벌 준비합니다.
6. **보온 잠바** 폴라텍 소재의 보온 잠바는 봄가을 트레킹에도 필수적인 장

눈의 피로를 막기 위한 선글라스와 바라클라바 등은 에베레스트 트레킹의 필수 장비다.

비입니다. 겨울철에는 윈드스토퍼 같은 방풍 잠바가 있으면 더 좋습니다.

7. **속옷** 세 벌. 통기성과 흡습성이 좋아 빨리 마르는 쿨맥스 소재라면 더 좋습니다. 일반 면 소재의 속옷은 말리느라 고생하기도 하지요.

8. **장갑과 양말** 장갑은 폴라텍 같은 보온 소재면 더 좋고, 양말은 두꺼운 모 양말 혹은 쿨맥스 소재 양말을 세 켤레 정도 준비해주세요.

9. **모자** 챙이 넓고 잘 벗겨지지 않는 햇볕 가리개용, 귀와 머리를 충분히 보호해주는 보온용 모자를 각각 준비합니다.

10. 1**리터용 물통** 숙소에서 얻은 물을 담아 트레킹 도중 마시기도 하고, 추운 밤 뜨거운 물을 담아 침낭 속에 넣고 자면 아침까지 따뜻합니다.

11. **자외선 차단제와 입술 연고** 고지대에서는 자외선 투과율이 평지보다 더 높아 피부가 상하기 쉽습니다. 입술도 자주 트고 갈라지기 때문에 입술 연고도 준비해야 합니다.

12. **선글라스** 눈이 많은 곳에서는 눈 반사가 심하므로 꼭 준비합니다. 에베레스트 지역에서는 필수품입니다.

13. **손전등** 전기가 들어오지 않는 곳도 많기 때문에 필요합니다. 밤에 화장실에 가거나 새벽에 짐을 꾸릴 때도 유용합니다.

14. **트레킹 지도** 카트만두 타멜의 서점이나 포카라 시내의 서점에서 좋은 지도를 구할 수 있습니다. 보통 1:100,000 슈나이더(Schneider) 지도를 많이 씁니다. 안전하고 즐거운 여행을 위해 지도 한 장 정도는 꼭 준비합시다.

15. **슬리퍼** 숙소 세면장이나 방에서 쓸 가벼운 고무 슬리퍼. 현지에서 구입해도 됩니다.

16. **비상약품** 밴드, 압박 붕대, 감기약, 지사제, 소화제, 물휴지, 화장지, 진통제, 상처 치료용 연고, 물집용 패드 등

17. **스틱 한 쌍** 양쪽 무릎의 하중을 분산시켜주기 때문에(보통 스틱 하나당 15퍼센트의 무게를 분산시켜준다고 합니다) 피로를 줄여줍니다. 또 눈길이나 계단에서 미끄럼을 방지하는 데도 좋습니다. 양손에 하나씩 사용해야 효과가 강력해집니다.

18. **책** 제가 강력히 추천하는 준비물입니다. 트레킹 도중 식사를 기다릴 때, 숙소에 도착해서 할 일이 없을 때, 잠자리에 들기 전에 책을 읽으며 보

내는 시간은 말로 표현할 수 없을 정도로 평화롭고 행복합니다. 꼭 책 한 두 권을 준비해 대자연 속에서 독서하는 즐거움을 맛보시기 바랍니다.

19. **기타** 카메라나 손전등에 들어가는 건전지는 여유 있게 준비하고, 촛불을 켤 때 필요하니 라이터도 준비합니다. '맥가이버 칼'이라고 불리는 주머니칼도 유용하게 쓰입니다. 사탕과 초콜릿, 과자, 차 등의 간식거리는 현지에서 다 구입할 수 있습니다. 입이 짧으신 분들은 한국에서 라면이나 약간의 밑반찬, 고추장 등을 챙겨 가는 것도 방법이겠지요.

이 외에도 겨울철이라면 안전한 산행을 위해 아이젠(등산화 바닥에 부착하여 미끄럼을 방지하는 도구)이나 스패츠(등산화에 눈이나 흙이 들어가지 않도록 착용하는 각반) 등의 장비를 더 준비해야 합니다.

포터를 고용할 예정이라면 카고백이나 대형배낭을 준비해 그 가방에 모든 장비를 담아 열쇠를 채운 후 포터에게 줍니다. 그날 필요한 간식, 물, 카메라, 귀중품, 여벌의 옷 등은 소형(30리터 전후) 배낭에 넣어 본인이 지고 걷습니다.

필요 없는 준비물 MP3는 두고 가는 게 어떨까요? 산길을 걸을 때 들려오는 물소리나 바람소리가 훨씬 낭만적이지 않나요? 숙소에서도 이어폰을 끼고 있으면 현지인들이나 다른 트레커들과 이야기를 나누고 친구가 되기 어렵겠지요.

대표적인 트레킹 코스는 어디인가요?

네팔의 수많은 트레킹 코스들 중에서 캠핑을 해야 하거나 비싼 입산허가서를 따로 받아야만 하는 코스(무스탕, 마나슬루 지역)는 제외하겠습니다. 곳곳에 숙소가 있어서 저렴한 비용으로 즐길 수 있는 트레킹 코스만 소개합니다. 에베레스트와 랑탕 지역은 별도의 트레킹 허가서 없이 국립공원 입장료만 내면 트레킹이 가능합니다. 트레킹 출발 지점에서 여권 복사본과 1천 루피를 내면 그 자리에서 트레킹 허가서를 내줍니다. 단, 안나푸르나 지역은 ACAP(안나푸르나 자연 보호 지역 프로젝트)가 발행하는 허가서가 필요합니다. 카트만두의 타멜이나 포카라의 레이크 사이드에 있는 ACAP 사무실에서 서류와 사진 1매를 제출하고 국립공원 입장료 2천 루피를 지불하면 바로 발급해줍니다.

여기 소개되는 코스들은 다 제가 트레킹 했던 코스들입니다.

1. **안나푸르나 베이스캠프**(Annapurna Sanctuary Trek **최고도** 4,130**미터**)

가장 인기 있는 코스지요. 일반인들을 위한 트레킹 코스로 네팔에서 가장 먼저 개발된 곳인 만큼 숙박시설과 찻집 등이 잘 갖춰져 있고 난이도도 낮습니다. 인류가 오른 최초의 8천 미터인 안나푸르나 베이스캠프가 최종 목적지입니다. 베이스캠프의 고도가 4,130미터이기 때문에 고산병의 부담도 비교적 적다고 할 수 있습니다. 보통 페디에서 시작해 나야풀로 나옵니다. 소요 기간은 7~10일.

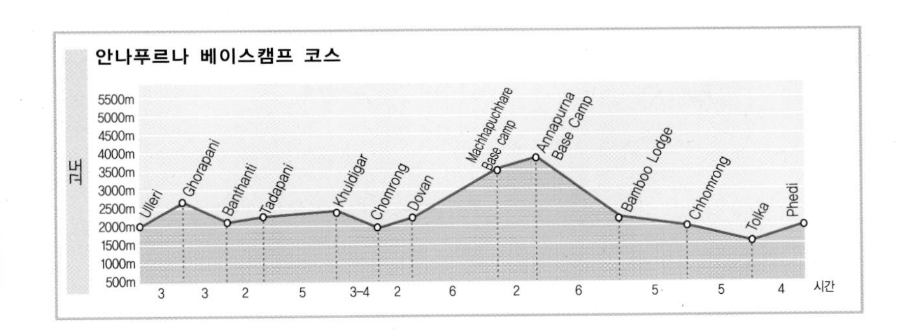

2. **안나푸르나 일주 코스** (Around Annapurna Trek **최고도** 5,416**미터**)

안나푸르나 산군의 외곽을 반시계 방향으로 도는 안나푸르나 일주 코스는 '풍요의 여신'이라는 그 이름답게 트레킹 코스의 여신이라고 할 수 있지요. 꽃이 핀 들판과 나무가 우거진 숲, 연기가 피어오르는 작은 마을이 이어져 풍경도 풍성하구요. 대부분의 마을에 전기가 들어와 밤 늦게까지 책을 읽을 수도 있고, 날마다 뜨거운 물에 샤워를 할 수도 있습니다.

최고 난코스는 5,416미터의 쏘롱라를 넘어 묵티나트로 내려서는 여덟 시간의 길. 이 길은 육체적 · 정신적 한계에 대한 도전이기도 합니다. 대부분의 트레커는 포카라에서 버스를 타고 베시샤하르로 가 그곳에서 트레킹을 시작하는데, 그 이유가 바로 쏘롱라 때문입니다. 서쪽 사면의 경사가 심해 서쪽에서 동쪽으로는 하루에 넘기가 힘들어 보통 동쪽에서 서쪽으로 넘어갑니다.

이 코스에서는 고도가 높아짐에 따라 아열대, 온대, 한대로 변화하는 기

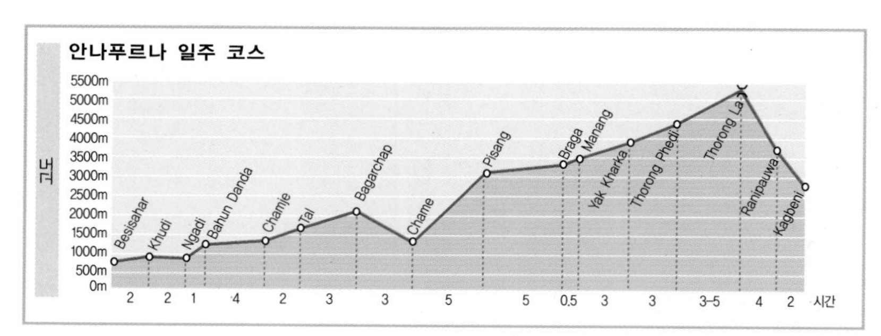

* Kagbeni 이후는 좀솜 트레킹 코스와 이어짐

후와 다양한 식생을 경험할 수 있습니다. 피상, 브라가, 마낭, 카크베니, 마르파와 좀솜 같은 어여쁜 마을, 황량한 아름다움의 묵티나트, 체력의 시험장 쏘롱라 등 다양한 매력이 가득합니다. 단 한겨울에는 눈 때문에 쏘롱라가 막히므로 일주가 불가능해집니다. 총 소요 기간은 15~20일.

3. 좀솜 트레킹 (Jomsom Trek **최고도** 3,798**미터**)

안나푸르나 일주 코스의 절반을 자른 서쪽 지역 트레킹을 부르는 명칭입니다. 나야풀에서 시작해 묵티나트까지 간 후 같은 길을 다시 걸어 내려오거나 좀솜에서 비행기를 타고 하산하는 방법이 있습니다. 이 구간에는 시설이 훌륭한 숙소들이 많고, 작고 어여쁜 마을이 줄줄이 이어지는 데다가 칼리 간다키(Kali Gandaki) 계곡의 풍경도 빼어나 매력적인 코스입니다. 총 소요 기간은 완전 일주시 12일 정도, 한 구간 비행기 이용시 7~8일 소요.

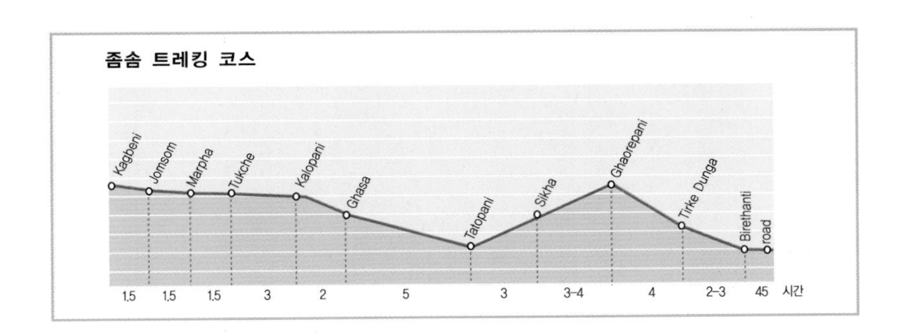

4. **푼힐 트레킹** (Poon Hill Trek **최고도** 3,210**미터**)

2박 3일이라는 최단기간에 최상의 풍경을 접하고픈 이들을 위해 준비된 코스입니다. 장비나 체력 등의 이유로 고산 트레킹이 부담스럽거나 시간이 부족한 사람들이 주로 선택합니다. 8천 미터가 넘는 고봉 다울라기리와 안나푸르나 연봉들을 배경으로 하는 푼힐의 일출은 감동적입니다. 보통은 이틀간 오르고 마지막 날 내려오는 2박 3일의 코스인데, 하루 만의 하산은 무릎에 무리가 갈 수도 있으니 3박 4일을 권장합니다.

5. **에베레스트 베이스캠프 트레킹**

(Everest Base Camp Trek **최고도** 5,545**미터**)

쿰부히말 지역의 가장 대표적인 트레킹 코스입니다. 세계에서 가장 높고, 가장 유명한 산을 찾아가는 트레킹이라 이름값을 좀 합니다. 가을철 성수기에 이 지역을 찾으신다면 일요일 북한산 백운대에 오를 때와 비슷한 체증을 감수하셔야 하거든요. 시간과 경비가 상대적으로 많이 들고,

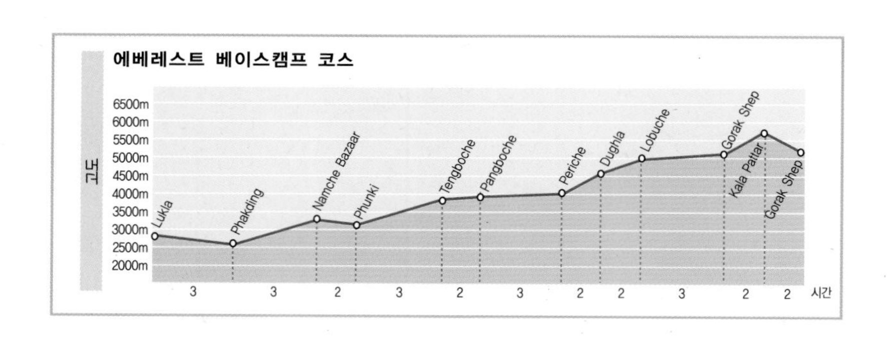

코스의 난이도도 비교적 높습니다. 또 고도 적응을 위한 넉넉한 일정도 필요합니다. 하지만 히말라야의 진정한 매력을 맛보고 싶다면 이 코스를 놓쳐서는 안 됩니다. 세계 최고봉 에베레스트와 로체, 마칼루 등의 8천 미터급 산들을 가까이서 볼 수 있는 이 코스는 막막하고 광활한 야생의 세계를 접할 수 있으니까요.

비행기를 타고 루클라(2,800미터)까지 이동해 그곳에서부터 트레킹을 시작할 수도 있고, 지리부터 걸어가는 일반적인 코스를 선택할 수도 있습니다. 이 경우에는 전체 일정에 일주일을 더해야 합니다.

한겨울에 에베레스트 베이스캠프 트레킹을 한다면 복장과 위생상태를 극한으로까지 밀어붙이는 모험을 하게 될 것입니다. 에베레스트를 조망할 수 있는 칼라파타르까지만 갔다가 돌아올 수도 있고, 추쿵리와 고쿄리를 추가할 수도 있습니다. 소요 기간 15일.

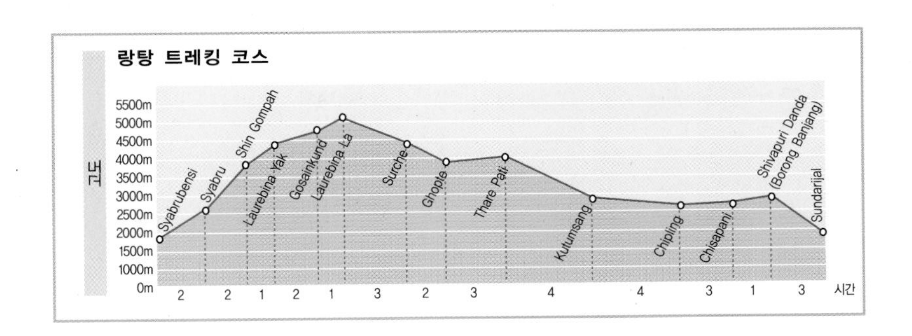

6. **랑탕 · 고사인쿤드 트레킹** (Langtang & Gosainkund **최고도** 4,610**미터**)

랑탕은 티베트 국경 남쪽의 좁은 골짜기입니다. 다른 지역에 비해 비교적 트레커들이 적어 고즈넉한 트레킹을 즐길 수 있습니다. 잘 가꾸어진 숲과 맑고 깊은 계곡을 따라 여유 있는 시간을 보낼 수 있지요.

랑탕까지는 왕복 일주일이면 충분하지만 시간적 여유가 있다면 고사인쿤드를 경유하는 헬람부 트레킹과 연결하기를 추천합니다. 해발고도 4,300미터의 성스러운 호수 고사인쿤드는 불교도와 힌두교도들의 성지입니다. 특히 네팔의 국화인 랄리구라스가 활짝 피는 4월 초, 이 지역에는 천상의 화원이 기다리고 있습니다. 소요 기간은 2주.

7. **카트만두 근교 나갈콧**(Nagarkot **최고도** 2,100**미터**),
포카라 근교 사랑콧(Sarangkot **최고도** 1,592**미터**)

이 외에도 카트만두 근교의 나갈콧, 포카라 근교의 사랑콧은 특별한 장비 없이 하루 만에 다녀올 수 있는 코스입니다. 날씨가 좋다면 이곳에서도 히말라야 연봉들이 가깝게 보입니다. 단, 낮에는 구름에 가려 산이 보이지 않는 경우가 많으니 아침 일찍 출발하는 것이 좋습니다.

카트만두에서 동쪽으로 35킬로미터 떨어진 나갈콧은 해발고도 2,100미터의 마을입니다. 전망대에서는 랑탕주칼, 마나슬루, 안나푸르나 등의 히말라야 연봉을 감상할 수 있습니다. 마을의 경치 좋은 곳에는 숙박시설이 많이 있으니 하룻밤 머물러 일출을 보고 돌아오기에 좋습니다. 또 나갈콧에서 사쿠(3시간 반 소요)나 짱구 나라연(4시간 소요)까지 미니 트레킹을 즐길 수도 있습니다. 둘 다 고도가 높은 나갈콧에서 내려가는 코스라 쉽고 편한 트레킹이 됩니다.

포카라 외곽에 솟아 있는 사랑콧은 트레킹 허가 없이 당일이나 1박 2일로 다녀올 수 있습니다. 올드 바자의 빈댜바시니 사원에서 출발해 레이크 사이드로 내려오는데 왕복 네 시간이 소요됩니다. 전망대에서는 안나푸르나 연봉들과 마차푸차레가 펼쳐집니다. 이곳에도 역시 숙박시설이 많아 하룻밤 머물 수 있습니다.

트레킹 중에 잠은 어디서 자고 밥은 뭘 먹나요?

앞에서 소개한 코스는 모두 '로지' 또는 '게스트하우스'나 '호텔'이라는 이름의 숙소를 잘 갖추고 있습니다. 우리식으로 하면 산장이라고 할 수 있겠지요. 대부분의 방은 나무로 만든 침상과 이부자리만을 갖춘 간단한 시설입니다. 숙소에는 보통 태양열을 이용한 샤워시설이 마련되어 있습니다. 화장실은 공용이고요.

안나푸르나 지역의 숙소들이 전반적으로 가장 훌륭했던 것 같습니다. 대부분의 코스에서 두세 시간마다 숙소가 나오고, 방도 충분하기 때문에 잠자리 걱정은 안 해도 됩니다.

숙소들은 거의 예외 없이 작은 생필품 가게와 식당을 겸합니다. 메뉴도 놀라울 정도로 비슷합니다. 네팔식과 서양식을 같이 제공합니다. 대표적인 메뉴는 피자, 볶음밥, 삶거나 튀긴 감자, 오믈렛이나 삶은 달걀 등의 계란 요리, 서양식 죽인 포리지 등입니다. 이 외에 샌드위치, 햄버거, 볶음국수나 라면도 있구요. 달밧은 대표적인 네팔 음식으로 밥과 녹두죽에 '사브지'라고 불리는 야채류 두세 가지가 반찬으로 따라 나옵니다. 주로 감자나, 콩, 푸른잎 채소를 볶거나 카레 소스에 무쳐 나오지요. 달밧의 장점은 밥이든 반찬이든 거의 무제한 제공이 가능하다는 점입니다. 티베트인들이 사는 마을에서는 모모(만두), 뚝바(우동과 짬뽕의 혼합), 덴뚝(수제비), 창(막걸리) 등 우리 음식과 비슷한 음식을 맛볼 수도 있습니다.

물은 숙소에서 구할 수 있습니다. 생수를 구입할 수도 있고, 끓인 물을 얻을 수도 있습니다. 숙소에서 식사를 할 때 "따또파니 디누스(뜨거운 물 좀 주세요)."라고 말해보세요. 고도가 아주 높은 곳을 제외한 대부분의 숙소나 식당은 뜨거운 물 정도는 그냥 줍니다.

보통, 식사를 주문하면 음식이 나오는 데 한 시간 가량이 걸립니다. 한국에서처럼 "빨리 주세요!"를 외쳐도 안 통합니다. 그러니 이 시간에 책을 읽거나 엽서를 쓰며 느긋하게 식사를 기다리는 법을 배우면 어떨까요?

네팔 전통 가옥에서 힌트를 얻어 지은 게스트하우스의 방들. 포카라.

잠자리에 들기 전에 미리 아침식사를 주문해놓으세요. 몇 시에 먹겠다고 부탁해놓으면 시간을 절약할 수 있거든요. 참고로 숙소에서는 디지털 카메라의 충전도 가능합니다. 하지만 여전히 히말라야에서는 전기가 들어오지 않는 지역이 있기 때문에 불가능한 곳도 많다는 것을 기억해야 합니다. 일부 숙소는 충전시 돈을 요구하기도 합니다.

트레킹 중에는 일찍 걷기 시작해 일찍 하루를 마감하는 게 좋습니다. 보통 여덟 시를 전후해 출발하고, 최대한 천천히 자주 쉬면서 걷다가 오후 세 시를 전후해 숙소를 구하면 될 것 같습니다. 히말라야에서는 하루에 몇 킬로미터를 몇 시간에 주파한다는 한국적 등산 개념에서 벗어나야 합니다. 그래야 고산병도 예방할 수 있고, 몸과 마음에 진정한 휴식을 주는 여유 있는 시간을 즐길 수 있으니까요.

트레킹 중에 외국인과 의사소통은 어떻게 하나요?

네팔의 트레킹 코스는 몇십 년 동안 서양인들의 사랑을 받아왔습니다. 그래서 숙소나 찻집에서 일하는 사람들은 대부분 영어를 구사합니다. 기본적인 의사소통은 영어로 가능하다는 거지요. 물론 몇 마디라도 네팔어를 익힌다면 현지인들이 무척 좋아하겠지요. 화기애애한 트레킹을 위해 인사말 정도의 간단한 네팔어를 연습해볼까요?

안녕하세요?	Namaste 나마스테
제 이름은 ○○○입니다.	Mero naam ○○○ ho 메로 남 ○○○ 호
고맙습니다.	Dhanyabad 단야밧
실례합니다.	Hajur 아주르
괜찮아요.	Thik chha 틱 차
무슨 말인지 모르겠는데요.	Maile bujhina 마일레 부진나
맛있어요.	Mitho chha 미토 차
뜨거운 물 좀 주세요.	Taato panni dinuhos 따또파니 디누스

포터를 고용해야 하나요?

포터나 가이드를 고용하는 문제는 개인의 선택에 달렸습니다. 어떤 제약도 없이 가고 싶은 곳에 가고, 머물고 싶은 곳에 원하는 만큼 머물고, 신경 쓰는 일 없이 마음 편한 트레킹을 원한다면 혼자 하는 게 낫겠지요. 저는 다섯 번의 트레킹 중 처음 두 번은 친구와 함께 포터 한 명을 고용했고, 나머지 세 번의 트레킹은 포터의 도움 없이 혼자 배낭을 지고 다녔습니다. 에베레스트 지역을 제외한 안나푸르나 지역의 구간은 가이드나 포터 없이 혼자 갈 수 있을 정도로 길이 잘 닦여 있고, 이정표도 잘 만들어져 있습니다.

혼자 하는 트레킹이 자신 없거나 고산에서의 사고가 두렵거나, 몸이 편해야만 즐거운 트레킹이 된다고 믿으면 포터를 고용하는 게 낫겠지요.

포터를 고용할 때는 포터의 경험과 개인 장비를 꼭 미리 확인해야 합니다. 특히 겨울철 에베레스트 트레킹이나 안나푸르나 일주라면 더욱 더 그렇습니다. 본문에 쓴 제 부끄러운 경험, 잘 아시죠?

개별 여행자들은 대부분 가이드를 따로 고용하지 않고 포터만을 고용합니다. 포터와 가이드의 차이점은 가이드는 짐을 들지 않는다는 점, 그리고 영어를 구사한다는 점(한국어 가이드도 있습니다)입니다. 대부분의 포터는 간단한 영어회화를 구사할 뿐이지만 길은 잘 알고 있으니 굳이 가이드를 고용하지 않아도 됩니다. 포터가 질 수 있는 짐의 무게는 20~25킬로그램입니다.

포터나 가이드는 여행사에서 구할 수도 있고, 머물고 있는 숙소의 주인에게 이야기해도 바로 구해줍니다. 어떤 성격의 포터나 가이드를 만나느냐에 따라 여행의 즐거움이 배가되기도 하고 반감되기도 합니다. 실제로 포터 때문에 트레킹 망쳤다고 불평하는 분들도 있습니다. 그러니 포터나 가이드는 길에서 아무나 구하기보다 믿을 만한 여행사나 숙소에서 경험 있는 사람으로 구하는 게 좋습니다. 만약의 사고를 대비해 비용은 절반만 선불로 지불하고 트레킹이 끝난 후 약간의 팁과 함께 나머지를 지불하는 방식이 일반적입니다. 포터나 가이드의 일당에는 숙소와 식비가 포함되어 있으므로 따로 신경 쓰지 않아도 됩니다.

포터의 팁은 얼마나 줘야 하나요?

네팔에서는 트레킹이 끝난 후 포터와 가이드에게 팁을 주는 일이 일반화되어 있습니다. 팁이란 적절한 서비스에 대한 감사의 표현이기 때문에 정해진 가격은 없습니다. 또 만족할 만한 서비스를 받지 못했을 경우에는 팁을 주지 않을 수도 있습니다. 하지만 팁을 주지 않는다면 포터나 가이드는 크게 실망합니다. 그러니 웬만하면 적은 금액이라도 지불하는 것이 좋겠지요. 때로 우리보다 가난한 사람들이라고 과다한 팁을 주시는 분들을 보게 됩니다. 물론 포터나 가이드의 생활이 우리보다 어려운 것은 사실입니다. 하지만 그들이 받는 돈은 네팔 평균 수입보다 월등한 것 또한 사실입니다. 그러니 적절한 팁을 주는 것이 다음에 올 여행자를 위해서도 좋은 일입니다. 보통 7~8일 정도 트레킹을 했을 경우 1천~2천 루피 정도를 줍니다.

여성 혼자 트레킹 해도 괜찮은가요?

제 경우에는 괜찮았습니다. 하지만 제가 워낙 소심하고 겁이 많아 때로는 두렵기도 했지요. 심심한 것도 싫고, 겁도 나서 혼자서는 못 하겠다면 방법은 두 가지입니다. 출발 전에 미리 동반자를 구하든가 트레킹 중에 친구를 만들어 함께 걷는 거죠. 사실 여성 혼자 트레킹을 하는 경우가 드물긴 합니다. 여성 혼자 트레킹을 한다면 가급적 에베레스트 지역보다는 안나푸르나 지역을 권합니다. 특히 가이드나 포터 없이 철저히 혼자 하는 트레킹을 꿈꾼다면 길을 잃을 염려가 적고 숙소가 많은 안나푸르나 · 랑탕 지역을 추천합니다.

트레킹 중에 마법에 걸린다 해도 화장실이 있고, 숙소에서 씻을 수 있기 때문에 큰 걱정은 안 해도 됩니다. 하지만 태양열 에너지를 쓰는 곳이 대부분이라 뜨거운 물 공급이 제한될 수도 있습니다. 뜨거운 물 샤워가 꼭 필요하다면 조금 일찍 숙소를 구해 다른 여행자들이 물을 쓰기 전에 씻는 방법이 있습니다.

포터를 데리고 혼자 여행하는 여성 여행자들에게 포터나 가이드가 성적인 접근을 하는 경우도 간혹 있다고 합니다. 그럴 때 단호히(아주 단호해야 합니다) 의사 표시를 한다면 더 이상의 문제가 생길 가능성은 적습니다.

안나푸르나 어라운드 트레킹 중 묵티나트 마을의 모습.

포카라에는 여성 여행자를 위해 여성 포터를 소개해주는 여행사도 있습니다. 반응은 엇갈립니다. 같은 여자에게 무거운 짐을 지고 걷게 하는 일에 마음이 편치 않았다고 고백하는 사람도 있고, 안전하고 마음이 잘 맞아 즐거운 트레킹이 되었다는 사람도 있습니다. 대부분의 경우 이 여성 포터들의 평판은 꽤 좋지만 비용이 남성 포터에 비해 두 배 정도 더 든다고 합니다.

고산병이 뭔가요?

히말라야 트레킹의 가장 큰 적, 바로 고산병입니다. 힘들게 거기까지 갔는데 고산병 때문에 눈앞의 풍경을 감상할 정신이 없다면 이 얼마나 비극입니까? 그러나 다행히도 고산병은 예방할 수 있는 병입니다. 예방의 가장 큰 방법은 무조건 '비스따리 자누스' 입니다. 네팔 포터나 가이드와 함께 트레킹을 하다 보면 가장 자주 듣게 되는 말인데, 바로 '천천히 가라'는 뜻입니다.

고산병은 고도가 낮은 곳에 익숙한 우리 몸이 갑자기 고도가 높은 곳으로 옮겨감에 따라 신체가 불편함을 느끼는 현상입니다. 주로 고도 3천 미터를 전후해 나타나기 시작합니다. 하지만 너무 높은 고도의 탓이라기보다는 속도의 문제일 경우가 대부분입니다. 그러니 천천히 올라 몸이 적응할 시간을 충분히 주어야 합니다. 걸을 때면 호흡이 흐트러지지 않을 정도의 속도를 유지해야 합니다. 해발 고도 3천 미터를 넘어서면 하루 5백 미터 이상 고도를 높이지 않도록 하구요.

고산병의 증상

• **두통** 머리가 지끈거리는 두통은 가장 흔한 증상입니다.

• **식욕 감퇴** 높은 곳으로 올라갈수록 입맛이 떨어집니다. 때로는 매스꺼움도 느끼게 됩니다. 구토를 할 정도로 심해지면 하산 등의 적절한 조치를 취해야 합니다.

• **호흡 곤란** 4천 미터 이상의 고도에서는 숨쉬기가 곤란해집니다. 숨이 자주 가쁘거나 수면 중 호흡이 불규칙한 증세가 생기기도 합니다.

• **불면** 잠이 잘 오지 않아 오래 뒤척이게 됩니다. 자연스러운 현상이니 수면제 복용은 주의해야 합니다.

• **말초부종** 손, 발, 발목, 얼굴이 붓습니다. 만약을 대비해 트레킹을 시작하기 전에 반지를 뺍시다.

• **소변량 감소** 고산병을 판단하는 중요한 척도입니다.

• **기침과 콧물** 마른 기침이나 통증을 동반하는 기침, 줄줄 흘러내리는 콧물도 고산병의 증세입니다.

가벼운 고산병 증세가 나타나면 걷기를 멈추고 그늘에서 물을 마시며 잠시 쉽니다. 그래도 증상이 사라지지 않으면 그 고도에서 머무르고, 증상이 더 심해지면 내려가야 합니다. 고도를 조금만 낮추어도 증상은 호전됩니다.

계속되는 심한 두통, 계속되는 구역질, 똑바로 서거나 걷지 못할 정도의 비틀거림, 의식불명이나 상황 판단력 악화, 심각한 호흡곤란 등의 증상이 나타나면 즉시 하산해야 합니다. 이 상태의 환자는 이미 정상적인 판단이 불가능하므로 강제로라도 내려가게 해야 하고, 반드시 누군가 함께 동행해야 합니다.

고산병 약이라고 할 수 있는 다이아막스(가벼운 이뇨제로 호흡에 지장을 주는 피를 산화시킴)는 미리 의사의 상담을 거친 후 준비해야 합니다.

고산병 예방법

1. **잘 먹자** 아침 점심 저녁 세 끼 꼬박꼬박 챙겨먹어야 합니다. 탄수화물 위주면 더 좋구요. 입맛이 없더라도 건강을 생각해 끼니를 거르지 맙시다. 고산에서는 살도 찌지 않습니다. 그러니 잘 먹어도 됩니다. 단, 저녁 식사는 적게, 아침과 점심은 적당히 먹도록 합시다.

2. **물을 많이 마시자** 높은 곳에서는 호흡으로 소모하는 수분의 양만 2리터가 넘는다고 합니다. 춥고 건조한 공기를 호흡하느라 수분 소모가 증가하는 데 그 원인이 있다고 하네요. 보통 성인이 평지에서 하루에 필요로 하는 수분이 2리터라고 합니다. 고도가 4,800미터 정도 되는 곳에서는 그 두 배인 4리터를 마셔야만 탈수를 예방할 수 있습니다. 목이 마르지 않아도 마셔야 합니다. 맹물 마시기가 힘들면 차, 미숫가루, 과일주스, 꿀물, 수프, 코코아 등을 통해 열량과 수분을 동시에 섭취하는 게 좋습니다.

3. **과로하지 말자** '과속'은 산에서도 위험합니다. 오버페이스 하지 않도록 조심해야 합니다. 히말라야에서의 속도전은 생명을 위협할 수도 있습니다. 천천히 걸으면 고산병도 예방되고, 풍경도 더 깊이 즐길 수 있습니다. '가다가 중지하면 아니 감만 못하니라' 식의 정상주의, 히말라야에서는 과감히 버리자구요.

4. **술, 담배를 자제하자** 평지에서도 몸에 좋지 않은 술, 담배. 고산에서는 더 말할 필요가 없겠지요? 백해무익하니 이 기회에 자제합시다.

5. **몸을 따뜻하게 하자** 트레킹 장비를 잘 챙겨가 쉬는 동안 몸이 식지

않도록 겉옷을 껴입읍시다. 감기가 걸리면 고산병이 악화될 가능성이 크므로 수면이나 휴식 중에도 늘 따뜻하게 몸을 유지해야 합니다. 샤워도 가급적 자제하는 편이 더 낫습니다.

6. **수면 고도를 낮추자** 낮에 높이 올라가는 것은 고산병에 큰 문제가 되지 않습니다. 중요한 것은 수면 고도입니다. 낮에 고도를 높이고 밤에는 낮은 곳에 내려와 잘 수 있다면 고산병을 예방할 수 있습니다.

7. **약에 의존하지 말자** 고산병 약은 따로 없습니다. 이뇨작용이 활발해지도록 물과 차를 자주 마시고, 천천히 고도를 높여가는 것만이 가장 큰 예방약입니다. 그래도 불안하시다면 '다이아막스' 나 '비아그라(고산병에 좋은 효과를 보인다는 연구결과가 발표됐지요)를 준비해 가면 됩니다.

고산병이 심해지면 어떻게 하나요?

에베레스트 지역에는 루클라, 쿰중, 페리체 등에 고산병 응급시설을 갖춘 병원이나 진료소가 있습니다. 또 안나푸르나 일주 코스 중에도 마낭과 좀솜에 히말라야 구조 협회에서 운영하는 보건소가 있습니다. 하지만 트레킹 코스는 병원이 없는 곳이 대부분이므로 미리 예방하는 수밖에 없습니다. 고산병 증세가 심해지면 무조건 증세가 사라질 때까지 하산해야 하고요. 헬기를 부를 수도 있지만 그 경우에는 엄청난 비용(1천~3천 달러)을 치러야 합니다. 그러니 천천히, 더 이상 느릴 수 없게, 달팽이의 속도로 걸읍시다.

네팔에서 주의할 사항

1. **환경**

쓰레기를 함부로 버리지 않는 것, 산에 다니는 사람들의 기본 예절이겠지요? 현지에서 분리수거가 불가능한 건전지나 플라스틱류 등은 한국에 돌아와 버립시다. 네팔은 나무가 귀합니다. 숲의 나무가 빠르게 사라지고 있어 해마다 산사태 등의 엄청난 재앙이 닥치곤 합니다. 하룻밤의 낭만을 위해 캠프파이어를 하는 일은 지양합시다. 또 가급적 태양열 같은 대체 에너지나 등유를 쓰는 숙소에 머뭅시다.

2. **옷차림과 행동**

네팔은 보수적인 사회입니다. 특히나 산간 지역은 더 그렇겠지요. 그들의 문화를 존중합시다. 가급적 반바지 착용을 자제하고, 특히 여성들은 꼭 긴바지를 입어야 합니다. 남성들은 더워도 윗옷을 꼭 챙겨 입읍시다. 연인이나 부부라 해도 노골적인 애정 표현은 자제하구요. 아이들에게 함부로 펜과 사탕, 돈, 초콜릿 등을 주지 맙시다. 구걸을 장려하는 행위가 되므로 자제해달라고 네팔 정부에서도 요청하고 있습니다. 산골 아이들은 양치질을 자주 못 하기 때문에 충치에 걸릴 확률도 높습니다. 정말 아이들에게 뭔가를 주고 싶다면 학교를 찾아가거나 구호단체를 찾아가 그곳에 성금을 냅시다. 포터와 가이드에게도 마찬가지겠지요. 함께 돕는 관계로 여겨 예의를 갖추되 적정한 수준 이상의 돈이나 물건을 함부로

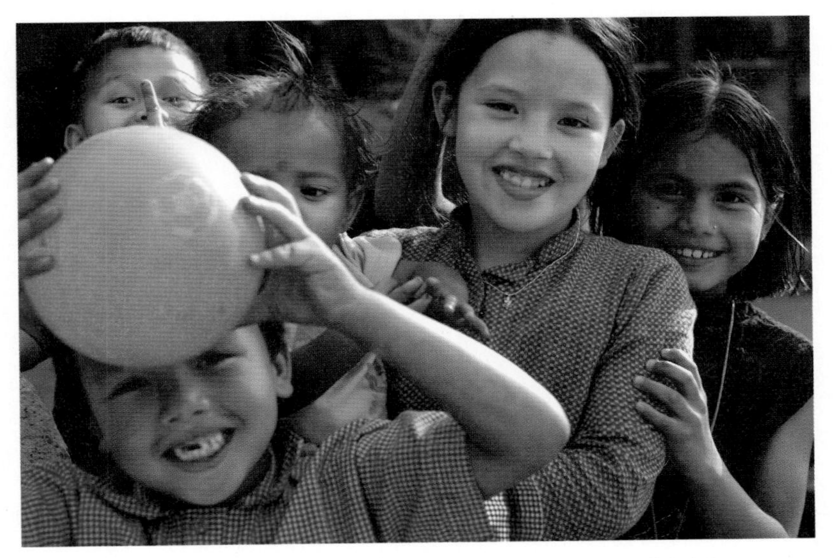

환하게 웃고 있는 아이들이 어여쁘다고 볼펜이나 사탕을 주는 일만큼은 경계하자.

주는 일은 경계해야 합니다. 무분별한 온정주의는 상대방에게 해악을 끼칠 수도 있으니까요. 현지인들의 사진을 찍을 때는 꼭 양해를 구하고 찍읍시다.

3. 기타 예절

네팔의 종교와 문화를 존중하고 경의를 표합시다. 트레킹 도중에 불탑이나 마니석(경전의 글귀를 써 넣은 돌) 등을 지날 때면 왼쪽으로 돌아갑니다. 물건을 주고받을 때는 항상 오른손을 사용합니다. 네팔 사람들은 음식을 먹을 때도 오른손만을 사용합니다. 달밧을 먹을 때 오른손을 깨끗이 씻은 후 현지인들처럼 손을 사용해 먹어보세요. 달(콩죽)과 밧(밥), 야채 반찬을 손으로 조물조물 무쳐 촉감까지 즐길 수 있어 더 맛있는 식사가 됩니다. 숙소 부엌에 들어갈 때는 꼭 주인의 허락이나 양해를 구하고 들어갑시다.

옛 문헌에도 우리 민족이 음주가무를 즐긴다고 쓰여 있었다지요? 들리는 이야기로는 춤과 노래를 즐기는 민족이라는 그 문장 뒤에 "싸움 또한 즐겨하더라"라는 구절이 덧붙여 있다던데요. 트레킹 중에는 가급적 술을 자제하거나 조금만 마시는 게 어떨까요? 부끄럽게도 우리나라 사람들은 트레킹 중에도 밤마다 술에 취해 싸우거나 소란을 피우는 걸로 유명합니다. 외국에 나가면 누구나 국가대표 선수가 된다는 것, 아시죠?

목소리 큰 사람이 이기는 사회에서 살다 온 우리, 목청이 보통 큰 게 아닙니다. 식사를 하거나 차를 마실 때 타인을 배려해 큰소리가 나지 않도록 주의합시다. 산간 마을 숙소는 방음이 전혀 안 됩니다. 일찍 잠자리에 드는 주변 사람들을 생각해 밤에는 특히 더 목소리를 낮추어야겠지요.

씻을 때 물을 아껴 씁시다. 우리나라 사람들은 물 귀한 줄 모르고 펑펑 쓰는 경향이 있습니다. 네팔 산간 지역에서 뜨거운 물은 너무나 귀합니다. 장작불을 이용한 경우는 물론이고 태양열을 이용한 경우도 더운 물을 아껴 써야 합니다. 다음에 사용할 트레커를 위해서라도 말입니다.

숙소에서 카메라나 각종 전자 장비 등 귀중품을 늘어놓아 견물생심을 일으키지 않도록 주의합시다. 빨래를 널 때도 가급적 방 안, 혹은 잘 보이는 곳에 널구요(같이 트레킹을 했던 언니의 양말이 사라진 경우도 있었습니다).

한 가지 더 노파심에서 말씀드리자면, 간혹 '트레킹 허가서를 끊고 갔는데 검사를 안 하더라' 면서 다른 여행자에게 그냥 가라고 친절하게 조언하는 분들을 보게 됩니다. 여러분! 제발 이러지 말자구요. 걸리면 두 배의 입장료를 내야 할 뿐더러 나라 망신까지 덤으로 따라옵니다. 다른 데서 아끼시고, 내야 할 돈만은 꼬박꼬박 내는 성숙한 트레커가 됩시다.

네팔의 치안은 어떤가요?

오랫동안 네팔의 정치상황은 불안정했습니다. 현 체제의 전복을 꿈꾸는 마오이스트(중국의 모택동에게 영향받은 공산주의자)들이 주동한 파업으로 여행자들의 발이 묶이고, 그들에게 기부금을 반강제로 징수당하는 일이 자주 벌어지곤 했습니다.

하지만 2007년 봄 현재 상황은 놀랄 만큼 좋아졌습니다. 갸넨드라 왕이 정치에서 물러난 이후 7개 연합정당이 연합 정치를 하고 있어 예전에 비해 많이 안정되었습니다. 트레킹 지역에서 마오이스트가 기부금을 걷는다는 소식도 들리지 않고 있습니다. 여전히 카트만두에서는 시위가 벌어지기도 합니다. 하지만 치안이 불안정한 정도는 아니며 여행을 하기에 무리는 없습니다. 하지만 상황이 변할 수도 있으므로 출국 전에 미리 확인을 하기 바랍니다.

페와 호수에 배를 띄워놓고 한가로이 소요하는 즐거움은 포카라가 주는 선물이다.

네팔의 또 다른 여행지1 포카라

오랫동안 여행을 하다 보면 눌러앉아 몇 달쯤 살고 싶은 도시를 만나게 됩니다. 제게는 포카라가 바로 그런 곳이었습니다. 카트만두에서 서쪽으로 2백 킬로미터 떨어져 있는 포카라는 해발고도 8백 미터의 작은 도시입니다. 이곳은 안나푸르나 트레킹의 거점이기도 하지요. 트레킹을 하지 않는 사람들도 꼭 포카라에 찾아와 며칠씩 쉬고 떠납니다. 페와 호수에 비치는 히말라야 설봉들을 보노라면, 잔잔한 호수에 낚싯배를 띄워놓고 세월을 낚노라면, 햇빛 좋은 날 자전거를 빌려 타고 주변 마을을 돌아보노라면, 노천카페에서 싸고 맛있는 음식으로 배를 채운 후 책을 읽거나 엽서를 쓰노라면, 여기가 천국이구나 하는 생각이 절로 듭니다. 포카라는 물가도 싸고, 공기도 깨끗하고, 풍경도 빼어나 많은 여행자들에게 다시 오고 싶은 도시로 기억됩니다. 트레킹을 전후해 꼭 포카라에서 지친 몸을 추스르는 시간을 가지면 어떨까요?

이 작고 어여쁜 도시 포카라의 중심은 레이크 사이드(Lake side)로 저렴한 숙소와 맛있는 식당이 몰려 있습니다.

추천 식당

1. 카페 콘체르토(Cafe Concerto) 이탈리아 여성이 운영하는 곳으로 포카라에서 가장 맛있는 피자와 파스타를 저렴한 가격에 즐길 수 있습니다. 제가 매일 애용하던 곳이랍니다.

2. 비스트로 캐롤린(Bistro Caroline) 호수를 마주보는 정원이 있는 프랑스식 카페입니다. 식사를 하기에는 가격이 좀 부담스럽지만 나무와 꽃이 무성한 정원에서 호수를 바라보며 갖는 오후의 티타임을 추천합니다.

3. 독일 빵집(German Bakery) 네팔에는 '독일 빵집' 이라는 이름을 가진 제과점이 정말 많습니다. 포카라도 예외가 아닌데, 레이크 사이드의 독일 빵집에서는 시나몬 롤이나 초코 크로와상 같은 신선하고 맛있는 빵을 저렴하게 구입할 수 있습니다.

4. 타칼리 키친(Thakali Kitchen) 네팔에서 요리 솜씨가 가장 뛰어난 부족은 타칼리 족이라고 합니다. 바로 그 타칼리 족 요리사가 있는 곳으로 네팔 전통 음식을 맛볼 수 있습니다.

이 밖에도 문 댄스(Moon Dance), 몬순(Monsoon), 러브 쿠스(Love Kush) 마이크 식당(Mike's Restaurant, 호텔 페와 내에 위치) 등도 추천합니다.

덜발 광장의 사원 계단에 걸터앉아 지나가는 사람들을 구경하는 재미도 쏠쏠하다.

네팔의 또 다른 여행지2 카트만두

해발고도 1,400미터에 위치한 카트만두는 네팔 왕국의 수도로 일년 내내 온화하고 상쾌한 기후를 자랑합니다. 1960년대에는 히피들의 국제적인 거점이었으며, 히말라야의 거봉을 오르려는 산악인들의 발자취가 서린 곳이기도 하지요. 처음 카트만두에 도착하면 소음과 탁한 공기에 기겁을 하게 되지만 곧 이 도시가 내뿜는 매력에 사로잡히게 됩니다.

둘러볼 만한 곳

1.덜발 광장(Durbar Square) 카트만두 중심부의 광장으로 옛 왕궁과 사원들로 둘러싸여 있습니다. 살아 있는 여신이 사는 쿠마리 사원도 이곳에 있구요. 근처의 재래시장 인드라촉과 아산촉도 볼 만합니다.

2.타멜(Thamel) 서울에 이태원, 방콕에 카오산이 있다면 네팔에는 타멜이 있습니다. 세계 각국에서 온갖 사람들이 다 모여들고, 그들이 필요로 하는 온갖 것들을 다 파는 곳. 깨끗하고 저렴한 호텔과 맛있고 다양한 식당, 바가지 쓰기에 딱 좋은 기념품 가게, '짝퉁' 브랜드로 가득한 등산용품점, 서점, 피시방, 슈퍼마켓 등이 즐비한 미로 같은 거리입니다.

3. 스와얌부나트(Swayambhunath) 네팔에서 가장 오래된 불교 사원으로 카트만두 시내를 한눈에 조망할 수 있습니다. 원숭이가 많아 '멍키 템플'이라고도 불립니다.

4. 보우다나트(Boudhanath) 세계에서 가장 큰 불탑이 세워져 있는 곳으로 티베트 불교의 성지입니다. 주변에는 티베트 절과 티베트인 거주지가 있어 티베트 문화의 중심지입니다.

5. 파탄(Patan) 손재주 뛰어나기로 소문난 네와리 족이 살고 있는 곳으로 예부터 예술의 도시로 불려왔습니다.

6. 파슈파티나트(Pashupatinath) 네팔 최대의 힌두교 사원이자 성지입니다. 힌두교인이 아닌 사람은 사원에 들어갈 수 없습니다. 하지만 갠지스 강의 지류로 성스러운 강으로 여겨지는 바그마티 강에서 목욕하는 사람들, 화장하는 모습을 볼 수 있고, 요가 수행자들도 많이 만날 수 있습니다.

7. 박타푸르(Bhaktapur) 중세 도시의 고즈넉함이 살아 있는 옛 도시입니다. 카트만두 분지 전역의 수도이기도 했던 곳이지요. 베르나르도 베르톨루치 감독의 영화 〈리틀 부다〉 기억 나시나요? 키아누 리브스가 부처로 나온 영화지요. 그 영화의 촬영지가 바로 박타푸르와 파탄입니다.

추천 식당

1. 파이어 앤 아이스(Fire & Ice) 이탈리아 여성이 경영하는 식당으로 본고장 피자와 스파게티의 맛을 즐길 수 있습니다.

2. 헬레나(Helena's) 푸짐한 아침식사를 즐길 수 있는 곳으로 전망이 좋은 옥상 테라스도 있습니다.

3. 핫 브레드(Hot Bread) 카트만두 곳곳에 지점이 있는 빵집으로, 매일 아침 새로 굽는 신선한 빵을 판매합니다. 저녁이 되면 가난한 여행자들이 몰려드는데, 그날 만든 빵의 가격이 저녁 여덟 시 반 이후에는 반값이 되기 때문이지요.

4. 코토(Koto) 저렴한 가격에 일본 요리를 맛볼 수 있어 배낭여행자에게 인기가 많은 곳입니다.

5. 길링체(Gilingche) 타멜에서 가장 유명한 티베탄 식당입니다. 싸고 맛있는 티베트 음식을 즐길 수 있어 늘 붐비는 곳이지요.

이상은 주로 제가 갔던 식당인데 사실 더 맛있고, 유명한 식당들이 많습니다. '정원', '짱', '모어 댄 김치', '경복궁' 등의 이름을 가진 한국 식당도 많구요. 고기를 좋아하는 분들에게 사랑 받는 에베레스트 스테이크 하우스, 노천 온천과 안마 센터가 있어 트레킹 후의 피로를 풀 수 있는 '로열 하나 가든(Royal Hana Garden)', 네팔 최고의 전통 요리를 맛보며 전통 공연도 감상할 수 있는 '보잔 그리하(Bhojan Gruha)' 등도 유명합니다. 또 저렴하고 맛있는 식당으로 티베트 음식을 파는 '모모 식당(Momo Star)'도 배낭여행자들 사이에 인기가 많습니다.